o Horror em red Hook

O Horror em red Hook

Tradução
Celso M. Paciornik

H.P. LOVECRAFT

ILUMINURAS

Títulos originais
The Picture in the House; Herbert West – Reanimator; The Hound;
The Horror at Red Hook; Cool Air; The Call of Cthulhu; Pickman's Model;
The Thing on the Doorstep; The Haunter of the Dark

Copyright © *da tradução e desta edição*
Editora Iluminuras Ltda.

Capa e projeto gráfico
Eder Cardoso / Iluminuras

Preparação e revisão
Bruno Silva D'Abruzzo
Camila Cristina Duarte

Este livro segue as novas regras do Acordo Ortográfico da Língua Portuguesa.

CIP-BRASIL. CATALOGAÇÃO NA PUBLICAÇÃO
SINDICATO NACIONAL DOS EDITORES DE LIVROS, RJ

L947h

Lovecraft, H. P.,(Howard Philips), 1890-1937.
 O horror em Red Hook / H. P. Lovecraft; tradução Celso M. Paciornik. –
[2. ed.] – São Paulo : Iluminuras, 2014 – 1. reimpressão, 2015.
 23 cm

Tradução de: The Horror At Red Hook
ISBN 978-85-7321-460-4

1. Conto americano. I. Paciornik, Celso M. II. Título.

14-17   CDD: 813
    CDU: 821.111(73)-3

2015
EDITORA ILUMINURAS LTDA.
Rua Inácio Pereira da Rocha, 389 - 05432-011 - São Paulo - SP - Brasil
Tel./Fax: 55 11 3031-6161
iluminuras@iluminuras.com.br
www.iluminuras.com.br

índice

a gravura na casa, 9

Herbert West — reanimador, 21

o sabujo, 61

o horror em red hook, 71

ar frio, 99

o chamado de cthulhu, 111

o modelo de pickman, 151

a coisa na soleira da porta, 169

o assombro das trevas, 205

sobre o autor, 233

gravura na casa

Aqueles que procuram o horror frequentam lugares remotos e estranhos. Para eles existem as catacumbas dos Ptolomeus e os mausoléus lavrados das plagas do pesadelo. Eles galgam as ruínas de torres enluaradas de castelos do Reno e cambaleiam pelos tenebrosos degraus cobertos de teias de aranha sob pedras espalhadas de cidades perdidas da Ásia. O bosque assombrado e a montanha desolada servem-lhes de santuários, e eles se demoram ao redor dos sinistros monólitos de ilhas desertas. Mas o verdadeiro epicurista do horrível, aquele para quem uma nova sensação de indizível horror é o principal objetivo e a razão de sua existência, aprecia, acima de tudo, os antigos e ermos solares de fazendas do interior da Nova Inglaterra, pois ali os componentes obscuros de energia, solidão, grotesco e ignorância se combinam para criar a perfeição do hediondo.

As visões mais pavorosas são as casinhas de madeira sem pintura, distantes das vias de passagem, em geral acocoradas sobre alguma encosta gramada e úmida, ou arrimadas nalgum colossal afloramento de rocha. Por duzentos anos ou mais elas ali ficaram arrimadas ou acocoradas enquanto as trepadeiras se alastravam e as árvores encorpavam e se espalhavam. Agora elas estão quase ocultas por uma desregrada profusão de verdor e por protetoras mortalhas de sombra; mas as janelas de vidraças pequenas ainda espreitam horrivelmente, como que piscando através de um estupor letal que afasta a loucura, embotando a memória de coisas indizíveis.

Essas casas foram habitadas por gerações de pessoas singulares sem paralelo no mundo. Presas de uma crença soturna e fanática que os exilou de sua espécie, seus ancestrais buscaram a liberdade nesse lugar isolado. Ali, os rebentos de um povo conquistador de fato floresceram livres das limitações de seus semelhantes, mas submetidos à assustadora servidão aos fantasmas sinistros de suas próprias mentes. Divorciados da sabedoria da civilização, a força desses puritanos se voltava para canais singulares; e naquele seu isolamento, sua mórbida autoflagelação e sua luta pela vida contra uma Natureza implacável, vieram-lhes traços furtivos e sombrios das profundezas pré-históricas de sua fria herança setentrional. Por necessidade prática e rigidez filosófica, os pecados dessas pessoas não eram nada amenos. Errando como todos os mortais, seu rígido código de conduta os obrigava a buscar, acima de tudo, a ocultação; assim, eles passaram a distinguir cada vez menos aquilo que ocultavam. Só os silenciosos, sonolentos, vigilantes solares do interior podem contar tudo que foi ocultado desde os primeiros tempos; e eles não são comunicativos, mostrando-se avessos a despertar do torpor que os ajuda a esquecer. Sente-se, às vezes, que seria um ato de misericórdia derrubar essas casas, pois elas devem sonhar amiúde.

Fui levado a um edifício corroído pelo tempo com tal descrição, certa tarde de novembro de 1896, por causa de uma chuva tão copiosa e gelada que qualquer abrigo seria preferível a ficar exposto a ela. Eu andava, havia algum tempo, entre a gente do Vale do Miskatonic atrás de certos dados genealógicos, e, pela natureza distante, tortuosa e problemática de meus percursos, julgara oportuno usar uma bicicleta apesar daquela chuva precipitada, fora de estação. Achava-me então num caminho, o qual tudo indicava abandonado, que escolhera como o atalho mais curto para Arkham quando fui alcançado pela tempestade num ponto distante de qualquer cidade, e sem outro refúgio a não ser a construção de madeira arcaica e repulsiva que piscava suas janelas turvas por entre dois enormes olmos desfolhados ao sopé de uma colina rochosa. Embora estivesse distante da estrada, a casa deu-me, contudo, uma impressão negativa desde que a avistei. Construções honestas, decentes, não "fitam" os passantes de maneira tão furtiva, tão assustadora, e minhas pesquisas genealógicas me levaram a lendas de um século atrás que me deixaram de sobreaviso contra lugares assim. Entretanto, a força dos elementos era tal que meus escrúpulos foram vencidos e não hesitei em pedalar pelo passeio ascendente até a porta fechada, que me pareceu, desde logo, muito insinuante e misteriosa.

De certa forma, eu dera como certo que a casa estava abandonada, mas, ao me aproximar, perdi, em parte, essa convicção, pois ainda que os passeios estivessem cobertos de mato, eles pareciam preservar bem demais a sua natureza para sugerir um total abandono. Portanto, em vez de forçar a porta, eu bati, sentindo, ao fazê-lo, uma trepidação que mal saberia explicar. Enquanto esperava sobre o degrau de pedra áspera e musgosa que lhe servia de entrada, olhei para as janelas próximas e para os vidros das bandeiras no alto da porta, e observei que, embora velhos, ruidosos e quase opacos de sujeira, não estavam quebrados. A casa, portanto, ainda devia estar habitada, apesar de seu isolamento e abandono geral. Minhas batidas, porém, não provocaram nenhuma resposta, de forma que, depois de repeti-las, forcei o trinco enferrujado e percebi que a porta estava destrancada. No interior havia um pequeno vestíbulo com o reboco soltando das paredes, e pelo vão da porta emanava um odor fraco mas peculiarmente repulsivo. Entrei, empurrando a bicicleta, e fechei a porta às minhas costas. À frente se elevava uma estreita escada ao lado de uma portinha que provavelmente conduzia ao porão, enquanto à esquerda e à direita, portas fechadas davam para acomodações do térreo.

Tendo encostado a bicicleta na parede, abri a porta da esquerda e entrei numa pequena câmara de teto baixo, mal iluminada por duas janelas empoeiradas e mobiliada da maneira mais rude e básica possível. Lembrava uma sala de estar, pois havia uma mesa e várias cadeiras, bem como uma enorme lareira sobre cuja cornija um relógio arcaico tiquetaqueava. Havia uma pequena quantidade de livros e papéis no local cujos títulos não consegui discernir na penumbra reinante. Interessou-me em especial a atmosfera de arcaísmo presente em cada detalhe visível. A maioria das casas nessa região era rica em relíquias do passado, como eu já havia percebido, mas aqui a antiguidade era curiosamente completa, pois não pude encontrar, em todo o recinto, um único objeto de origem claramente pós-revolucionária. Fossem os móveis menos modestos, o lugar teria sido o paraíso de um colecionador.

Enquanto examinava o curioso recinto, sentia aumentar aquela aversão provocada a princípio pelo exterior soturno da casa. Exatamente o quê me assustava ou repelia, eu não pude, de maneira alguma, definir; mas alguma coisa em toda aquela atmosfera parecia exalar um aroma de tempos profanos, de desagradável crueza, de segredos que mereciam ser olvidados. Não me apeteceu sentar-me, então circulei por ali, examinando os diversos objetos que havia notado. O primeiro a despertar minha curiosidade foi um livro de tamanho médio pousado sobre a mesa e com um aspecto tão antediluviano que espantava vê-lo fora de um museu ou biblioteca. Encadernado em couro com beiradas de metal, estava em excelente estado de conservação; era de todo insólito encontrar um volume desses numa casa tão despojada. Quando o abri no frontispício, minha admiração cresceu ainda mais, pois ele se mostrou tão raro quanto o relato de Pigafetta sobre a região do Congo, escrito em latim com base em anotações do marinheiro Lopez, e impresso em Frankfurt, em 1598. Ouvira falar muito dessa obra com suas bizarras ilustrações dos irmãos De Bry, e a gana de folheá-lo me fez esquecer, por um instante, meu desassossego. As gravuras eram, de fato, muito interessantes, desenhadas inteiramente segundo imaginação e descrições imprecisas, representando negros de pele branca e feições caucasianas. Não teria fechado aquele livro tão cedo não fosse a circunstância trivial que espicaçou meus nervos fatigados e reviveu minha sensação de inquietude. O que incomodou foi apenas a maneira com que o volume tendia a abrir persistentemente, por conta própria, na Gravura XII, que representava, com detalhes repulsivos, um açougue entre os canibais do reino de Anzico. Senti um pouco de vergonha por minha suscetibilidade a uma coisa tão desprezível, mas a gravura me perturbava, especialmente em conexão com algumas passagens adjacentes descrevendo a gastronomia do povo de Anzico.

Virei-me para uma estante próxima e estava examinando seu parco conteúdo literário — uma Bíblia do século dezoito, um *Pilgrim's Progress* do mesmo período, ilustrado com xilogravuras grotescas e publicado pelo editor de almanaques Isaiah Thomas, o volume deteriorado de *Magnalia Christi Americana* de Cotton Mather e outros poucos livros claramente da mesma época — quando minha atenção foi despertada pelo som inconfundível de passos no quarto acima. Primeiramente atônito e sobressaltado, tendo em vista a falta de resposta a minhas recentes batidas à porta, concluí, logo depois, que o caminhante tinha acabado de acordar de um sono profundo, e foi com menos espanto que ouvi a escada ranger sob os passos. O andar era pesado, mas parecia conter uma curiosa cautela, aspecto que me desagradou ainda mais pelo fato de ser pesado. Quando entrara no quarto, havia fechado a porta às minhas costas. Agora, depois de um momento de silêncio em que o caminhante devia estar inspecionando minha bicicleta no vestíbulo, ouvi mexerem no trinco e vi o portal apainelado abrir-se de novo.

No limiar da porta estava uma pessoa de aparência tão singular que eu teria soltado uma exclamação em voz alta não fossem os pruridos da boa educação. Velho, de barbas brancas, esfarrapado, o físico e o semblante de meu anfitrião inspiravam admiração e respeito. Sua estatura não poderia ser inferior a um metro e oitenta, e, apesar da aparência de velhice e pobreza, ele era robusto e vigoroso. Seu rosto, quase escondido pela longa barba que subia pelas bochechas, parecia anormalmente rubicundo e menos vincado do que se poderia esperar, enquanto descia sobre uma fronte alta um tufo de cabelos brancos esgarçados pelos anos. Os olhos azuis, embora um pouco avermelhados, pareciam inexplicavelmente argutos e ardentes. Não fosse o terrível desalinho, o homem teria uma aparência tão distinta quanto impressionante. Esse desalinho, porém, fazia-o repulsivo a despeito do rosto e do porte. No que consistiam suas roupas, eu dificilmente saberia dizer, pois me pareceram um amontoado de trapos coroando um par de botas altas e pesadas; e sua sujeira superava qualquer descrição.

A aparência desse homem e o pavor instintivo que ele me inspirou, predispuseram-me a algo semelhante à aversão, o que me fez estremecer de surpresa e de uma sensação de sinistra incongruência quando apontou uma cadeira e me dirigiu a palavra com voz fina e fraca, cheia de lisonjeiro respeito e insinuante hospitalidade. Sua fala era muito curiosa, uma forma extremada de dialeto ianque que eu considerava há muito extinta;[1] e eu a estudei de perto quando se sentou à minha frente para conversar.

"Pego na chuva, não foi?", saudou-me. "Sorte que estava perto da casa e teve a ideia de entrar. Calculo que estivesse dormindo, senão teria ouvido... não sou tão jovem quanto gostaria de ser, e preciso de uma quantidade imensa de sonecas, hoje em dia. Vem de longe? Não tenho visto muitos rapazes por esse caminho desde que tiraram a parada de Arkham."

[1] Sendo impossível reproduzir as marcas dialetais expressas na fala do velho, conservamos apenas o caráter mais vulgar de suas expressões. (N.T.)

Repliquei que estava indo para Arkham e me desculpei pela maneira impolida de entrar em sua residência, depois do que ele prosseguiu.

"Fico contente em vê-lo, Senhorzinho... caras novas são raras por aqui, e não tenho tido muita coisa para me alegrar ultimamente. Imagino que veio de Boston, não foi? Nunca estive lá, mas sei distinguir um homem da cidade quando o vejo... tivemos um mestre-escola do distrito em oitenta e quatro, mas partiu de repente e ninguém ouviu falar mais dele desde então..." Nesse ponto, o velho soltou uma espécie de cacarejo e não deu qualquer explicação quando o inquiri. Parecia estar de excelente humor, além de possuir as excentricidades que se poderia supor de suas roupas. Ele já tagarelava com jovialidade quase febril havia algum tempo quando me ocorreu perguntar-lhe como conseguira um livro tão raro como o *Regnum Congo* de Pigafetta. A impressão que esse volume me causara persistia, e senti certa hesitação em falar dele; mas a curiosidade acabou vencendo os vagos temores que se haviam acumulado continuamente desde meu primeiro vislumbre da casa. Para meu alívio, a pergunta não lhe pareceu imprópria, pois o velho tagarela a respondeu muito à vontade.

"Oh, esse livro africano? O Capitão Ebenezer Holt me vendeu em sessenta e oito... ele foi morto na guerra." Alguma coisa no nome de Ebenezer Holt fez-me levantar os olhos de repente. Eu o havia encontrado em minhas pesquisas genealógicas, mas não em qualquer registro posterior à Revolução. Fiquei imaginando se meu anfitrião não poderia ajudar-me na tarefa que me ocupava e resolvi pedir-lhe isso mais adiante. Ele prosseguiu.

"Ebenezer andava num navio mercante e batia os olhos em artigos estranhos em cada porto. Conseguiu esse em Londres, imagino... gostava muito de comprar coisas nas lojas. Eu estava na casa dele, no alto da colina, uma vez, negociando cavalos, quando vi esse livro. Gostei das ilustrações, e, então, ele me deu numa troca. É um livro curioso... espere, deixa eu pôr os óculos..."

O velho vasculhou seus trapos, compondo uns óculos sujos e espantosamente arcaicos com pequenas lentes octogonais e aros de aço. Feito isso, esticou a mão até o volume sobre a mesa e virou suas páginas com carinho.

"Ebenezer podia ler um pouco disso — é latim — mas eu não. Consegui que uns mestres-escolas lessem uns pedaços para mim, e o Pastor Clark, aquele que, dizem, se afogou na lagoa... Consegue tirar alguma coisa disso?" Disse-lhe que sim e traduzi um parágrafo do começo para ele. Se errei, ele não era o bastante instruído para me corrigir, pois pareceu divertir-se como uma criança com minha versão inglesa. Sua proximidade estava se tornando odiosa, mas eu não via maneira de escapar sem ofendê-lo. Divertia-me o apego infantil daquele velho ignorante às imagens de um livro que não podia ler, e fiquei imaginando se poderia sair-se melhor na leitura dos poucos livros em inglês que adornavam sua sala. Essa manifestação de ingenuidade desfez boa parte da vaga inquietação que eu sentia, e sorri quando meu anfitrião prosseguiu com sua tagarelice:

"Estranho como os ilustradores podem fazer a gente pensar. Tome essa daqui, perto da capa. Já viu árvores assim, com folhas grandes pra cima e pra baixo? E esses homens... não podem ser negros... eles ganham de tudo. Dóceis como índios, imagino, mesmo sendo da África. Algumas dessas criaturas parecem macacos, ou meio macacos, meio homens, mas nunca ouvi falar de nada como essa." Ele apontou para uma criatura imaginária do artista, uma espécie de dragão com cabeça de crocodilo.

"Mas agora vou mostrar-lhe a melhor... por aqui, perto do meio..." A voz do velho ficou um pouco mais grossa e seus olhos adquiriram um brilho mais intenso; suas mãos, embora aparentemente mais desajeitadas do que antes, serviram perfeitamente à missão. O livro se abriu, quase por conta própria e como se aquela página fosse quase sempre consultada, na repulsiva décima segunda gravura mostrando o açougue dos canibais de Anzico.

Minha inquietação voltou, embora eu procurasse escondê-la. O mais bizarro era que o artista havia feito seus africanos parecerem homens brancos — os membros e quartos pendendo das paredes da loja eram horripilantes, enquanto o açougueiro, com sua machadinha, era repulsivamente desproporcional. Mas meu anfitrião parecia gostar daquela visão o mesmo tanto que ela me repugnava.

"O que pensa disso... nunca viu uma coisa assim por aí, hein? Quando eu a vi, disse pro Eb Holt, 'Taí uma coisa pra excitar a gente e fazer o sangue ferver!' Quando leio a Escritura sobre assassinato — o jeito como aqueles midianitas foram mortos — eu penso coisas, mas não tenho nenhuma imagem delas. Aqui se pode ver tudo que há para ver... imagino que seja pecado, mas não nascemos e vivemos todos em pecado? Aquele sujeito sendo esquartejado me dá uma comichão toda vez que o vejo... tenho que ficar olhando pra ele. Vê onde o açougueiro lhe cortou o pé? Olha lá a cabeça dele sobre aquele banco do lado de um braço, e o outro no chão, do lado do cepo."

Enquanto o homem resmungava imerso em seu revoltante êxtase, a expressão de seu rosto barbudo adquiria uma aparência indescritível, mas sua voz foi ficando abafada em vez de se exaltar. Mal posso recordar minhas próprias sensações. Todo o terror que sentira vagamente antes retornou com grande ímpeto e sentia uma repugnância infinita por aquela antiga e abominável criatura tão perto de mim. Sua loucura, ou, pelo menos, sua quase perversão, parecia indiscutível. Ele agora praticamente resmungava, com uma voz rouca mais terrível do que um grito, que me fazia estremecer.

"Como eu digo, é gozado como as imagens fazem a gente pensar. Sabe, Senhorzinho, sou vidrado nessa daqui. Desde que arranjei o livro com o Eb, costumava olhar um bocado pra ela, especialmente depois de ouvir o Pastor Clark arengar nos domingos, com sua grande peruca. Uma vez eu tentei uma coisa

A GRAVURA NA CASA 17

engraçada... olhe, Senhorzinho, não se assuste — tudo que fiz foi olhar para o desenho antes de matar a ovelha para vender — matar ovelha é bem mais divertido quando se olha pra ela..." O tom do velho tinha ficado bem baixo, agora, tão fraco que às vezes mal pude ouvir suas palavras. Eu escutava a chuva e o rangido das turvas janelas de pequenas vidraças e percebia os ribombos indicando a aproximação dos trovões, algo bastante incomum para a estação. Em certo momento, um terrível relâmpago seguido de um estrondo abalou a frágil casa até os alicerces, mas o murmurador não pareceu notá-los.

"Matar ovelha era muito mais divertido... mas, sabe, não era de todo *satisfatório*. Gozado como uma ânsia toma conta da gente... Se adora o Todo-Poderoso, jovem, não conte pra ninguém, mas juro por Deus que aquela imagem começou a me deixar com *fome de comidas que eu não poderia criar nem comprar*... olhe, fique sentado, o que está lhe perturbando?... eu não fiz nada, só imaginei como seria se *fizesse*... Dizem que a carne produz sangue e dá vida nova, por isso fiquei imaginando se não faria um homem viver mais e mais tempo se fosse *mais igual*..." Mas o murmurador não pôde jamais prosseguir. A interrupção não foi obra do meu pavor, nem do rápido crescimento da tempestade em cuja fúria eu haveria de abrir os olhos, em meio a uma solidão enfumaçada de ruínas enegrecidas. Foi obra de um acontecimento muito simples, embora um tanto incomum.

O livro aberto estava aberto entre nós com a imagem repulsiva para cima. Quando o velho sussurrou *"mais igual"*, ouviu-se um som tênue de respingo e alguma coisa surgiu no papel amarelado do volume aberto. Pensei na chuva e num vazamento do teto, mas a chuva não é vermelha. No açougue dos canibais de Anzico, uma pequena nódoa vermelha brilhava pitorescamente, dando vivacidade ao horror da gravura. O velho a viu e parou de grunhir antes mesmo de ser forçado a isso pela minha expressão de horror; viu-a e olhou rápido para o chão do quarto de onde saíra uma hora antes. Acompanhei seu olhar e avistei, bem em cima de nós, no reboco solto do velho teto, uma grande mancha carmesim, irregular e úmida, que parecia espalhar-se enquanto eu a observava. Não gritei, nem me mexi; apenas fechei os olhos. Um instante depois veio o titânico trovão dos trovões, com seu raio arrebentando aquela casa amaldiçoada de segredos indizíveis, trazendo o esquecimento, a única coisa capaz de salvar a minha sanidade.

(1920)

Herbert West − reanimador

I. Saindo das trevas

De Herbert West, que foi meu amigo na universidade e no após vida, só posso falar com extremo terror. Terror que não se deve de modo algum à maneira sinistra pela qual desapareceu recentemente, sendo antes resultado da natureza geral do trabalho de sua vida, que adquiriu sua forma mais aguda, pela primeira vez, há mais de dezessete anos, quando cursávamos o terceiro ano da Escola de Medicina da Universidade de Miskatonic, em Arkham. Enquanto esteve comigo, o caráter prodigioso e diabólico de seus experimentos me fascinou por completo, eu fui seu companheiro mais íntimo. Agora que ele se foi e o encanto se quebrou, o medo real é maior. Lembranças e possibilidades são ainda mais medonhas do que realidades.

O primeiro incidente terrível de nossa convivência foi o maior choque que já experimentei, e é com grande relutância que o reproduzo. Como já me referi, aconteceu quando estávamos na escola de medicina, onde West já havia ficado conhecido pelas suas teorias extravagantes sobre a natureza da morte e a possibilidade de superá-la artificialmente. Suas concepções, muitíssimo ridicularizadas pelo corpo docente e pelos colegas estudantes, giravam em torno da natureza essencialmente mecânica da vida, e diziam respeito a meios de operar o mecanismo orgânico da humanidade por uma ação química calculada após o colapso dos processos naturais. Em seus experimentos com várias soluções reanimadoras, ele havia matado e processado um número imenso de coelhos, porquinhos-da-índia, gatos, cachorros e macacos, até se tornar no principal transtorno da universidade. Por diversas vezes, ele conseguira de fato obter sinais de vida em animais supostamente mortos, em muitos casos, sinais intensos, mas logo percebeu que o aperfeiçoamento do processo, se isso fosse possível, envolveria uma vida dedicada à pesquisa. Ficou da mesma forma evidente que, como a mesma solução nunca funcionava da mesma maneira sobre diferentes espécies orgânicas, ele precisaria usar cadáveres humanos para progredir mais e de maneira mais especializada. Foi então que ele entrou, pela primeira vez, em choque com as autoridades universitárias e foi proibido de fazer novos experimentos por ninguém menos que o dignitário reitor da escola de medicina, o sábio e bondoso Dr. Allan Halsey, cuja obra em prol dos feridos é lembrada por qualquer antigo morador de Arkham.

Eu sempre fora excepcionalmente tolerante às pesquisas de West e discutimos muitas vezes suas teorias, cujos desdobramentos e corolários eram quase infinitos. Sustentando, com Haeckel, que toda vida é um processo químico e físico, e a chamada "alma" é um mito, meu amigo acreditava que a reanimação artificial do morto podia depender apenas da condição dos tecidos, e que, a menos que uma efetiva decomposição se tivesse estabelecido, um cadáver perfeitamente equipado de órgãos podia, com medidas adequadas, ser posto em ação na forma peculiar conhecida como vida. West compreendia muito bem que a vida psíquica e intelectual podia ser prejudicada por uma leve deterioração das delicadas células cerebrais que mesmo um curto período de morte poderia causar. De início, sua primeira esperança havia sido encontrar um reagente que restaurasse a vitalidade antes do efetivo advento da morte, e foram necessários repetidos insucessos com animais para se convencer de que os movimentos vitais naturais e artificiais eram incompatíveis. Procurou lidar então com espécimes extremamente frescos, recentes, injetando suas soluções no sangue logo após a extinção da vida. Foi essa circunstância que deixou os professores tão levianamente céticos, pois pensavam que, de alguma forma, a morte verdadeira não havia ocorrido. Eles não pararam para analisar o assunto de perto e de maneira racional.

Não muito depois de a faculdade ter interditado seu trabalho, West confidenciou-me sua solução para conseguir cadáveres humanos frescos, de alguma maneira, e prosseguir, em segredo, os experimentos que já não podia empreender publicamente. Ouvi-lo discutir as maneiras e meios era horrível, pois na universidade jamais havíamos obtido espécimes anatômicos por conta própria. Sempre que a morgue se mostrava insuficiente, dois negros locais cuidavam do assunto, e quase nunca eram questionados. West era, então, um jovem pequeno, esbelto, de óculos, com feições delicadas, cabelos loiros, olhos azuis-claros e voz macia, e era estranho ouvi-lo discorrer sobre os relativos méritos do Cemitério Christchurch e os da vala comum. Decidimo-nos, enfim, pelo cemitério dos indigentes, porque praticamente todos os corpos sepultados em Christchurch eram embalsamados, uma condição prejudicial às pesquisas de West.

A essa altura, eu era seu assistente ativo e fanático, auxiliando-o a tomar todas as decisões não só quanto à origem dos cadáveres, mas quanto ao local apropriado para nosso repugnante trabalho. Fui eu quem pensou na casa de fazenda deserta dos Chapman além de Meadow Hill, onde instalamos uma sala de operações e um laboratório no térreo, ambos protegidos por cortinas escuras para ocultar nossas proezas noturnas. O lugar ficava distante das estradas e fora da vista de alguma outra casa, mas as precauções eram mesmo assim necessárias, pois a circulação de rumores sobre luzes estranhas, espalhados por transeuntes noturnos ocasionais, logo trariam dissabores ao nosso empreendimento. Concordamos em chamar a coisa toda de laboratório químico, caso alguém descobrisse. Equipamos aos poucos nosso sinistro antro da ciência com materiais comprados em Boston ou tomados discretamente de empréstimo à universidade — neste caso, cuidadosamente adulterados para ficarem irreconhecíveis mesmo aos olhos de especialistas —, e arranjamos pás e picaretas para os muitos sepultamentos que teríamos de fazer no porão. Na universidade, usávamos um incinerador, mas o aparelho era muito caro para nosso laboratório clandestino. Cadáveres sempre foram um transtorno — mesmo os pequenos corpos das cobaias das experiências um tanto clandestinas no quarto de West na pensão.

Acompanhávamos os obituários locais como abutres, pois nossos espécimes demandavam qualidades especiais. Tudo que precisávamos eram cadáveres enterrados pouco depois da morte sem preservação artificial, de preferência não portadores de doenças deformantes, e, é claro, com todos os órgãos presentes. As vítimas de acidentes eram nossas melhores esperanças. Durante muitas semanas não soubemos de nada que nos fosse aceitável, apesar de conversarmos com encarregados de morgues e de hospitais, aparentemente em nome da universidade, sempre que isso não despertasse suspeitas. Descobrimos que a universidade tinha a primazia em todos os casos, de modo que poderia ser preciso ficar em Arkham durante o verão, época em que o número de aulas era menor. A sorte nos bafejou, enfim, pois certo dia ouvimos falar de um caso quase ideal no cemitério dos indigentes. Um jovem e musculoso trabalhador se afogara na manhã anterior na Lagoa de Sumner, e fora logo em seguida enterrado como indigente, sem ser embalsamado. Naquela tarde, descobrimos o novo túmulo e resolvemos começar o trabalho pouco depois da meia-noite.

Foi uma tarefa repulsiva que realizamos ao lúgubre raiar da madrugada, apesar de nos faltar, à época, o particular horror de cemitérios que experiências posteriores nos trouxeram. Levamos pás e lanternas furta-fogo a óleo, pois embora as lanternas elétricas já fossem fabricadas, não eram tão satisfatórios quanto os aparelhos de tungstênio de hoje. O processo de desenterrar era sórdido e demorado — poderia ter sido medonhamente poético se fôssemos artistas e não cientistas — e ficamos gratos quando nossas pás bateram na madeira. Quando a caixa de pinho ficou toda descoberta, West saltou para dentro e retirou a tampa, arrastando para fora e escorando seu conteúdo. Abaixei-me e puxei o conteúdo para fora da sepultura, e depois trabalhamos com afinco para devolver a aparência anterior ao local. O caso nos deixou bastante nervosos, especialmente o corpo rígido e o rosto vago de nosso primeiro troféu, mas tratamos de apagar todos os traços de nossa visita. Depois de socarmos a última pazada de terra, colocamos o espécime num saco de lona e partimos para o velho solar dos Chapman além de Meadow Hill.

Numa mesa de dissecação improvisada na velha casa de fazenda, sob a luz de uma poderosa lâmpada de acetileno, o espécime já não tinha uma aparência tão espectral. Ele havia sido um jovem robusto, com ar de pouca imaginação, de um tipo perfeitamente plebeu — corpulento, de olhos acinzentados e cabelos castanhos —, um animal sólido sem sutilezas psicológicas e, com certeza, com processos vitais dos tipos mais simples e mais saudáveis. Agora, com os olhos fechados, parecia antes adormecido do que morto, embora o teste especial de meu amigo logo não deixasse a menor dúvida quanto a isso. Tínhamos, enfim, o que West há tanto almejava — um verdadeiro morto do tipo ideal, pronto para a solução preparada, segundo os mais cuidadosos cálculos e teorias para uso humano. A tensão entre nós ficou muito grande. Sabíamos que era pequena a chance de um sucesso absoluto e não conseguíamos evitar pavores terríveis com os possíveis resultados grotescos de uma animação parcial. Estávamos especialmente apreensivos com respeito à mente e aos impulsos da criatura, pois no período decorrido desde a morte, algumas células mais delicadas do cérebro poderiam ter sofrido alguma deterioração. De minha parte, eu ainda conservava algumas ideias peculiares sobre a "alma" tradicional do homem, e sentia uma curiosidade pelos segredos que poderiam ser contados por alguém que retornasse da morte. Ficava imaginando que visões esse plácido jovem poderia ter contemplado em esferas inacessíveis, e o que poderia contar se tivesse sua vida plenamente restaurada. Mas minha admiração não era completa, pois, em grande medida, eu compartilhava o materialismo de meu amigo. Ele estava mais calmo do que eu quando injetou uma grande quantidade de seu fluido na veia do braço do cadáver, imediatamente atando a incisão com destreza.

A espera foi terrível, mas West em nenhum momento vacilou. Ocasionalmente, encostava seu estetoscópio no espécime e suportava filosoficamente os resultados negativos. Passados três quartos de hora sem o menor sinal de vida, ele declarou, desapontado, que a solução era inadequada, mas decidiu extrair o máximo daquela oportunidade e tentou mudar a fórmula antes de se livrar do pavoroso prêmio. Naquela tarde, havíamos cavado uma sepultura no porão e devíamos enchê-la ao amanhecer — pois conquanto houvéssemos colocado um cadeado na porta da casa, queríamos evitar o mais remoto risco de uma descoberta macabra. Ademais, o cadáver já não estaria fresco na noite seguinte. Assim, levando a solitária lanterna de acetileno para o laboratório adjacente, deixamos nosso plácido hóspede no escuro, sobre a laje, e concentramos toda a energia na preparação de uma nova solução, com West supervisionando pesagens e medições com um cuidado quase fanático.

O terrível acontecimento foi muito repentino, e absolutamente inesperado. Eu estava vertendo algo de um tubo de ensaio para outro, e West ocupado com um maçarico a álcool que fazia funcionar como bico de Bunsen naquele edifício sem instalação de gás, quando, do breu da sala de onde havíamos saído, explodiu a mais estarrecedora e demoníaca sucessão de gritos que nenhum de nós jamais ouviu. O caos de sons infernais não teria sido mais indescritível se o próprio inferno se abrisse para deixar sair a agonia dos condenados, pois numa cacofonia inconcebível concentrava-se todo o terror supremo e o desespero sobrenatural da natureza animada. Humano não poderia ter sido — não é do homem produzir sons assim —, e sem cogitar em nosso recente empreendimento ou em sua possível descoberta, West e eu saltamos para a janela mais próxima como animais feridos, derrubando tubos, lanternas e retortas, e mergulhando loucamente no abismo estrelado da noite rural. Creio que gritamos um para o outro enquanto corríamos em frenesi, aos tropeções, para a cidade, mas quando alcançamos os subúrbios, assumimos uma expressão reservada — o suficiente para parecermos farristas retardatários cambaleando pra casa depois de uma orgia.

Ficamos juntos e tratamos de nos enfiar no quarto de West onde ficamos sussurrando à luz do gás até o amanhecer. A essa altura, já havíamo-nos tranquilizado um pouco com teorias e planos racionais de investigação, e assim conseguimos dormir o dia inteiro, esquecendo-nos as aulas. Mas naquela noite, duas matérias do jornal, inteiramente desconexas, nos deixaram de novo sem dormir. A velha casa deserta de Chapman havia queimado misteriosamente, transformando-se num amontoado informe de cinzas; fato que conseguimos entender por causa da lanterna derrubada. Também, havia sido feita uma tentativa de perturbar uma sepultura recente no cemitério dos indigentes, como se alguém, sem uma pá, houvesse arranhado a terra em vão. Isso não pudemos entender, pois havíamos socado perfeitamente a terra.

E por dezessete anos depois daquilo, West costumava olhar por cima dos seus ombros e queixar-se de passos imaginários às suas costas. Agora, ele desapareceu.

II. O demônio pestilento

Jamais esquecerei aquele pavoroso verão há dezesseis anos quando, como um afrite[1] repugnante das profundas de Eblis,[2] a febre tifoide insinuou-se furtivamente por Arkham. É por aquela calamidade satânica que a maioria das pessoas se recorda do ano, pois um verdadeiro terror pairou com asas de morcego sobre as pilhas de caixões nas campas do Cemitério Christchurch. Para mim, porém, houve um horror maior naquele período — um horror que só eu sei, agora que Herbert West desapareceu.

West e eu estávamos fazendo atividades de pós-graduação em classes de verão da escola de medicina da Universidade de Miskatonic, e meu amigo havia alcançado grande notoriedade com seus experimentos de reanimação de mortos. Depois do massacre científico de incontáveis cobaias, o extravagante trabalho foi ostensivamente interrompido por ordem de nosso cético reitor, o Dr. Allan Halsey. West, porém, continuou realizando testes secretos em seu sórdido quarto de pensão, e, numa ocasião pavorosa e inesquecível, teve a oportunidade de levar um cadáver humano de sua cova no cemitério dos indigentes para uma casa de fazenda deserta além de Meadow Hill.

Eu estava com ele naquela horrível ocasião, e o vi injetar nas veias inertes o elixir que a seu ver restauraria, em certo grau, os processos químicos e físicos da vida. Tudo terminou de maneira tenebrosa — num delírio de medo que gradualmente viemos a atribuir à exaustão de nossos nervos — e depois daquilo, West jamais pôde se livrar da enlouquecedora sensação de estar sendo assombrado e perseguido. O corpo não era fresco o bastante — é evidente que para restaurar os atributos mentais normais, o cadáver teria que ser realmente muito fresco — e um incêndio na

---

[1] Demônio ou monstro maligno da religião islâmica. (N.T.)
[2] O diabo da religião islâmica. (N.T.)

velha casa nos impedira de enterrar a coisa. Teria sido melhor se pudéssemos saber que estava enterrada.

Depois daquela experiência, West abandonou suas pesquisas durante algum tempo, mas com o lento e progressivo retorno do zelo de todo cientista nato, ele começou a importunar de novo o corpo docente da universidade, solicitando o uso da sala de dissecação e os espécimes humanos frescos para o trabalho que julgava da mais extrema importância. Seus pedidos, porém, foram em vão, pois a decisão do Dr. Halsey era inflexível, e os outros professores endossaram o veredito de seu chefe. Na teoria radical da reanimação eles viam nada além de fantasias imaturas de um jovem entusiasta cujo porte franzino, cabelos loiros, olhos azuis por trás dos óculos e voz suave não ofereciam nenhum indício do poder sobrenatural — quase diabólico — da mente fria que ele encerrava. Vejo-o agora, como ele era na época — e sinto calafrios. Seu rosto foi ficando grave, mas nunca envelhecido. E agora, o Asilo Sefton sofrera o desastre e West havia desaparecido.

West se desentendera seriamente com o Dr. Halsey perto do encerramento de nosso último semestre da graduação, numa disputa acalorada que deu menos crédito a ele do que ao amável reitor no item cortesia. Pensava que estavam prejudicando desnecessária e irracionalmente uma obra de extrema importância, uma obra que ele decerto poderia conduzir à sua maneira nos anos seguintes, mas que pretendia começar enquanto tinha acesso às excepcionais instalações da universidade. O fato de os velhos tradicionalistas ignorarem seus resultados singulares com animais e persistirem em sua rejeição da possibilidade da reanimação era odioso e quase incompreensível para um jovem de temperamento lógico como West. Só uma maior maturidade poderia ajudá-lo a entender as limitações mentais crônicas do tipo "professor-doutor" — produto de gerações de patético puritanismo: afáveis, conscienciosos e, às vezes, gentis e amigáveis, mas sempre estreitos, intolerantes, conservadores e sem horizontes.

A idade tem maior piedade por essas figuras incompletas, mas de espírito elevado, cujo pior vício real é a timidez, e que acabam sendo punidos pelo ridículo geral de seus pecados intelectuais — pecados como o ptolomeísmo, o calvinismo, o antidarwinismo, o antinietzscheismo, e toda sorte de sabatarianismo e legislação suntuária.[3] West, jovem ainda apesar de sua maravilhosa bagagem científica, não tinha muita paciência para com o bom Dr. Halsey e seus colegas eruditos, e nutriu um crescente ressentimento combinado com um desejo de provar de alguma maneira impressionante e dramática suas teorias àqueles ilustres obtusos. Como a maioria dos jovens, abandonava-se a elaborados devaneios de vingança, triunfo e magnânima clemência final.

E veio então o flagelo, sorridente e letal, das cavernas de pesadelo do Tártaro. West e eu já estávamos formados quando ele começou, mas havíamos ficado para um trabalho adicional nos cursos de verão, de forma que estávamos em Arkham quando ele desceu com fúria demoníaca sobre a cidade. Embora ainda não fôssemos médicos autorizados, tínhamos agora nossos diplomas e fomos empurrados freneticamente para o serviço público quando o número de doentes aumentou. A situação estava quase fora de controle e as mortes aconteciam rápido demais para os encarregados locais lidarem com a situação. Enterros sem embalsamamento eram feitos em rápida sucessão, e mesmo a cripta de recepção do Cemitério Christchurch ficou cheia de caixões de mortos sem embalsamar. Essa circunstância chamou a atenção de West, que pensava amiúde na ironia da situação — tantos espécimes frescos e nenhum para suas ansiadas pesquisas! Estávamos abarrotados de trabalho, e a terrível tensão nervosa e mental fazia meu amigo cismar morbidamente.

Mas os amáveis inimigos de West não estavam menos ocupados com deveres extenuantes. A universidade já estava quase

---

[3] Sabatarianismo é a prática religiosa da estrita observância do sábado; legislação suntuária diz respeito a uma legislação da Nova Inglaterra que proibia muitas atividades (como a compra de bebidas alcoólicas aos domingos) e interferia no modo de se vestir, se alimentar etc. das pessoas. (N.T.)

fechada e todos os doutores da faculdade de medicina ajudavam a combater a peste de febre tifoide. O Dr. Halsey, em particular, distinguiu-se no sacrificado serviço, aplicando sua extrema habilidade com grande entusiasmo em casos que muitos evitavam, devido ao perigo ou à aparente inutilidade. Não decorrera um mês, o destemido reitor se havia tornado um herói popular, embora não parecesse ter consciência de sua fama enquanto se esforçava para não desmoronar de fadiga física e exaustão nervosa. West não conseguia conter a admiração pela firmeza de seu desafeto, mas por isso mesmo ficou ainda mais decidido a provar-lhe a verdade de suas espantosas doutrinas. Aproveitando-se da desorganização das atividades escolares e dos regulamentos da saúde pública, conseguiu obter um corpo recém-falecido, contrabandeado para a sala de dissecação da universidade certa noite, e, em minha presença, injetou uma fórmula modificada de sua solução. A coisa realmente abriu os olhos, mas apenas fitou o teto com um olhar de petrificante horror antes de mergulhar numa inércia da qual nada conseguiu tirá-la. West disse que o corpo não estava fresco o bastante — o ar quente do verão não favorece os cadáveres. Dessa vez, quase nos pegaram antes de incinerarmos a coisa, e West achou pouco aconselhável repetir sua ousada usurpação do laboratório da faculdade.

O auge da epidemia foi em agosto. West e eu estávamos quase mortos, e o Dr. Halsey morreu no dia 14. Todos os alunos compareceram ao funeral, realizado às pressas no dia 15, e levaram uma magnífica coroa que foi ofuscada pelos tributos enviados por cidadãos ricos de Arkham e pela própria municipalidade. Era um assunto quase público, pois o reitor decerto havia sido um benfeitor público. Depois do enterro, ficamos todos um pouco deprimidos, e passamos a tarde no bar da Casa Comercial onde West, mesmo abalado pela morte de seu principal adversário, deixou todos deprimidos com referências às suas notórias teorias. A maioria dos alunos ia para casa ou para outros afazeres à medida que a noite avançava, mas West me persuadiu a ajudá-lo à "noite". A dona da pensão de West nos viu entrar em seu quarto perto das duas da manhã com um terceiro homem entre nós, e comentou com o marido que decerto tínhamos jantado e bebido pra valer.

Aparentemente, aquela azeda matrona estava certa, pois por volta das três da manhã a casa toda acordou com os gritos que chegavam do quarto de West, onde, quando arrombada a porta, nos encontraram inconscientes sobre o tapete manchado de sangue, golpeados, arranhados, espancados e cercados pelos restos dos frascos e instrumentos de West. Apenas uma janela aberta nos indicava sobre o que acontecera com nosso agressor, e muitos ficaram imaginando como ele conseguira escapar saltando de modo impressionante do segundo andar até o gramado. Havia algumas roupas estranhas no quarto, mas West, recobrando a consciência, disse que elas não pertenciam ao estranho, mas eram peças coletadas para análise bacteriológica no curso de investigações sobre a transmissão de doenças contagiosas. Ele ordenou que fossem queimadas o mais depressa possível na espaçosa lareira. Para a polícia, nós dois declaramos ignorar a identidade de nosso recente companheiro. Era, disse West nervoso, um desconhecido que havíamos encontrado numa tasca de local incerto da cidade. Havíamos nos divertido um bocado e West e eu não gostaríamos que nosso belicoso companheiro fosse perseguido.

Naquela mesma noite, Arkham assistiu ainda ao início do segundo horror — horror que, para mim, eclipsou o da própria epidemia. O Cemitério Christchurch foi palco de um terrível assassinato: um vigia fora arranhado até a morte de um modo não só repugnante demais para ser descrito, mas que suscitou dúvidas sobre a origem humana do feito. A vítima fora vista com vida muito depois da meia-noite; mas a aurora revelou a coisa mais indescritível. O gerente de um circo da cidade vizinha de Bolton foi interrogado, mas jurou que nenhuma fera havia escapado de sua jaula. Os que encontraram o corpo notaram uma trilha de sangue levando para o sepulcro de recepção, onde uma pequena poça vermelha jazia sobre o concreto bem em frente do portão, porém do lado de fora. Uma trilha mais fraca afastava-se na direção dos bosques, mas logo desapareceu.

Na noite seguinte, demônios dançaram sobre os telhados de Arkham e uma loucura sobrenatural uivou com o vento. Arrastou-se furtivamente pela cidade febril uma maldição que alguns diziam ser maior que a peste, e outros murmuravam que se tratava da alma demoníaca encarnada da própria peste. Oito casas haviam sido invadidas por uma coisa inominável que deixava a morte rubra em sua esteira — ao todo, dezessete pedaços informes e mutilados de corpos foram deixados para trás pelo monstro sádico e silencioso que se arrastava sorrateiro pela região. Algumas pessoas o viram difusamente no escuro e disseram que era branco e parecia um macaco disforme, ou um demônio antropomórfico. Ele não havia deixado para trás tudo o que atacara, pois às vezes tivera fome. O número de mortos chegou a catorze; três dos corpos estavam mortos em casas que haviam sido atacadas.

Na terceira noite, grupos frenéticos de vigilantes chefiados pela polícia o capturaram numa casa da Crane Street perto do campus de Miskatonic. Tinham organizado a busca com cuidado, mantendo-se em contato através de postos telefônicos de voluntariado, e quando alguém do distrito universitário informou ter ouvido arranharem uma janela fechada, a rede foi rapidamente atirada. Por conta do alarme e das precauções gerais, houve só mais duas vítimas, e a captura foi feita sem maiores baixas. A coisa foi finalmente parada por uma bala, embora não fatal, e foi levada às pressas para o hospital do lugar, em meio à excitação e repugnância gerais.

Havia sido um homem. Isso estava claro, apesar dos olhos nojentos, o mudo simianismo e a demoníaca selvageria. Pensaram seus ferimentos e levaram-no de carro para o asilo de

Sefton, onde ele bateu a cabeça nas paredes almofadadas da cela por dezesseis anos — até o recente infortúnio, quando escapou em circunstâncias que poucos gostam de mencionar. O que mais horrorizou os caçadores de Arkham foi o que perceberam quando limparam o rosto do monstro — a zombeteira, incrível semelhança com um mártir instruído e abnegado que havia sido sepultado três dias antes apenas — o falecido Dr. Allan Halsey, benfeitor público e reitor da escola de medicina da Universidade de Miskatonic.

Para o desaparecido Herbert West e para mim, a repugnância e o horror foram extremos. Estremeço, à noite, só de pensar nele; estremeço ainda mais do que daquela vez que West murmurou por entre suas bandagens:

"Diabo, não estava fresco *o bastante*!"

III. Seis tiros à meia-noite

É incomum descarregar todos os seis tiros de um revólver com muita rapidez quando um talvez fosse suficiente, mas muitas coisas na vida de Herbert West eram incomuns. Por exemplo, não é sempre que um jovem médico egresso da universidade é obrigado a ocultar os princípios que guiam sua escolha de tal casa e escritório, e, no entanto, esse foi o caso com Herbert West. Quando ele e eu nos graduamos na escola de medicina da Universidade de Miskatonic e tentamos aliviar a pobreza estabelecendo-nos como clínicos gerais, tomamos um grande cuidado para não dizer que escolhêramos aquela casa porque era bem isolada e ficava o mais perto possível do cemitério dos indigentes.

Uma discrição assim raramente é gratuita, e também não era certamente a nossa, pois nossas exigências resultavam de uma atividade profissional nitidamente impopular. Por fora éramos simples médicos, mas por dentro tínhamos objetivos muito mais importantes e terríveis — pois para Herbert West a essência da vida estava na pesquisa dos reinos tenebrosos e ocultos do desconhecido, em que ele esperava desvendar o segredo da vida e restituir numa perpétua animação os corpos frios do cemitério. Uma busca assim exige materiais estranhos, entre os quais cadáveres humanos frescos, e para manter o fornecimento dessas coisas indispensáveis, é preciso viver discretamente e não longe de um local de sepultamento informal.

West e eu nos conhecêramos na universidade, e eu havia sido o único a simpatizar com seus repugnantes experimentos. Aos poucos, fui tornando-me seu assistente inseparável; e agora que havíamos saído da faculdade, tínhamos de ficar juntos. Não era fácil encontrar um bom emprego para dois médicos juntos, mas a influência da universidade acabou por nos garantir uma prática em Bolton — cidade fabril perto de Arkham, sede da universidade. A fábrica têxtil Bolton Worsted Mills é a maior do Vale do Miskatonic, e seus empregados poliglotas nunca são pacientes populares entre os médicos locais. Selecionamos nossa casa com o maior cuidado, decidindo-nos, enfim, por uma casinha em péssimo estado perto do fim da Pond Street, a cinco números do vizinho mais próximo, e separada do cemitério local de indigentes por um único terreno descampado, dividido em dois pelo estreito gargalo de um bosque muito denso ao norte. A distância era maior do que queríamos, mas não seria possível conseguir uma casa mais perto sem ir para o outro lado do campo, inteiramente fora do distrito industrial. Isso não nos incomodou muito afinal, pois não havia ninguém entre nós e a sinistra fonte de nossos suprimentos. A caminhada era um pouco longa, mas poderíamos arrastar nossos silenciosos espécimes sem perturbação.

Nossa atividade médica foi espantosamente grande desde o início — grande o suficiente para agradar a maioria dos jovens médicos, e grande o bastante para se mostrar um fardo e um aborrecimento para estudiosos cujo real interesse estava alhures. Os operários tinham uma índole um tanto turbulenta, e além de suas muitas necessidades naturais, suas frequentes brigas de socos e facadas nos davam muito que fazer. Mas o que absorvia mesmo nossas mentes era o laboratório secreto que havíamos montado no porão — o laboratório com a mesa comprida sob luzes elétricas onde, nas primeiras horas da madrugada, em geral injetávamos várias das soluções de West nas veias das coisas que arrastávamos do cemitério dos indigentes. West testava fórmulas desvairadamente para encontrar alguma que provocasse novos movimentos humanos vitais depois de eles terem sido interrompidos por uma coisa a que chamamos morte, mas encontrava os mais terríveis obstáculos. A solução precisava ser reformulada para cada diferente tipo — a que serviria para cobaias não serviria para seres humanos, e espécimes humanos diferentes exigiam grandes modificações.

Os cadáveres precisavam ser extraordinariamente frescos, a mais leve decomposição do tecido cerebral impediria uma reanimação perfeita. Na verdade, o maior problema era obtê-los frescos o bastante — West tivera experiências horríveis durante suas pesquisas secretas na universidade com cadáveres de "safra" duvidosa. Os resultados de uma animação parcial ou imperfeita eram muito mais detestáveis do que um fracasso total, e ambos tínhamos recordações pavorosas dessas coisas. Desde a primeira sessão demoníaca na casa de campo abandonada em Meadow Hill, em Arkham, vínhamos sentindo uma crescente ameaça, e West, embora fosse uma pessoa calma, loira, de olhos azuis, um autômato científico em muitos aspectos, muitas vezes admitia uma sensação arrepiante de estar sendo furtivamente perseguido. Ele meio que se sentia seguido — uma ilusão psicológica provocada por nervos abalados, amplificada pelo fato inegavelmente perturbador de que pelo menos um de nossos espécimes reanimados ainda estava vivo, uma apavorante criatura carnívora encerrada numa cela acolchoada em Sefton. Depois havia outra — nossa primeira — cujo destino exato nunca pudemos saber.

Tivemos muita sorte com espécimes de Bolton — muito melhores do que os de Arkham. Menos de uma semana depois de nos instalarmos, conseguimos uma vítima de acidente na mesma noite do enterro, e fizemo-la abrir os olhos com uma expressão espantosamente racional antes de a solução falhar. Ela havia perdido um braço — se o corpo fosse perfeito, teríamos obtido melhores resultados. Dali até o mês de janeiro seguinte, arranjamos outros três: um, foi fracasso absoluto; outro, um caso de acentuado movimento muscular; e outro melhor, uma coisa toda tremendo, que ergueu-se e proferiu um som. Depois veio um período de pouca sorte; os enterros rarearam e os que ocorreram eram de espécimes ou muito doentes ou mutilados demais para o uso. Acompanhávamos todas as mortes e as circunstâncias que as cercavam com meticuloso cuidado.

Certa noite de março, porém, obtivemos inesperadamente um indivíduo que não provinha do cemitério dos indigentes. Em Bolton, o puritanismo dominante havia proibido a luta de boxe — com as consequências habituais. Lutas clandestinas e mal dirigidas entre os operários eram comuns, e vez ou outra traziam algum profissional de baixa categoria. Nessa noite de fim de inverno aconteceu uma dessas lutas, evidentemente com resultados desastrosos, pois dois polacos tímidos nos vieram procurar, murmurando súplicas incoerentes para atendermos a um caso muito secreto e desesperador. Nós os seguimos até um galpão abandonado, onde o resto de uma multidão de estrangeiros assustados observava uma forma escura e silenciosa no chão.

A luta havia sido entre Kid O'Brien — um jovem abrutalhado que se pavoneava, com nariz adunco bem pouco irlandês — e Buck Robinson, "O Fumaça do Harlem". O negro foi nocauteado, e um rápido exame nos mostrou que ficaria assim para sempre. Era uma criatura repugnante e "gorilesca", com braços anormalmente longos que não pude furtar-me de chamá-los pernas dianteiras, e um rosto que conjurava ideias de segredos inenarráveis do Congo com tambores soando sob o clarão sinistro do luar. O corpo devia ter uma aparência ainda pior em vida — o mundo guarda muitas coisas feias. O medo havia descido sobre aquela deplorável multidão, pois conheceriam os termos da lei se o assunto não fosse abafado; e todos ficaram muito gratos quando West, apesar de meus tremores involuntários, se ofereceu para levar embora discretamente a criatura — para um propósito que eu conhecia muito bem.

O luar clareava a paisagem sem neve perfeitamente, vestimos a criatura e a carregamos para casa pelas ruas e campos desertos, assim como havíamos carregado uma criatura similar em certa noite pavorosa, em Arkham. Aproximamo-nos da casa pelo campo dos fundos. Entramos com o corpo pela porta de trás e descemos com ele pela escada do porão, preparando-o para o habitual experimento. Nosso medo da polícia era terrível, embora houvéssemos programado nossa viagem de forma a evitar o solitário guarda daquele setor.

O resultado foi um fiasco. Por mais lívido que parecesse nosso prêmio, ele não reagiu minimamente a nenhuma das soluções que injetamos em seu braço negro, soluções preparadas com base em experiências feitas apenas com espécimes brancos. Assim, quando a madrugada se aproximava e junto o perigo do amanhecer, fizemos o mesmo que havíamos feito com os outros — arrastamos a coisa pelo campo até o braço de bosque perto do cemitério dos indigentes e enterramo-la ali no melhor túmulo que um solo congelado nos permitiu. A cova não ficou muito funda, mas quase tão boa quanto a do espécime anterior — a coisa que se havia erguido e expelido um som. À luz de nossas lanternas furta-fogo, cobrimo-la cuidadosamente de folhas e matos secos, certos de que a polícia jamais a encontraria numa floresta tão escura e cerrada.

No dia seguinte, cresceram meus receios sobre a polícia, pois um paciente trouxe rumores da suspeita de uma luta com morte. West tinha outro motivo de preocupação, pois fora chamado à tarde para um caso que terminou de forma muito ameaçadora. Uma italiana havia ficado histérica com o desaparecimento do filho — um garoto de cinco anos que saíra de manhã bem cedo e não havia voltado para o almoço — e desenvolvera sintomas muito alarmantes, tendo em vista a fraqueza de seu coração. Era uma histeria muito tola, pois o garoto já havia fugido outras vezes, mas os camponeses italianos são supersticiosos demais e os presságios pareciam atormentar aquela mulher tanto quanto os fatos. Por volta das sete da noite, ela morreu, e seu enfurecido esposo provocou uma cena espantosa tentando matar West, a quem acusava de não ter salvado a mulher. Amigos o seguraram quando puxou um estilete, enquanto West saiu às pressas seguido por seus desumanos uivos, maldições e juramentos de vingança. Com o novo sofrimento, o sujeito pareceu esquecer o filho, que continuou desaparecido durante a noite. Correram rumores sobre uma procura nos bosques, mas a maioria dos amigos da família estava ocupada com a morta e com o desatinado. Somando tudo, a tensão nervosa de West devia ser tremenda. As preocupações com a polícia e o italiano louco o deviam estar oprimindo severamente.

Deitamos por volta das onze, mas não dormi direito. Bolton possuía uma força policial preparada demais para uma cidade tão pequena e eu não podia furtar-me de ficar apreensivo com a confusão que se estabeleceria se o caso da noite anterior fosse investigado. Isso poderia significar o fim de todo nosso trabalho local — e, talvez, a prisão para West e para mim. Não gostei daqueles rumores sobre uma briga que andavam circulando. Quando o relógio soou as três, a lua brilhava sobre meus olhos, mas virei-me para o outro lado e não me levantei para correr a persiana. Depois veio aquele som de alguém chacoalhando a porta dos fundos.

Fiquei deitado, em silêncio, um pouco atordoado, mas não demorou muito para ouvir West bater de leve em minha porta. Ele estava de chambre e chinelos e trazia um revólver e uma lanterna nas mãos. Pelo revólver eu percebi que estava pensando mais no italiano enfurecido do que na polícia.

"É melhor nós dois irmos", sussurrou. "Não adiantaria mesmo não atender, e pode ser um paciente... é típico desses doidos tentar a porta dos fundos."

Assim, nós dois descemos a escada na ponta dos pés, possuídos por um medo em parte justificado, e em parte resultante da alma da ominosa madrugada. O chocalhar continuava, apenas um pouco mais forte do que antes. Chegando à porta, cautelosamente a destranquei e a abri, e quando a luz brilhou, reveladora, sobre a silhueta da forma que ali se postava, West teve uma atitude curiosa e peculiar. Apesar do risco evidente de chamar a atenção e trazer sobre nós a temida investigação policial — algo que, afinal, era felizmente evitado pelo relativo isolamento de nossa casinha — meu amigo descarregou de forma precipitada, excitada e desnecessária, todas as seis câmaras do revólver no visitante noturno.

Aquele visitante não era nem italiano nem policial. Destacando-se de maneira repugnante contra a lua espectral, ali estava uma coisa gigantesca e disforme, imaginável só em pesadelo — uma aparição preta, retinta de olhos vidrados, quase de quatro, coberta de torrões de barro, folhas, trepadeiras, manchada de sangue coagulado, e trazendo entre os dentes luzidios um objeto cilíndrico, terrível, da alvura da neve, terminando numa pequenina mão.

IV. O grito do morto

O grito de um morto provocou em mim um horror adicional e agudo pelo Dr. Herbert West, que dificultou os últimos anos de nossa camaradagem. É natural que algo como um grito de homem morto provoque horror, pois é evidente que não se trata de uma ocorrência ordinária e agradável, mas eu estava acostumado com experiências similares, por isso padeci nessa ocasião apenas por causa de uma circunstância particular. E, como sugeri, não foi do próprio morto que fiquei com medo.

Herbert West, de quem eu era parceiro e assistente, tinha interesses científicos muito além da rotina habitual de um médico de aldeia. Esse foi o motivo por que, ao estabelecer sua atividade profissional em Bolton, ele havia escolhido uma casa isolada perto do cemitério dos indigentes. Curto e grosso, o único interesse capaz de absorver West era o estudo secreto dos fenômenos da vida e de sua suspensão, levando à reanimação do morto com injeções de uma solução excitante. Para essa experimentação tenebrosa, era preciso um fornecimento constante de cadáveres humanos muito frescos: muito frescos porque a menor decomposição danificaria inapelavelmente a estrutura cerebral; e humanos por descobrirmos que a solução precisava ter composições diferentes para diferentes tipos de organismos. Levas de coelhos e cobaias foram mortas e manipuladas, mas esse processo não dera em nada. West jamais conseguiu um êxito completo porque nunca pôde obter um cadáver fresco o bastante. Ele queria, na verdade, cadáveres cuja vitalidade ainda estivesse presente; cadáveres com todas as células intactas e capazes de receber novamente o impulso para o movimento chamado vida. As esperanças eram de que essa segunda vida, artificial, poderia tornar-se perpétua com repetidas injeções, mas havíamos aprendido que uma vida natural ordinária não reagiria à ação. Para criar o movimento artificial, a vida natural precisava estar realmente extinta — os espécimes deviam estar muito frescos, mas genuinamente mortos.

A fabulosa busca começou quando West e eu éramos alunos da Escola de Medicina da Universidade de Miskatonic, conscientes ao extremo, pela primeira vez, da natureza absolutamente mecânica da vida. Isso acontecera sete anos antes, mas West parecia não ter envelhecido um dia desde então — pequeno, loiro, de óculos, bem barbeado, voz macia, com cintilações ocasionais dos gélidos olhos azuis para indicar o crescente fanatismo e endurecimento de seu caráter sob a pressão de suas terríveis investigações. Nossas experiências haviam sido, muitas vezes, repugnantes ao extremo; com diversos resultados defeituosos de reanimação, quando massas de barro sepulcral foram galvanizadas em movimentos mórbidos, extravagantes e descontrolados por meio de diversas modificações da solução vital.

Uma coisa havia soltado um grito de abalar os nervos; outra se levantara abruptamente, nos agredira até a inconsciência e saíra correndo como um possesso até ser colocada atrás das grades de um asilo; outra ainda, uma repugnante monstruosidade africana, havia escapado da cova rasa onde estava e realizado uma proeza — West tivera que balear aquela coisa. Como não conseguíamos obter corpos frescos o bastante para revelar algum traço de razão quando reanimados, havíamos criado, por necessidade, horrores indescritíveis. Era perturbador pensar que um, talvez dois, de nossos monstros ainda viviam — esse pensamento nos assombrava um pouco, até que West acabou desaparecendo em circunstâncias pavorosas. Mas por ocasião do grito no laboratório no porão da casa de campo isolada em Bolton, nossos medos eram subordinados à ânsia de obter espécimes extremamente recentes, frescos. West ficava mais ansioso do que eu, e às vezes me parecia que olhava com cobiça para qualquer pessoa viva muito saudável.

Foi em julho de 1910 que a má sorte com respeito aos espécimes começou a mudar. Eu estivera fazendo uma demorada visita a meus parentes em Illinois e quando voltei, encontrei West num estado de singular exaltação. Contou-me, muito excitado, que havia, com toda probabilidade, resolvido o problema do tempo de origem dos espécimes por um ângulo inteiramente novo — o da preservação artificial. Eu sabia que ele vinha trabalhando num composto de embalsamamento novo e bastante incomum, e não me surpreendeu que houvesse conseguido, mas até ele explicar os detalhes, eu fiquei muito confuso sobre como tal composto poderia ajudar em nosso trabalho, pois o envelhecimento prejudicial dos espécimes se devia, em grande medida, ao tempo decorrido até que os conseguíssemos. Isso, eu agora podia perceber, West havia claramente reconhecido, tanto que criou seu composto de embalsamamento para uso futuro e não imediato, e confiando na sorte para nos fornecer um cadáver muito recente e não sepultado, como acontecera anos antes quando conseguimos o negro morto na luta em Bolton. Finalmente, a sorte nos bafejou, de modo que, nessa ocasião, jazia em nosso laboratório secreto do porão um cadáver cuja decomposição não poderia, em hipótese nenhuma, ter começado. O que aconteceria na reanimação, e se poderíamos esperar uma revitalização do ânimo e da razão, West não se aventurava a prever. O experimento seria um marco em nossos estudos e ele havia guardado o novo cadáver esperando a minha volta, para que ambos pudéssemos compartilhar o espetáculo à nossa maneira habitual.

West contou-me como havia obtido o espécime. Tratava-se de um homem vigoroso, um estrangeiro bem vestido que saltara há pouco do trem para realizar algum negócio com a Bolton Worsted Mills. A caminhada para a cidade havia sido longa e quando o viajante parou em nossa casa para se informar sobre o caminho para a fábrica, seu coração ficou muito sobrecarregado. Ele recusara um estimulante e caíra morto um instante depois. O corpo, como era de se esperar, pareceu uma dádiva dos céus para West. Em sua breve conversa, o estranho havia deixado claro que era desconhecido em Bolton, e uma busca posterior em seus bolsos revelou que era um certo Robert Leavitt, de St. Louis, aparentemente sem família para fazer investigações sobre o seu desaparecimento. Se a vida desse homem não pudesse ser restaurada, ninguém saberia de nosso experimento. Enterrávamos nossos materiais numa densa faixa de bosque entre a casa e o cemitério dos indigentes. Se, em contrapartida, ele pudesse ser ressuscitado, nossa fama ficaria brilhante e estabelecida para sempre. Assim, sem maior demora, West injetou no pulso do cadáver o composto que o manteria fresco para ser usado quando eu chegasse. A questão do coração presumivelmente fraco, que a meu ver colocaria em risco o sucesso de nosso experimento, não pareceu preocupar muito West. Ele esperava ao menos conseguir o que jamais havíamos conseguido antes — uma faísca reanimada de razão e, talvez, uma criatura viva, normal.

Assim, na noite de 18 de julho de 1910, Herbert West e eu estávamos no laboratório do porão, observando uma figura branca e inerte sob a ofuscante luz de arco voltaico. O composto de embalsamar havia funcionado com perfeição, pois quando olhei, fascinado, para o corpo robusto que permanecera duas semanas sem enrijecer, tive que pedir a West que me garantisse que a coisa estava realmente morta. Ele me deu de imediato essa garantia, lembrando que a solução reanimadora nunca era usada sem testes cuidadosos quanto à vida, pois não faria nenhum efeito se houvesse algum indício de vitalidade original. Enquanto West realizava os passos preliminares, fiquei impressionado com a extrema complexidade do novo experimento; uma complexidade tão grande que ele não podia confiar em nenhuma mão que não tivesse a delicadeza da sua. Proibindo-me de tocar no corpo, ele primeiro injetou uma droga no pulso bem ao lado do lugar onde sua agulha o perfurara para injetar o composto de embalsamar. Aquilo, ele disse, servia para neutralizar o composto e liberar o sistema para um relaxamento natural de forma que a solução reanimadora pudesse agir livremente quando fosse injetada. Pouco depois, quando uma mudança e um leve tremor pareceram afetar os membros do morto, West apertou com força um objeto em forma de travesseiro sobre o rosto contraído, não o retirando até o cadáver parecer imóvel e pronto para nossa tentativa de reanimação. O pálido entusiasta realizou então alguns últimos testes perfunctórios para ter certeza absoluta da ausência de vida, recuou satisfeito e, enfim, injetou no braço esquerdo uma quantidade cuidadosamente medida do elixir vital, preparado durante a tarde com cuidado maior do que vínhamos tendo desde os tempos de faculdade, quando nossas proezas eram novas e canhestras. Não posso expressar o terrível e agoniante suspense em que esperamos os resultados desse primeiro espécime realmente fresco — o primeiro do qual poderíamos em certa medida esperar que abrisse os lábios numa fala racional, talvez para contar o que teria visto além do abismo insondável.

West era materialista, não acreditava na alma e atribuía todo o trabalho da consciência a fenômenos corporais, por isso não buscava nenhuma revelação de segredos hediondos dos abismos e cavernas além da barreira da morte. Em teoria, eu não discordava completamente dele, mas guardava vagos restos instintivos da primitiva fé de meus antepassados, de forma que não pude deixar de observar o cadáver com certa admiração e terrível expectativa. Ademais — não conseguia tirar da lembrança aquele grito pavoroso e desumano que ouvimos na noite de nosso primeiro experimento na casa de fazenda deserta em Arkham.

Não demorou muito para eu perceber que a tentativa não seria um fracasso absoluto. Um traço de cor apareceu nas maçãs do rosto até então lívidas como gesso e se espalhou por baixo da barba cor de areia curiosamente larga. West, que mantinha a mão no pulso esquerdo para detectar alguma pulsação, fez um aceno de cabeça significativo, e quase ao mesmo tempo uma névoa se formou no espelho inclinado sobre a boca do cadáver. Seguiram-se alguns espasmos musculares e depois a respiração audível e um movimento visível do peito. Olhei para as pálpebras fechadas e pensei ter captado um estremecimento. Depois as pálpebras se abriram, revelando olhos cinzentos, calmos e vivos, mas ainda sem sinal de inteligência e nem mesmo de curiosidade.

Num momento de fantástico capricho, sussurrei perguntas nas orelhas que começavam a ganhar cor, perguntas sobre outros mundos onde a memória ainda poderia estar presente. Um novo terror apagou-as de minha lembrança, mas creio que a última que eu repeti, foi: "Onde você esteve?" Ainda não sei se me responderam ou não, pois nenhum som escapou da boca bem desenhada, mas sei que naquele momento pensei ter visto os lábios finos se moverem em silêncio, formando sílabas que eu teria vocalizado como "só agora" se a frase possuísse algum sentido e relevância. Naquele momento eu estava enlevado com a convicção de uma grande meta ter sido alcançada, e de que, pela primeira vez, um cadáver inanimado havia pronunciado palavras distintas, impelido por uma verdadeira razão. No momento seguinte, não restou nenhuma dúvida sobre o triunfo; nenhuma dúvida de que a solução havia de fato realizado, pelo menos temporariamente, sua missão completa de devolver uma vida articulada e racional ao morto. Mas em meio àquele triunfo aconteceu o maior de todos os horrores — não o horror da coisa que falara, mas do feito que eu havia testemunhado e do homem a quem minha fortuna profissional estava ligada.

Pois aquele corpo muito fresco, enfim se debatendo para entrar numa consciência plena e aterradora com olhos dilatados pela recordação de sua última cena na Terra, estendeu as mãos ávidas numa luta de vida e morte com o ar, e mergulhou de repente numa segunda e final dissolução da qual não poderia haver retorno, soltando o grito que vai retinir eternamente em meu cérebro magoado:

"Socorro! Afaste, maldito diabo louro... afaste essa satânica agulha de mim!"

V. O horror que veio das trevas

Muitas pessoas relataram coisas hediondas, não mencionadas na imprensa, que aconteceram nos campos de batalha da

Grande Guerra. Algumas delas me fizeram desmaiar, outras me provocaram uma náusea devastadora, enquanto outras ainda me fizeram estremecer a ponto de olhar para trás quando no escuro. Contudo, a despeito da pior delas, eu mesmo posso relatar a coisa mais repugnante de todas — o apavorante, sobrenatural e inacreditável horror que veio das trevas.

Em 1915, eu era um médico com a patente de primeiro-tenente num regimento canadense em Flandres, um dos muitos norte-americanos a se antecipar ao próprio governo na titânica luta. Não havia entrado no exército por iniciativa própria, mas por decorrência natural do alistamento do homem de quem eu era o indispensável assistente — o famoso cirurgião especializado de Boston, Dr. Herbert West. O Dr. West ficara ansioso pela oportunidade de servir como cirurgião numa grande guerra, e quando a oportunidade surgiu, levou-me com ele quase contra a minha vontade. Havia razões pelas quais eu gostaria que a guerra nos separasse, razões que me faziam considerar as atividades médicas e a camaradagem de West cada vez mais incômodas, mas quando ele partiu para Ottawa, e por influência de um colega conseguiu uma incumbência médica com a patente de major, não pude resistir à imperiosa persuasão de alguém determinado de que eu devia acompanhá-lo na minha condição usual.

Quando digo que o Dr. West estava ávido para servir em batalha, não quero dizer que fosse, por natureza, inclinado a atividades bélicas ou estivesse ansioso para salvar a civilização. Esguio, loiro, de olhos azuis atrás dos óculos, ele era a gélida máquina intelectual de sempre, e creio que escarnecia secretamente de meus ocasionais entusiasmos bélicos e censuras à neutralidade indolente. Ele queria algo, porém, da conflagrada Flandres, e para consegui-lo precisava assumir uma aparência militar. O que ele queria não era uma coisa que muitas pessoas desejam, mas algo relacionado ao ramo particular da ciência médica que clandestinamente havia escolhido bem seguir, e no qual havia alcançado resultados admiráveis e às vezes repugnantes. Era, na verdade, nada mais, nada menos, que um abundante suprimento de mortos recentes em todos os estágios de desmembramento. Herbert West precisava de cadáveres frescos porque o trabalho de sua vida era a reanimação de mortos. Esse trabalho era ignorado pela clientela elegante com a qual tão rapidamente fizera sua fama depois de sua chegada em Boston, mas bem conhecida apenas por mim, que era seu amigo mais íntimo e único assistente desde os velhos tempos da Escola de Medicina em Arkham. Foi naqueles tempos de faculdade que ele começou seus terríveis experimentos, primeiro com pequenos animais e depois com corpos humanos obtidos de maneira abominável. Havia uma solução que ele injetava nas veias de criaturas mortas, e se elas fossem frescas o bastante, reagiam de maneiras estranhas. Custara-lhe muito descobrir a fórmula apropriada, pois descobrira que cada tipo de organismo precisava de um estímulo especialmente adaptado a ele. O terror o espreitava quando refletia sobre seus fracassos parciais: coisas inomináveis resultantes de soluções imperfeitas ou de corpos que não estavam bem frescos. Um certo número desses insucessos permanecera vivo — um deles estava num asilo enquanto outros haviam desaparecido — e quando pensava em possibilidades concebíveis, embora quase impossíveis, muitas vezes estremecia por baixo da habitual impassibilidade.

West logo aprendera que um cadáver completamente fresco era o principal requisito para se ter exemplares úteis, o que o levara a expedientes assustadores e desnaturados para a obtenção de corpos. Na universidade, e durante o início de nossa prática médica na cidade industrial de Bolton, minha atitude para com ele havia sido de grande admiração e fascínio, mas quando a ousadia de seus métodos aumentou, fui adquirindo um medo corrosivo. Desagradava-me o jeito com que ele olhava para corpos vivos e saudáveis, e depois veio a pavorosa sessão no laboratório do porão quando fiquei sabendo que certo espécime estava vivo quando ele o conseguira. Aquela fora a primeira vez que ele conseguiu reavivar a qualidade do pensamento racional num cadáver, e seu êxito, conseguido a um custo tão repugnante, o deixara absolutamente insensível.

De seus métodos nos cinco anos interpostos não ouso falar. Fiquei preso a ele por força total do medo, testemunhando cenas que nenhuma linguagem humana poderia reproduzir. Aos poucos, cheguei a considerar o próprio Herbert West mais horrível do que tudo que ele fazia — isso foi quando comecei a perceber que seu interesse científico, antes normal, pelo prolongamento da vida havia sutilmente se degenerado numa mera curiosidade mórbida e corrompida e a um sentido secreto do caráter pitoresco da coisa sepulcral. Seu interesse virou um vício terrível e perverso por tudo que era repelente e diabolicamente anormal. Ele se regozijava, tranquilo, com monstruosidades artificiais que fariam o mais saudável dos homens cair morto de pavor e aversão. Tornou-se, por trás de sua pálida intelectualidade, um fastidioso Baudelaire do experimento físico — um lânguido Elagabalus das sepulturas.

Perigos, enfrentava incansavelmente; crimes, ele os cometia impassível. Acredito que o clímax foi quando provou sua tese de que a vida racional pode ser ressuscitada, e procurou novos mundos a conquistar, fazendo experiências com a reanimação de partes isoladas de corpos. Tinha ideias bárbaras e originais sobre as propriedades vitais independentes de células orgânicas e tecidos nervosos separados dos sistemas fisiológicos naturais, e alcançou alguns resultados preliminares repugnantes na forma de um tecido eterno, artificialmente nutrido, obtido dos ovos quase chocados de um indescritível réptil tropical. Estava, em particular, ansioso para estabelecer duas questões biológicas: primeiro, se alguma quantidade de consciência e ação racional pode ser possível sem o cérebro, provenientes da medula espinhal e de vários centros nervosos; e, segundo, se pode existir algum tipo de relação etérea, intangível, distinta das células materiais, que ligue as partes separadas, através de cirurgias, do que antes havia sido um único organismo vivo. Todo esse trabalho de pesquisa exigia um suprimento prodigioso de carne humana recém-chacinada — e esse foi o motivo para Herbert West entrar na Grande Guerra. A coisa fantasmagórica, indescritível, ocorreu certa meia-noite do final de março de 1915, num hospital de campo atrás das linhas, em St. Eloi. Fico imaginando mesmo agora se isso não teria sido um sonho demoníaco provocado pelo delírio. West tinha um laboratório particular numa sala do lado leste do edifício provisório, em forma de galpão que lhe fora concedido, a seu pedido, para descobrir métodos novos e radicais no tratamento de casos, até então sem esperanças, de mutilação. Ali ele trabalhava como um açougueiro em meio a seus ensanguentados produtos — nunca consegui acostumar-me com a leviandade com que manuseava e classificava certas coisas. Às vezes ele de fato realizava prodígios de cirurgia em soldados, mas seu deleite todo especial era de um tipo menos público e filantrópico, exigindo muitas explicações dos sons que pareciam estranhos mesmo no meio daquela babel de condenados. Entre esses sons, ouviam-se frequentes tiros de revólver — por certo nada incomuns num campo de batalha, mas claramente num hospital. Os espécimes reanimados do Dr. West não se destinavam a uma existência prolongada ou ao grande público. Além de tecido humano, West usava boa parte do tecido de embrião de réptil que havia cultivado com resultados tão singulares. Era melhor do que material humano para conservar a vida em fragmentos sem órgãos, e essa era agora a principal atividade de meu amigo. Num canto escuro do laboratório, sobre um curioso queimador de incubadora, ele mantinha um grande tonel coberto, cheio da matéria celular desse réptil, que se multiplicava e crescia túrgida e asquerosamente.

Na noite a que me refiro, tínhamos um espécime novo e esplêndido — um homem ao mesmo tempo fisicamente poderoso e com uma mentalidade tão elevada que nos garantiu um sistema nervoso sensível. Era uma situação muito irônica, pois se tratava do oficial que havia ajudado West a conseguir sua patente e que agora estava para se tornar nosso "parceiro". Mais ainda, ele havia estudado às escondidas no passado a teoria da reanimação, até certo ponto, com West. O major Sir Eric Moreland Clapham-Lee, D.S.O.,[4] era o maior cirurgião de nossa divisão e fora destacado às pressas para o setor de St. Eloi quando as notícias de uma luta encarniçada chegaram ao quartel-general. Ele partira num avião pilotado pelo intrépido tenente Ronald Hill só para ser abatido quando estava bem em cima de seu destino. A queda havia sido espetacular e terrível. Hill ficou irreconhecível, e os destroços revelaram o grande cirurgião quase decapitado, mas com o resto do corpo em grande medida intacto. West recolhera avidamente a coisa inerte que um dia fora seu amigo e colega profissional e de estudos; e eu estremeci quando ele, separando a cabeça, colocou-a em seu diabólico tonel com o polposo tecido de réptil para preservá-la, visando futuros experimentos, e começou a lidar com o corpo decapitado na mesa de operação. Injetou-lhe sangue novo, costurou certas veias, artérias e nervos no pescoço decapitado e fechou a horrível abertura com um enxerto de pele de um espécime não identificado que usava um uniforme de oficial. Eu compreendia a sua intenção — verificar se aquele corpo todo rearranjado poderia exibir, sem a cabeça, algum dos sinais de vida mental do distinto Sir Eric Moreland Clapham-Lee. Uma vez estudioso da reanimação, aquele tronco inerte era agora horrivelmente convocado a comprová-la.

    Ainda posso ver Herbert West debaixo da sinistra luz elétrica enquanto injetava sua solução reanimadora no braço do corpo decapitado. A cena, eu não posso descrever — desmaiaria se

[4] *Distinguished Service Order*, condecoração concedida por méritos em tempos de guerra. (N.T.)

tentasse, pois a loucura impera num ambiente repleto de secretas coisas sepulcrais, com sangue e fragmentos humanos quase até o tornozelo sobre o piso escorregadio e repugnantes aberrações répteis crescendo, borbulhando e cozinhando sobre o espectro bruxuleante verde-azulado de uma chama pálida num canto mergulhado em sombras negras, trevas.

O espécime, como West seguidas vezes observara, tinha um esplêndido sistema nervoso. Esperava-se muito dele, e à medida que começaram a se manifestar alguns movimentos de contração, pude observar a concentração febril no rosto de West. Ele estava pronto, eu creio, para ver a prova de sua opinião cada vez mais forte de que consciência, razão e personalidade podem existir independentemente do cérebro — aquele homem não tem nenhum espírito central integrador; é apenas uma máquina de matéria nervosa, sendo cada seção mais ou menos completa por si mesma. Numa demonstração triunfante, West estava prestes a relegar o mistério da vida à categoria de mito. O corpo agora se contorcia com maior vigor e, debaixo de nossos olhos atentos, começou a se erguer de maneira assustadora. Os braços esticaram-se nervosamente, as pernas levantaram-se e vários músculos contraíram-se numa espécie de repulsiva convulsão. A coisa decapitada estendeu então os braços num gesto inconfundível de desespero — um desespero lúcido o suficiente, parecia, para comprovar cada tese de Herbert West. Com certeza os nervos estavam recordando o último ato do homem em vida, a luta para sair do avião em queda.

O que aconteceu em seguida, eu jamais saberei ao certo. Tudo pode ter sido uma alucinação do choque provocado, naquele momento, pela destruição súbita e total do edifício num cataclismo de bombardeio alemão — quem poderá negar, já que West e eu fomos os únicos sobreviventes comprovados? West gostava de pensar assim antes de seu recente desaparecimento, mas houve momentos em que não podia, pois era estranho que ambos havíamos tido a mesma alucinação. A ocorrência abominável em si foi muito simples, notável apenas pelas suas implicações. O corpo sobre a mesa havia se erguido agitando os braços às cegas, e havíamos escutado um som. Eu não chamaria de voz aquele som, pois era pavoroso demais. No entanto, seu timbre não foi o que houve de mais pavoroso. Tampouco a sua mensagem — ele havia gritado apenas, "Salte, Ronald, pelo amor de Deus, salte!" Pavoroso foi a sua origem.

Ele saíra do grande tonel coberto, naquele canto macabro de trevas rastejantes.

VI. As legiões sepulcrais

Quando o Dr. Herbert West desapareceu há um ano, a polícia de Boston me interrogou com rigor. Suspeitavam que eu estivesse escondendo alguma coisa, e talvez ainda suspeitassem coisas mais graves, mas eu não podia contar a verdade porque não me acreditariam. Eles sabiam, com efeito, que West estivera ligado a atividades que contrariavam o senso comum, pois seus repugnantes experimentos na reanimação de mortos haviam sido, por muito tempo, extensas demais para um perfeito segredo, mas a catástrofe final de abalar a alma continha elementos de uma fantasia tão demoníaca que eu até cheguei a duvidar da realidade daquilo que vi.

Eu era o melhor amigo de West e seu único assistente confidencial. Havíamos nos conhecido anos antes, na escola de medicina, e eu havia compartilhado, desde o início, suas terríveis pesquisas. Aos poucos, ele tentava aperfeiçoar uma solução que, injetada nas veias de mortos recentes, restauraria a vida, trabalho que exigia uma grande quantidade de cadáveres frescos e, portanto, envolvia atividades das mais desnaturadas. Ainda mais chocantes foram os produtos de alguns experimentos — massas pavorosas de carne antes morta e que West despertara para uma animação cega, inconsciente e nauseante. Assim foram os resultados usuais, pois para reacordar a mente foi preciso obter espécimes tão absolutamente frescos que nenhuma decomposição pudesse ter afetado suas delicadas células cerebrais.

Essa necessidade de cadáveres muito frescos fora a causa da ruína moral de West. Eram difíceis de conseguir e certo dia, um terrível dia, conseguira seu espécime ainda vivo e vigoroso. Uma luta, uma agulha e um poderoso alcaloide o haviam transformado num cadáver muito fresco, e o experimento funcionara por um breve e memorável instante, mas deixando West com a alma calejada e árida, e com um olhar duro que às vezes fitava, numa avaliação hedionda e calculada, homens de cérebro especialmente sensível e físico especialmente vigoroso. Nos últimos tempos, fiquei com um pavor intenso de West, pois começara a olhar para mim daquela maneira. As pessoas não pareciam notar seus olhares, mas percebiam o meu pavor e, depois de seu desaparecimento, basearam-se nisso para alimentar suspeitas absurdas.

A verdade é que West estava mais assustado do que eu, pois suas pesquisas abomináveis lhe impuseram uma vida furtiva e de pavor de cada sombra. Em parte, era a polícia que ele temia, mas às vezes seu nervosismo era mais profundo, mais nebuloso, tocante a certas coisas indescritíveis nas quais injetara uma vida mórbida, e das quais não havia visto aquela vida sair. Geralmente ele encerrava seus experimentos com um revólver, mas algumas vezes não era rápido o bastante. Houve aquele primeiro espécime em cujo túmulo saqueado foram vistas marcas de garras depois. Teve também o corpo daquele professor de Arkham que havia praticado atos de canibalismo antes de ser capturado e metido, sem ser identificado, numa cela para loucos em Sefton, onde bate nas paredes há dezesseis anos. A maior parte dos outros resultados talvez sobreviventes eram coisas menos fáceis de descrever, pois o zelo científico de West havia se degenerado, nos últimos anos, numa mania doentia e fantástica, e ele exercia sua habilidade na vitalização não de corpos humanos inteiros, mas de partes isoladas de corpos, ou partes combinadas com matéria orgânica não humana. Aquilo se tornou diabolicamente revoltante na época em que desapareceu; muitos dos experimentos sequer poderiam ser sugeridos em publicações. A Grande Guerra, em que ambos servimos como cirurgiões, havia intensificado esta faceta de West.

Quando digo que o medo que West tinha de seus espécimes era nebuloso, tenho em mente, em especial, a complexidade de sua natureza. Parte dele vinha diretamente de conhecer a existência daqueles monstros inomináveis, enquanto a outra resultava da apreensão dos danos corporais que eles poderiam, em certas circunstâncias, lhe infligir. Seu desaparecimento só fazia aumentar o horror da situação — de todos eles, West conhecia o paradeiro de apenas um, a lamentável coisa no asilo. Havia também um medo mais sutil: uma sensação fantástica resultante de um curioso experimento no exército canadense em 1915. West, no meio de uma dura batalha, havia reanimado o major Sir Eric Moreland Clapham-Lee, D.S.O., um colega médico que conhecia seus experimentos e poderia até reproduzi-los. A cabeça fora removida para a investigação sobre a possibilidade de uma vida quase inteligente no tronco. No exato momento em que o edifício estava sendo arrasado por um obus alemão, um sucesso aconteceu. O tronco se moveu de forma inteligente e, por incrível que pareça, ficamos ambos doentiamente seguros de que haviam saído sons articulados da cabeça que fora posta num canto escuro do laboratório. O obus, de certa forma, havia sido piedoso — mas West nunca conseguiu sentir-se tão seguro quanto desejava de que fôramos os dois únicos sobreviventes. Costumava fazer tenebrosas conjecturas sobre os possíveis feitos de um médico sem cabeça com poder de reanimar mortos.

O último domicílio de West foi uma casa venerável e muito elegante, com vista para um dos mais antigos cemitérios de Boston. Ele havia escolhido o lugar por razões puramente simbólicas e fantasticamente estéticas, pois a maioria dos sepultos era do período colonial, de pouca utilidade, portanto, para um cientista atrás de corpos muito frescos. O laboratório ficava num porão mais abaixo construído em segredo por trabalhadores importados e continha um enorme incinerador para a eliminação silenciosa e completa daqueles corpos, ou dos fragmentos e imitações sintéticas de corpos que poderiam sobrar dos mórbidos experimentos e ignóbeis diversões do proprietário.

Durante a escavação do porão, os trabalhadores haviam dado de encontro com uma parede de pedra muitíssimo antiga, por certo relacionada ao velho cemitério, mas a uma profundidade grande demais para corresponder a algum sepulcro conhecido daquele período. Depois de muitos cálculos, West concluiu que se tratava de alguma câmara secreta abaixo do túmulo dos Averills, onde o último sepultamento havia sido feito em 1768. Eu estava em sua companhia quando ele estudou a parede salitrosa e gotejante desnudada pelas pás e enxadões dos operários, e estava preparado para o palpitante horror que acompanharia a descoberta de segredos sepulcrais seculares, mas, pela primeira vez, uma timidez desconhecida em West venceu sua natural curiosidade e ele traiu de modo degenerante a sua fibra, o seu pulso, ordenando que a parede fosse deixada intacta e rebocada. Assim ela permaneceu até aquela derradeira noite infernal, como parte das paredes do laboratório secreto. Falo da decadência de West, mas devo acrescentar que se tratava de uma coisa puramente mental e intangível. Por fora, ele foi o mesmo até o fim — calmo, frio, esguio e loiro, com os olhos azuis por trás dos óculos, e a aparência geral de juventude que anos e pavores jamais pareceram alterar. Ele parecia calmo mesmo quando se lembrava daquele túmulo arranhado e olhava por cima dos seus ombros; mesmo quando pensava na coisa carnívora que roía e golpeava as barras de Sefton.

O fim de Herbert West começou certa noite de nossos estudos conjuntos quando ele dividia seu olhar curioso entre mim e o jornal. Uma curiosa manchete atraíra sua atenção para as páginas amarrotadas, e uma inominável garra titânica parecia se aproximar por baixo após longos dezesseis anos. Uma coisa incrível e assustadora havia acontecido no Asilo de Sefton, a cinquenta milhas de distância, estarrecendo a vizinhança e confundindo a polícia. Nas primeiras horas da madrugada, um grupo de homens silenciosos havia entrado no recinto, com seu líder logo despertando os atendentes. Era um militar ameaçador que falava sem mover os lábios e cuja voz parecia relacionar-se, por uma espécie de ventriloquia, com uma enorme caixa preta que ele carregava. Seu rosto impassível era bonito, de uma beleza radiante, mas havia chocado o superintendente quando a luz do corredor caiu sobre ele — era um rosto de cera com olhos de vidro pintado. Algum acidente terrível acontecera àquele homem. Um homem maior guiava seus passos, um brutamontes repelente cuja face azulada parecia um tanto corroída por algum mal desconhecido. O falante pedira a custódia do monstro canibal enviado de Arkham dezesseis anos antes, e diante da recusa, deu um sinal que precipitou um pavoroso tumulto. Os demônios haviam surrado, pisoteado e mordido os atendentes que não conseguiram fugir, matando quatro e conseguindo, enfim, a libertação do monstro. As vítimas que conseguiram recordar o acontecimento sem histeria juraram que as criaturas agiram menos como homens do que como inimagináveis autômatos guiados pelo chefe com cara de cera. Quando conseguiram ajuda, os homens e seu louco resgatado haviam desaparecido sem deixar traços.

Do momento em que leu essa notícia até a meia-noite, West ficou sentado, em estado de quase paralisia. À meia-noite, a campainha da porta soou, fazendo-o saltar apavorado. Todos os criados dormiam no sótão, por isso eu atendi à campainha. Conforme relatei à polícia, não havia nenhum carro na rua, apenas um grupo de figuras de aparência estranha, carregando uma grande caixa quadrada que pousaram na entrada depois que um

deles grunhiu com voz muito estranha: "Expresso, frete pago."
Eles se afastaram em fila da casa, num andar desengonçado, e ao observá-los tive a estranha impressão de que estavam virando na direção do antigo cemitério que ficava nos fundos da casa. Depois que fechei a porta, West desceu a escada e olhou para a caixa. Ela tinha cerca de um metro quadrado e trazia o seu nome e o seu endereço atuais corretos. Trazia também a inscrição, "De Eric Moreland Clapham-Lee, St. Eloi, Flandres". Seis anos antes, em Flandres, um hospital bombardeado havia desmoronado sobre o tronco sem cabeça reanimado do Dr. Clapham-Lee, e sobre a cabeça separada que, talvez, tivesse emitido sons bem articulados.

West não ficou nem mesmo excitado na hora. Sua condição era mais terrível. Rapidamente, ele disse: "É o desfecho... mas vamos incinerar... isso." Carregamos a coisa para o laboratório — de ouvidos atentos. Não me lembro de muitos detalhes — podem imaginar meu estado mental —, mas seria uma mentira malévola dizer que foi o corpo de Herbert West que coloquei no incinerador. Nós dois inserimos toda aquela caixa de madeira, sem abri-la, fechamos a porta e ligamos a eletricidade. Nenhum som saiu da caixa, afinal.

Foi West quem primeiro notou o reboco caindo naquela parte da parede em que a alvenaria do antigo túmulo havia sido revestida. Eu queria sair correndo, mas ele me conteve. Depois eu vi uma pequena abertura escura, senti um sopro gelado e diabólico e o cheiro das entranhas sepulcrais de uma terra putrescente. Não se ouvia nenhum som, mas naquele momento as luzes se apagaram e eu vi, delineada contra uma certa fosforescência do além, uma horda de coisas silenciosas avançando com dificuldade que somente a insânia — ou algo pior — poderia criar. Seus contornos eram humanos, semi-humanos, quase humanos, e completamente não humanos — a horda era grotescamente heterogênea. Elas estavam removendo em silêncio as pedras, uma a uma, da parede secular. E então, quando a brecha se tornou grande o bastante, entraram no laboratório em fila indiana, lideradas por uma coisa imponente com uma bela cabeça de cera. Uma espécie de monstruosidade de olhar alucinado atrás do líder agarrou Herbert West, que não resistiu, nem emitiu um único som. Depois todos saltaram sobre ele e o despedaçaram diante de meus olhos, levando seus pedaços para aquela cripta subterrânea de abominações fabulosas. A cabeça de West foi levada pelo líder, que usava um uniforme de oficial canadense. Enquanto ela desaparecia, notei que os olhos azuis por trás dos óculos ardiam odiosamente em chamas em sua primeira demonstração de frenética e visível emoção.

Os criados me encontraram inconsciente pela manhã. West se fora. O incinerador continha apenas cinzas não identificáveis. Detetives me interrogaram, mas o que posso dizer? A tragédia de Sefton eles não relacionarão a West; nem isso, nem os homens com a caixa, cuja existência eles rejeitam. Contei-lhes sobre a cripta, e eles apontaram para o reboco intacto da parede e riram. Então não lhes contei mais nada. Pensam que sou um louco ou assassino — provavelmente estou louco. Mas poderia não estar louco se aquelas malditas legiões sepulcrais não tivessem sido tão silenciosas.

(1922)

O Sabujo

Retinam sem parar em meus torturados ouvidos um zumbido e um martelar pesados, e também como que um tênue, distante latir de algum enorme sabujo acuando a caça. Não é sonho — não é mesmo, eu temo, seja loucura —, pois coisas demais se passaram para eu ter dúvidas tão compassivas. St. John é um cadáver mutilado, e só eu sei o porquê; e minha consciência é tal que sei que estou prestes a estourar os miolos temendo igual mutilação. Por intermináveis e escuros corredores de fantasia ancestral corre a hostil e informe Nêmesis, que me impele para a autoaniquilação.

Que os céus perdoem a loucura e a morbidez que nos conduziram a um fado tão monstruoso! Cansados dos lugares comuns do mundo vulgar, onde mesmo os prazeres do romance e da aventura ficam logo rançosos, St. John e eu perseguimos entusiasticamente cada movimento estético e intelectual que prometia uma trégua para nosso tédio devastador. Os enigmas simbolistas e os êxtases pré-rafaelitas foram também os nossos, cada um a seu tempo, mas não demorava para cada novo estado de espírito se esvaziar de seu divertido apelo e novidade. Só a tenebrosa filosofia dos decadentistas conseguia nos reter, e a considerávamos poderosa, aumentando passo a passo a profundidade e o diabolismo de nossas investidas. Baudelaire e Huysmans perderam logo sua capacidade de excitar-nos, até que nos restaram apenas os estímulos mais diretos de experiências e aventuras pessoais extraordinárias. Foi essa terrível necessidade emocional que nos acabou levando àquele detestável curso que, mesmo com todo o meu atual pavor, é com vergonha e timidez que menciono: aquela pavorosa exacerbação da ignomínia humana, a abominável prática de violar sepulturas.

Não me permito revelar os detalhes de nossas revoltantes expedições ou mesmo catalogar, ainda que parcialmente, o pior dos troféus que adornam o indescritível museu que montamos no grande solar de pedra que, sós, habitávamos, sem criadagem. Nosso museu era um lugar ignóbil, impensável, onde havíamos reunido, com o gosto satânico de neurótico virtuosismo, um universo de horror e decadência para excitar nossas sensibilidades embotadas. Ficava numa sala secreta de um local subterrâneo muito, muito profundo, onde enormes demônios alados talhados em ônix e basalto, cujas largas bocas sorridentes vomitavam tétricas luzes verdes e laranjas, e tubos pneumáticos ocultos faziam ondular em caleidoscópicas danças funerais as linhas das rubras coisas sepulcrais tecidas à mão em vultosos reposteiros negros. Chegavam por esses tubos, conforme a vontade, os odores mais ansiados por nosso estado de espírito, às vezes o aroma de alvos lírios funerais, noutras o imaginário e narcótico incenso dos santuários de mortos reais do Oriente, e noutras ainda — me arrepio só de lembrar! — a pavorosa, revoltante fedentina da campa descoberta.

Dispostos ao longo das paredes dessa câmara repugnante havia sarcófagos de antigas múmias alternados com corpos bem cuidados, de aparência natural, conservados e recheados pela arte do taxidermista, e com bustos de pedra recolhidos nos mais antigos cemitérios do mundo. Nichos esparsos abrigavam crânios de todos os formatos e cabeças em vários estágios de decomposição. Ali se poderiam encontrar os crânios nus putrefatos de nobres famosos, e as cabeças frescas, radiantes, douradas, de crianças recém-enterradas. Havia ainda estátuas e quadros, todos sobre temas demoníacos e alguns feitos por St. John e por mim. Uma pasta fechada à chave, encadernada com pele humana curtida, continha certos desenhos desconhecidos e indescritíveis que, segundo rumores, Goya teria perpetrado mas não ousara assumir. Havia nauseantes instrumentos musicais, de corda e de sopro, de metal e madeira, nos quais St. John e eu produzíamos, às vezes, dissonâncias de estranha morbidez e democacofônico horror;[1] enquanto numa profusão de prateleiras de ébano, marchetadas, descansava a mais incrível e impensável variedade de despojos sepulcrais jamais reunidas pela loucura e perversidade humana. É desses despojos que não devo falar — graças a Deus tive a coragem de destruí-los muito antes de pensar em me destruir.

As excursões predatórias em que coletamos nossos incomensuráveis tesouros sempre foram acontecimentos artisticamente memoráveis. Não éramos ladrões vulgares de sepulturas, operávamos somente sob certas condições de estado mental, paisagem, ambiente, tempo, estação e luar. Tais passatempos representavam para nós a forma mais extravagante da expressão estética, e aplicávamos em seus detalhes, fastidioso cuidado técnico. Uma hora imprópria, um efeito de iluminação desagradável ou a manipulação canhestra da terra úmida destruiria quase inteiramente, para nós, aquele gozo extático que acompanhava a exumação de algum ominoso e arreganho segredo da terra. Nossa busca por novas paisagens e situações excitantes era febril e insaciável — St. John liderava sempre, e foi ele quem abriu caminho, enfim, para aquele zombeteiro, amaldiçoado lugar que nos levou à nossa hedionda e inevitável sina.

Que maligna fatalidade nos teria atraído para aquele terrível cemitério holandês? Penso que foi o obscuro rumor, as lendas, os relatos sobre alguém enterrado há cinco séculos que, em sua época, havia sido um violador de túmulos, tendo roubado algo

[1] No original, *cacodaemoniacal ghastliness*, um neologismo do autor que junta *cacophony* (*cacofonia*), som desagradável da união não harmônica de notas, e *daemoniacal* (ou *demoniacal*), demoníaco, ou seja, um som demoniacamente cacofônico. (N.T.)

muito poderoso de uma imensa sepultura. Posso me lembrar da cena nesses momentos derradeiros: a pálida lua outonal sobre as campas, projetando extensas, pavorosas sombras; as árvores grotescas, curvando-se soturnas de encontro à grama abandonada e às lápides rachadas; as vastas legiões de morcegos colossais, voando contra a lua; a ancestral igreja coberta de hera, apontando um imenso dedo espectral para o céu lívido; os insetos fosforescentes, dançando como fogos-fátuos sob os teixos num canto distante; os tênues odores de mofo, vegetais e coisas menos explicáveis confundidos com o sopro noturno de mares e pântanos longínquos; e, pior, o fraco e rouco latido de acuo de algum sabujo gigantesco que não podíamos ver, nem localizar precisamente de onde vinha. Ao ouvirmos isso que parecia um latido, estremecemos, recordando os relatos dos camponeses, pois aquele que procurávamos havia sido encontrado, muitos séculos antes, nesse mesmíssimo lugar, rasgado e dilacerado pelas garras e presas de alguma fera indescritível.

Lembro-me de como escavamos a sepultura desse violador de túmulos com nossas pás e de como nos excitamos com a imagem de nós mesmos, a sepultura, a pálida lua à espreita, as sombras horríveis, as árvores grotescas, os morcegos titânicos, a igreja antiga, os fogos-fátuos dançantes, os odores nauseantes, o lamento suave do vento noturno e o singular ladrido de acuo, tão fraco que mal tivemos certeza de que realmente existira. Depois nossas pás bateram numa substância mais dura do que a terra úmida e vimos uma caixa oblonga, apodrecida, incrustada de sedimentos minerais do solo há muito intocado. Ela era muitíssimo grossa e resistente, mas tão velha que acabamos por abri-la com um pé-de-cabra e nossos olhos se deleitaram com seu conteúdo.

Muito — espantosamente muito — havia restado da coisa apesar do lapso de quinhentos anos. O esqueleto embora tivesse sido triturado em alguns pontos pelas mandíbulas da coisa que havia matado seu dono, conservara-se em conjunto com surpreendente firmeza, e nos deleitamos com o crânio branco e limpo, os dentes firmes e compridos, as órbitas sem os olhos que um dia teriam brilhado com uma febre sepulcral como a nossa. No ataúde havia um amuleto de desenho exótico e curioso que parecia ter enfeitado o pescoço do morto. Exibia a estranha imagem convencional de um sabujo com asas agachado, ou de uma esfinge com face meio canina, primorosamente talhada à moda do antigo Oriente numa pequena peça de jade verde. A expressão de sua cara era repelente ao extremo, lembrando ao mesmo tempo morte, bestialidade e malefício. Rodeava sua base uma inscrição em caracteres que nem St. John nem eu conseguimos identificar; e no fundo, como marca do criador, o entalhe de um crânio formidável e grotesco.

Mal vimos o amuleto, soubemos que ele tinha de ser nosso, que apenas esse tesouro seria nosso butim lógico da campa secular. Mesmo que seu contorno fosse insólito, nós o teríamos desejado, mas quando o olhamos mais de perto, vimos que não era de todo insólito. Era com certeza muito diferente de toda arte e literatura que os leitores sãos e equilibrados conhecem, mas nós o identificamos com a coisa sugerida no proibido *Necronomicon* do insano árabe Abdul Alhazred, o medonho símbolo espiritual do culto necrofágico da inacessível Leng, na Ásia Central. Identificamos perfeitamente as sinistras feições descritas pelo velho demonólogo árabe; feições, escreveu ele, tiradas de alguma manifestação obscura e sobrenatural, das almas dos que perturbavam e consumiam os mortos.

Apanhando o objeto de jade verde, corremos um último olhar pelo rosto descarnado de olhos cavernosos de seu antigo dono e deixamos a campa do jeito que a havíamos encontrado. Ao sair às pressas daquele lugar abominável com o amuleto roubado no bolso de St. John, pensamos ter visto os morcegos descendo em bloco para a terra que havíamos pilhado, como que procurando algum alimento ímpio e maldito. Mas fraco e pálido era o brilho da lua outonal e não pudemos ter certeza disso. Também enquanto navegávamos, no dia seguinte, da Holanda para nosso lar, pensamos ter ouvido o tênue latido distante de algum sabujo gigantesco. Mas triste e abatido o vento outonal gemia, e novamente não pudemos estar certos.

II

Menos de uma semana depois de nossa volta à Inglaterra, coisas estranhas começaram a acontecer. Vivíamos como reclusos; isolados, sem amigos e sem criados, em poucos quartos de um antigo solar num pântano soturno e pouco frequentado, de forma que nossas portas raramente eram perturbadas pelas batidas de algum visitante. Agora, porém, estávamos intrigados com o que pareciam ser frequentes presenças durante a noite, mexendo nas portas e nas janelas, tanto superiores quanto inferiores. Uma vez imaginamos ter visto um corpo grande e opaco escurecer a janela da biblioteca com o brilho da lua por trás; e noutra, pensamos ter ouvido um zumbido ou vibração de asas não muito distante. Em cada ocasião dessas, a investigação nada nos revelou, e passamos a atribuir as ocorrências apenas à imaginação — aquela mesma imaginação perturbada que ainda conservava em nossos ouvidos o tênue latido distante que pensávamos ter escutado no cemitério na Holanda. O amuleto de jade repousava agora em um nicho do nosso museu, e às vezes queimávamos velas de perfumes estranhos diante dele. Líamos muito sobre as suas propriedades no *Necronomicon* de Alhazred, e sobre a relação de almas dos violadores de túmulos com as coisas que ele simbolizava, e essa leitura nos deixava inquietos. Veio então o terror.

Na noite de 24 de setembro de 19--, ouvi uma batida na porta de meu quarto. Supondo que era St. John, pedi ao visitante que entrasse, mas recebi por resposta um riso estridente. O corredor estava vazio. Quando despertei St. John, ele confessou sua completa ignorância do fato, e ficou tão preocupado quanto eu. Foi naquela noite que o longínquo e tênue latido por sobre o pântano se tornou uma realidade evidente e pavorosa para nós.

Quatro dias mais tarde, estando os dois no museu secreto, ouvimos um arranhar fraco e cauteloso na única porta que dava para a escadaria que levava à biblioteca. Nosso pânico dividira-se então, pois além do medo do desconhecido, nutríamos um contínuo pavor de que descobrissem a nossa tétrica coleção. Apagamos todas as luzes, fomos até a porta e abrimo-la de supetão, quando então sentimos um indescritível sopro de ar e ouvimos, como que se afastando a distância, uma singular combinação de conversa articulada, sussurros e riso zombeteiro. Se estávamos loucos, sonhando ou privados da razão, não tentamos determinar. Percebemos apenas, com a mais negra das inquietações, que a algaravia era, acima de qualquer dúvida, *em língua holandesa*.

Depois daquilo vivemos em crescente terror e fascinação. Em geral, nos aferrávamos à teoria de estarmos ambos enlouquecendo em resultado de nossa vida cheia de excitações anormais, mas às vezes nos agradava mais nos dramatizar como vítimas de alguma sina terrível e pavorosa. As manifestações bizarras eram agora frequentes demais para se contar. Nossa casa isolada estava aparentemente viva com a presença de alguma criatura maligna cuja natureza não conseguíamos imaginar, e todas as noites aquele latido demoníaco rolava sobre o pântano, varrido pelo vento, cada vez mais e mais forte. Em 29 de outubro, encontramos na terra fofa por baixo da janela da biblioteca uma série de pegadas completamente impossíveis de se descrever. Eram tão desconcertantes como as hordas de grandes morcegos que assolavam o velho solar em quantidades crescentes e sem precedentes.

O horror atingiu seu auge em 18 de novembro quando St. John, voltando a pé para casa da soturna estação ferroviária depois de escurecer, foi atacado por alguma medonha criatura carnívora e todo dilacerado. Seus gritos ecoaram em casa e saí correndo até a terrível cena a tempo de ouvir ainda uma vibração de asas e ver a silhueta de uma vaga coisa nebulosa contra a lua nascente. Meu amigo estava morrendo quando lhe falei, e não pôde responder-me de maneira coerente. Tudo que ele conseguiu foi murmurar, "o amuleto... aquela coisa maldita..." Depois desfaleceu, uma massa inerte de carne lacerada.

Sepultei-o no meio da noite seguinte em um de nossos maltratados jardins, e murmurei sobre seu corpo um dos rituais diabólicos que ele tanto amava em vida. E enquanto pronunciava a última frase demoníaca, ouvi, vindo do pântano, o tênue latido de acuo de algum sabujo gigantesco. A lua estava alta no céu, mas não ousei olhar para ela. E quando vi sobre a débil claridade do pântano uma larga sombra nebulosa se esgueirando de morro em morro, fechei os olhos e me atirei de bruços sobre o solo. Quando me levantei, tremendo, não sei quanto tempo depois, entrei cambaleando em casa e fiz revoltantes reverências diante do amuleto de jade no relicário.

Com medo de viver sozinho no velho solar do pântano, parti no dia seguinte para Londres, levando junto o amuleto depois destruir com fogo e enterrar o resto do ímpio acervo do museu. Após três noites, porém, tornei a ouvir o latido, e não passara uma semana, sentia olhos estranhos me observando sempre que ficava no escuro. Certa noite em que perambulava pelo Victoria Embankment para tomar um pouco do ar de que tanto necessitava, vi uma sombra negra escurecer um dos reflexos das luzes na água. Um vento mais forte do que o vento noturno soprou e eu soube que a sina de St. John logo recairia sobre mim.

No dia seguinte, embrulhei com cuidado o amuleto de jade verde e embarquei para a Holanda. Que piedade eu poderia ganhar devolvendo a coisa a seu silencioso e adormecido dono, eu não sabia, mas sentia a necessidade de ao menos tentar alguma medida aceitavelmente lógica. O que era o cão e por que me perseguia, eram perguntas ainda vagas, mas eu ouvira o latido de acuo pela primeira vez naquele antigo cemitério, e cada acontecimento subsequente, inclusive o sussurro de St. John moribundo, servira para relacionar a maldição com o roubo do amuleto. Assim, foi mergulhado nos mais profundos abismos do desespero que descobri, numa pousada em Roterdã, que ladrões haviam me despojado desse único meio de minha salvação.

O latido foi mais alto naquela noite, e, pela manhã, li sobre um acontecimento inominável no bairro mais depravado da cidade. O populacho estava aterrorizado, pois descera sobre um cortiço do mal uma morte rubra muito mais terrível do que os mais alucinados crimes anteriores da vizinhança. Num esquálido covil de ladrões, uma família inteira havia sido despedaçada por uma criatura desconhecida que não deixara traços, e os vizinhos tinham ouvido, durante a noite inteira, por sobre a algazarra habitual de vozes embriagadas, um tênue, profundo e insistente som como o de um gigantesco sabujo.

Cheguei enfim àquele mórbido cemitério onde um pálido luar de inverno lançava sombras pavorosas e árvores desfolhadas se curvavam sombriamente de encontro à grama seca, coberta de geada, e as lajes rachadas, a igreja coberta de hera, apontavam um dedo zombeteiro para o céu hostil; o vento noturno uivava freneticamente sobre pântanos gelados e mares frígidos. O latido estava muito fraco agora, e cessou completamente quando me aproximei da antiga sepultura que violara um dia, e espantei um grande bando de morcegos que esvoaçavam estranhamente ao seu redor.

Não sei por que teria ido até lá, exceto para implorar, ou balbuciar, súplicas e desculpas insanas à inerte coisa branca que jazia enterrada, mas fossem quais fossem os meus motivos, ataquei a terra endurecida com um desespero que era em parte meu e em parte de uma vontade dominadora externa. A escavação foi muito mais fácil do que eu esperava, embora, a certa altura, eu tivesse feito uma parada quando um cadavérico abutre dardejou do céu gelado e bicou furiosamente a terra tumular até que eu o matasse com um golpe de pá. Alcancei enfim a caixa oblonga apodrecida e removi a camada úmida e salitrosa. Esse foi o último ato racional que jamais pratiquei.

    Enrodilhado no interior daquele ataúde secular, envolvido pelo aperto de um pavoroso séquito de morcegos enormes, vigorosos e adormecidos, estava a coisa óssea que meu amigo e eu havíamos roubado; não limpa e plácida como a víramos então, mas coberta de crostas de sangue e tiras de carne e cabelos alheios, olhando-me sensitivamente de soslaio com as órbitas fosforescentes e as agudas presas ensanguentadas e retorcidas escancarando-se para mim, zombando de meu destino inevitável. E quando saiu daquelas mandíbulas arreganhadas um profundo, sardônico latido como o de um sabujo gigantesco e percebi que ela segurava nas garras repelentes e imundas o perdido e aziago amuleto de jade verde, apenas gritei e saí correndo loucamente, com meus gritos logo dissolvendo-se numa gargalhada histérica.

    A loucura cavalga o vento estelar... garras e presas agudas sobre centenas de corpos... a morte gotejante escarranchada num Bacanal de morcegos das ruínas tenebrosas de templos enterrados de Belial...[2] Agora que o latido daquela monstruosidade morta e descarnada vai ficando mais e mais forte e o furtivo zumbido e esvoaçar daquelas malditas asas membranosas circula cada vez mais perto, mais perto, vou procurar com meu revólver o olvido, que poderá ser meu único refúgio do inominado e indizível.

(1922)

---

[2] Um dos nomes bíblicos de Satã, usado mais para designar um demônio suntuoso, ligado ao luxo, ao requinte e prazeres sensuais; é mencionado nos livros *Paraíso perdido* e *Paraíso reconquistado*, ambos de John Milton (1608-1674). (N.T.)

O Horror em Red Hook[1]

"Há sacramentos do mal, assim como do bem, à nossa roda, e nós vivemos e nos movemos, em minha opinião, num mundo desconhecido, um lugar povoado de cavernas, sombras e habitantes do crepúsculo. É possível que o homem possa, às vezes, volver atrás no curso da evolução, e é minha crença que um saber terrível ainda não morreu."

Arthur Machen[2]

Há poucas semanas, numa esquina do vilarejo de Pascoag, Rhode Island, um pedestre alto, corpulento e bem-apessoado provocou muitas especulações com um singular lapso de compostura. Ao que parece, ele vinha descendo a colina pela estrada de Chepachet e, tendo chegado à parte mais densa de casas, virou à esquerda, entrando na rua principal, onde vários quarteirões de um modesto comércio transmitem um toque de urbano. A essa altura, sem provocação visível, ele cometeu seu espantoso lapso. Olhou intrigado, durante um momento, para o edifício mais alto à sua frente e depois, com uma série de gritos histéricos, aterrorizantes, saiu em desabalada e frenética carreira que terminou em tropeço e tombo perto do cruzamento seguinte. Mãos prestimosas apressaram-se em ajudá-lo a se levantar e bater o pó, encontrando-o consciente, fisicamente ileso e por certo curado de seu súbito ataque de nervos. Acabrunhado, ele balbuciou algumas explicações envolvendo tensões que havia

---

[1] Movimentado centro de comércio naval dos Estados Unidos no século XIX, dominado por estivadores italianos, mas também com muitos imigrantes do Oriente Médio nos tempos de Lovecraft. (N.T.)
[2] Escritor galês (1863-1947). (N.T.)

sofrido e, cabisbaixo, retornou à estrada para Chepachet e seguiu caminhando com dificuldade até sumir de vista sem olhar uma vez sequer para trás. Foi um incidente estranho em se tratando de um homem tão grande, vigoroso, de feições normais e aparência sadia, e a estranheza não se arrefeceu com os comentários de um circunstante que o reconheceu como o pensionista de um conhecido leiteiro dos arredores de Chepachet.

Era, veio-se a saber, um investigador da polícia de Nova York chamado Thomas F. Malone que estava em licença prolongada para tratamento médico depois de um trabalho muitíssimo desgastante num horrível caso local que um acidente tornara dramático. Havia ocorrido o desmoronamento de várias construções de tijolo antigas durante uma batida da qual participava, e alguma coisa naquela perda coletiva de vidas, tanto de presos como de seus companheiros, o havia deixado singularmente aterrorizado. Por consequência, adquirira um pavor agudo e anormal de qualquer edifício que sugerisse, mesmo a distância, aqueles que haviam desmoronado, até que os especialistas em saúde mental, enfim, resolveram barrar-lhe a visão de coisas do tipo por tempo indeterminado. Um médico-cirurgião da polícia com parentes em Chepachet sugeriu-lhe aquele curioso vilarejo de casas coloniais de madeira como lugar ideal para a convalescença psíquica; e para lá o doente havia seguido, prometendo não se aventurar pelas ruas cercadas de construções de tijolo das vilas maiores até ser devidamente aconselhado pelo especialista de Woonsocket, sob cujos cuidados ficaria. Aquela caminhada até Pascoag atrás de revistas havia sido um erro, e o paciente pagou com terror, escoriações e humilhação pela sua desobediência.

Tanto os fofoqueiros de Chepachet e Pascoag sabiam, quanto também acreditavam os especialistas mais doutos. Mas Malone havia contado muito mais aos especialistas, no início, só parando quando percebeu a total incredulidade que provocava. Daquele momento em diante, retraiu-se, não protestando sequer quando ficou em ampla medida aceito que o colapso de algumas esquálidas construções de tijolo na área de Red Hook, no Brooklyn, e a consequente morte de muitos policiais valorosos, havia abalado seu equilíbrio nervoso. Ele trabalhara demais, tentando limpar aqueles antros de desordem e violência, diziam todos. Certas peculiaridades haviam sido chocantes demais, com certeza, e a inesperada tragédia fora a gota d'água. Era uma explicação simplória que todos podiam compreender, e como Malone não era um simplório, percebeu que o melhor seria deixar as coisas naquele pé. Sugerir a pessoas sem imaginação um horror além de qualquer compreensão humana — um horror de casas, cidades e bairros morféticos e cancerosos de perversidade trazida de mundos ancestrais — seria apenas um convite a uma cela acolchoada em vez do repouso em ambiente bucólico, e Malone, apesar do seu misticismo, era uma pessoa de bom senso. Ele tinha a presciência dos celtas para coisas misteriosas e terríveis, mas a sagacidade do lógico para o que não era de modo algum convincente, uma combinação que o levara longe em seus 42 anos de vida, e o colocara em lugares estranhos para um homem da Universidade de Dublin, nascido numa quinta de estilo georgiano perto de Phoenix Park.

E agora, rememorando as coisas que havia visto, sentido e percebido, Malone ficou satisfeito por não ter compartilhado o segredo que podia reduzir um valente lutador a um neurótico trêmulo, que podia transformar velhos cortiços de tijolo e uma multidão de rostos sombrios e misteriosos em coisa de pesadelo e augúrios sobrenaturais. Não seria a primeira vez que suas sensações eram forçadas a ficar sem explicação — pois seu gesto de mergulhar nas profundezas poliglotas do submundo de Nova York não fora exatamente uma extravagância além de qualquer explicação sensata? O que ele poderia dizer ao vulgo sobre bruxarias ancestrais e maravilhas grotescas que só um olhar sensível saberia discernir no caldeirão de veneno onde a variada ralé de eras enfermas misturam sua perversão e perpetuam seus terrores obscenos? Ele vira a infernal chama esverdeada do prodígio secreto nesse caos ruidoso e fugidio de avidez externa e blasfêmia interior, e sorrira levemente quando todos os nova-iorquinos que conhecia zombaram de suas experiências no trabalho policial. Haviam sido cínicos e mordazes, escarnecendo de sua fantástica busca de mistérios impenetráveis, garantindo-lhe que naqueles tempos Nova York ostentava apenas baixeza e vulgaridade. Um deles apostou uma alta soma de que ele não conseguiria — apesar das coisas pungentes a ele creditadas na *Dublin Review*[3] — nem mesmo escrever uma história deveras interessante sobre o submundo de Nova York. Agora, olhando para trás, ele percebia que aquela ironia cósmica havia comprovado as palavras do profeta ainda que refutando, em segredo, seu significado vulgar. O horror, tal como fora vislumbrado, enfim, não daria uma história, pois, como citado por uma autoridade alemã num livro de Poe, *"es lässt sich nicht lesen* — ele não se permite ser lido".

II

Para Malone, o sentido do mistério latente inerente na existência estava sempre manifesto. Durante a mocidade, sentira a beleza oculta e o êxtase das coisas, e fora poeta, mas a pobreza, o sofrimento e o exílio haviam voltado seu olhar para lados mais obscuros, e ele se excitara com as imputações do mal no mundo à sua roda. Sua vida cotidiana tornou-se uma fantasmagoria de tenebrosas investigações acerca do macabro, ora rutilando e espreitando com a devassidão dissimulada à maneira de Beardsley, ora sugerindo terrores por trás das formas e objetos mais comuns, como na obra mais sutil e menos óbvia de Gustave Doré. Geralmente considerava uma bênção que a maioria das pessoas de alta inteligência zombasse dos mistérios mais

---

[3] Revista de ficção, possível referência do autor a *The Dublin Magazine*, a principal revista literária irlandesa de seu tempo. (N.T.)

secretos, pois, argumentava, se as mentes superiores ficassem em estreito contato com os segredos preservados pelos cultos antigos e vis, não levaria muito para as aberrações resultantes não só destruírem a Terra, mas colocarem em risco a própria integridade do universo. Toda essa reflexão era com certeza mórbida, mas logo compensada por sua lógica aguçada e seu profundo senso de humor. Malone se contentava em deixar suas ideias permanecerem como visões meio espionadas e proibidas, com as quais levemente se podia brincar; e a histeria só surgiu quando o dever o atirou num inferno de revelações súbitas e insidiosas demais para escapar.

Fora destacado havia algum tempo para o posto policial da Butler Street, no Brooklyn, quando o caso de Red Hook chegou ao seu conhecimento. Red Hook é um labirinto de híbrida sordidez perto do antigo cais defronte a Governors Island, com ruelas imundas subindo a colina das docas até aquele terreno mais alto onde as continuações decadentes da Clinton Street e da Court Street seguem na direção do Borough Hall. A maioria de suas casas é de tijolo, e datam do primeiro trimestre à metade do século XIX, e algumas vielas e becos mais escuros exalam aquele fascinante cheiro de antiguidade que a leitura popular nos leva a chamar de "Dickensiano". A população é uma mistura e um enigma irremediáveis: elementos sírios, espanhóis, italianos e negros, chocando-se uns com os outros, e partes dos cinturões escandinavo e norte-americano não muito distantes. É uma babel de sons e sujeira, lançando gritos estranhos em resposta ao marulhar das ondas oleosas em seus píeres encardidos e às colossais litanias de órgão dos apitos no porto. Havia ali, muito tempo atrás, uma cena mais fulgurante, com marinheiros de olhos claros nas ruas mais baixas e casas ricas e elegantes onde as construções maiores rodeiam a colina. É possível identificar as relíquias dessa antiga ventura nos adornos dos edifícios, nas igrejas ocasionais e graciosas, e nas evidências originais de arte e saber em pequenos detalhes esparsos — uma escadaria gasta, um portal danificado, um par de pilastras ou colunas carcomidas, ou um pedaço de espaço antes verde, cercado por uma grade de ferro torta e enferrujada. As casas são, em geral, em blocos, e de vez em quando se destaca uma cúpula com muitas janelas para contar de uma época em que as casas dos capitães e armadores de navios fitavam o mar. Dessa mescla de putrefação material e espiritual, as blasfêmias de uma centena de dialetos assaltam o céu. Hordas de vagabundos cambaleiam, gritando e cantando pelos becos e passagens, mãos furtivas apagam num átimo as luzes e baixam cortinas, e rostos escuros e morféticos somem de janelas quando visitantes passam por ali. Policiais se desesperam pela ordem e reforma, procurando erguer barreiras para proteger o mundo exterior do contágio. O estrépito da patrulha é respondido com uma espécie de silêncio espectral, e os detidos ocasionais nunca são comunicativos. As infrações são tão variadas quanto os dialetos locais, e percorrem a escala inteira, do contrabando de rum e de estrangeiros proibidos, passando por diversos estágios de ilegalidade e vícios tenebrosos até o assassinato e a mutilação em seus aspectos mais repulsivos. O fato de esses casos evidentes não serem mais frequentes não é mérito da vizinhança, a menos que o poder de dissimulação seja uma arte merecedora de crédito. Chegam mais pessoas do que saem de Red Hook — ou pelo menos, do que saem por terra — e os menos loquazes são os que mais saem.

    Malone descobriu nesse estado de coisas uma vaga fedentina de segredos mais terríveis do que os pecados denunciados por cidadãos e deplorados pelos padres e filantropos. Unindo a imaginação ao conhecimento científico, ele tinha consciência de que as pessoas modernas, em condições de ausência da lei, tendem curiosamente a repetir os padrões instintivos mais tenebrosos da selvageria símia primitiva em sua vida e suas práticas rituais diárias; e tinha visto muitas vezes, com um estremecimento de antropólogo, as procissões de jovens bexiguentos e de olhos turvos cantando e imprecando, insinuando-se pelas tétricas primeiras horas da madrugada. Grupos assim eram observados o tempo todo, às vezes de tocaia nas esquinas das ruas, noutras em pórticos, tocando sem afinação instrumentos musicais baratos, às vezes cochilando embriagados ou em diálogos indecentes perto das mesas dos bares à volta de Borough Hall, ou, ainda, em conversas cochichadas ao redor de táxis sujos parados em frente aos pórticos altos de velhas casas caindo aos pedaços e fechadas por completo. Eles o fascinavam e excitavam mais do que ousava confessar a seus colegas da força, pois parecia ver neles algum fio monstruoso de secreta continuidade, algum padrão demoníaco, críptico e ancestral completamente fora e abaixo da sórdida massa de fatos, hábitos e assombros ouvidos com uma preocupação conscienciosamente técnica pela polícia. Sentia em seu íntimo que deviam ser os herdeiros de alguma tradição fabulosa e primordial, os participantes das sobras fragmentadas e corrompidas de cultos e cerimônias anteriores à humanidade. Sua coerência e determinação sugeriram-no, e isso se revelou na singular sugestão de ordem que se escondia sob sua miserável desordem. Não fora em vão que ele havia lido tratados como *Witch-Cult in Western Europe* da Srta. Murray,[4] e sabia que até anos recentes por certo sobrevivera, entre a furtiva gente camponesa, um sistema tenebroso e clandestino de reuniões e orgias descendentes das religiões ocultas que antecederam o mundo ariano, aparecendo em lendas populares como Missas Negras e Sabás das Bruxas. Que esses vestígios diabólicos da antiga magia turaniana-asiática e dos cultos da fertilidade estavam agora de todo extintos, ele não poderia, nem por um momento, supor, e, muitas vezes, cismava o quão mais antigos e mais terríveis do que a pior das narrativas já murmuradas alguns poderiam ser.

[4] Margaret A. Murray publicou em 1921 o referido livro, no qual defende a tese de que o culto às bruxas, tanto na Europa como na América, tem origem num povo pré-ariano que foi impelido para um mundo subterrâneo, mas continua à espreita em cantos escondidos da terra. (N.T.)

III

Foi o caso de Robert Suydam que levou Malone ao cerne dos acontecimentos em Red Hook. Suydam era um recluso erudito de antiga família holandesa que possuía originalmente escassos recursos pessoais e morava na mansão espaçosa e mal conservada que seu avô havia construído em Flatbush quando a aldeia era pouco mais que um grupo agradável de chalés coloniais ao redor da Igreja Reformada coberta de hera com seu cemitério de lápides holandesas cercadas por uma grade de ferro. Em sua casa isolada e recuada da Martense Street no meio de um jardim de árvores veneráveis, Suydam havia lido e meditado durante quase seis décadas, exceto por um período anterior de uma geração,[5] quando viajara ao velho mundo e permanecera fora de vista por oito anos. Não podia dar-se ao luxo de ter criados, e poucos visitantes eram admitidos em sua solidão absoluta, pois evitava amizades íntimas e recebia os raros conhecidos numa das três salas do piso térreo que mantinha em ordem — uma enorme biblioteca de teto alto com paredes compactas, forradas de livros esfrangalhados de aspecto pesado, arcaico e vagamente repulsivo. O crescimento da cidade e a sua absorção final no distrito de Brooklyn não significaram nada para Suydam, e ele passou a significar cada vez menos para a cidade. As pessoas mais velhas ainda apontavam para ele nas ruas, mas para a maioria da população recente ele não passava de um velho bizarro e corpulento cujos cabelos brancos desgrenhados, barba hirsuta, roupas pretas lustrosas e bengala com castão dourado lhe valiam um olhar divertido, e nada mais. Malone não o conhecia de vista até que o dever o chamou para o caso, mas ouvira falar dele indiretamente como uma autoridade profunda em superstição medieval, e certa vez pretendera procurá-lo por conta de um panfleto esgotado de

---

[5] Conforme o *Dicionário Houaiss*, por derivação de sentido, espaço de tempo correspondente ao intervalo que separa cada um dos graus de uma filiação, avaliado em cerca de 25 anos. (N.T.)

sua autoria sobre a Cabala e a lenda do Fausto que um amigo havia citado de memória.

Suydam tornou-se um "caso" quando seus únicos e distantes parentes tentaram conseguir uma decisão legal sobre a sua sanidade mental. A ação pareceu repentina ao mundo alheio, mas só foi empreendida depois de uma observação prolongada e doloroso debate. Baseava-se em certas mudanças estranhas em sua fala e seus hábitos, nas referências alucinadas a portentos iminentes e antros inexplicáveis de áreas de má fama do Brooklyn. Ele fora se tornando cada vez mais maltrapilho, com o passar dos anos, e agora perambulava pela área como um verdadeiro mendigo, visto por acaso por amigos mortificados em estações do metrô ou vagabundando nos bancos em torno de Borough Hall, em conversa com grupos de estrangeiros trigueiros de aparência perversa. Quando falava, era para balbuciar sobre poderes ilimitados quase ao seu alcance, e repetir, com deliberados olhares de soslaio, nomes ou palavras místicas como "Sephiroth", "Ashmodai" e "Samael". A ação judicial revelou que ele estava queimando seus rendimentos e esbanjando seu capital na compra de curiosos volumes importados de Londres e Paris, e na manutenção de um sórdido apartamento de subsolo no distrito de Red Hook, onde ficava quase todas as noites recebendo estranhas delegações mistas de meliantes e estrangeiros, e realizava, ao que tudo indica, algum tipo de cerimônia religiosa por trás das persianas verdes das janelas discretas. Os investigadores particulares encarregados de segui-lo relataram estranhos gritos, cantos e bater de pés que filtravam desses ritos noturnos, e estremeceram diante de seu êxtase peculiar e libertino apesar de orgias bizarras serem comuns naquela região torpe. Quando o assunto chegou a uma audiência, porém, Suydam conseguiu sair em liberdade. Diante do juiz, seus modos tornaram-se urbanos e razoáveis, e ele admitiu por livre vontade a estranheza de suas roupas, atribuindo sua linguagem extravagante a uma devoção excessiva ao estudo e à pesquisa. Estava empenhado, disse, em investigar certas minúcias da tradição europeia que requeriam o mais estreito contato com grupos estrangeiros, suas canções e danças folclóricas. A ideia de alguma baixa sociedade secreta estar se apossando dele, como sugeriam seus parentes, era evidentemente absurda, e mostrava o quão pouco sabiam dele e de seu trabalho. Triunfando com a serenidade de suas explicações, permitiram que partisse desimpedido, e os detetives pagos pelos Suydam — Corlear e Van Brunt — foram afastados com resignado desgosto.

Foi nesse ponto que uma coligação de inspetores federais e guardas municipais, Malone entre eles, entrou no caso. A lei havia estudado com interesse o caso Suydam, e, em muitas circunstâncias, fora consultada para ajudar os investigadores particulares. Naquelas diligências, descobriu-se que os novos parceiros de Suydam estavam entre os criminosos mais terríveis e perversos das vielas tortuosas de Red Hook, e que pelo menos um terço deles era constituído de malfeitores conhecidos e reincidentes em matéria de furto, desordem e importação ilegal de imigrantes. De fato, não seria demais dizer que o círculo particular do velho erudito quase casava com a pior das quadrilhas organizadas que traficavam em terra uma ralé de asiáticos escuros e desclassificados sabiamente rejeitada por Ellis Island. Nos cortiços fervilhantes da Parker Place — posteriormente rebatizada — onde Suydam tinha seu apartamento de subsolo, havia se formado uma exótica colônia de desclassificados de olhos oblíquos que usava o alfabeto árabe, mas era repudiada pela grande massa de sírios das cercanias da Atlantic Avenue. Todos eles poderiam ser deportados por falta de documentos, mas a lei é morosa, e não se perturba Red Hook a menos que a notoriedade obrigue.

Essas criaturas frequentavam uma igreja de pedra caindo aos pedaços que às quartas-feiras servia de salão de baile, com seus contrafortes góticos descendo até a parte mais degradada do cais. Ela era nominalmente católica, mas todos os padres do Brooklyn negavam ao lugar qualquer condição e autenticidade, e a polícia concordava com eles ao ouvir os barulhos que ali se produziam à noite. Malone costumava fantasiar que ouvira terríveis acordes graves, dissonantes, de um órgão escondido num subsolo profundo quando a igreja se encontrava vazia e às escuras, enquanto os circunstantes em geral se assustavam com a gritaria e o rufar de tambores que acompanhavam evidentes cerimônias. Suydam, quando inquirido, disse que o ritual lhe parecia algum resto de cristianismo nestoriano com uns toques de xamanismo do Tibete. A maioria das pessoas, conjecturava ele, era de linhagem mongoloide, originária de algum lugar do Curdistão ou perto — e Malone não pôde deixar de lembrar que o Curdistão é a terra dos Yezidi, últimos sobreviventes persas dos adoradores do diabo. Seja como for, o tumulto provocado pela investigação de Suydam deixou claro que esses recém-chegados ilegais estavam inundando Red Hook em levas crescentes, entrando por meio de algum conluio marítimo não alcançado pelos funcionários da receita e da polícia portuária, ultrapassando Parker Place e se espalhando com rapidez colina acima, sendo saudados com estranha cordialidade pela miscelânea de outros moradores da região. Suas figuras atarracadas, de peculiar fisionomia e olhos puxados, grotescamente combinadas com o espalhafatoso vestuário americano, se multiplicavam de tal maneira entre os vadios e bandidos nômades da região de Borough Hall, que se acabou por julgar necessário computar seu número, levantar origens e ocupações, e descobrir, se possível, um meio de arrebanhá-los e entregá-los às autoridades da imigração. Malone foi encarregado dessa tarefa por um acordo entre as forças federais e municipais, e quando começou sua investigação de Red Hook sentiu-se confuso, à beira de horrores inomináveis, com a figura rota e desgrenhada de Robert Suydam como seu arqui-inimigo principal.

IV

Os métodos policiais são versáteis e engenhosos. Malone, com andanças despretensiosas, conversas casuais cautelosas, ofertas oportunas da garrafinha de bebida que levava no bolso traseiro e diálogos judiciosos com presos assustados, ficou sabendo muitos fatos isolados sobre o movimento que começava a parecer tão ameaçador. Os recém-chegados eram, na verdade, curdos, mas falavam um dialeto obscuro e intrigante demais para uma exata filologia. Alguns deles viviam sobretudo do trabalho braçal nas docas ou como mascates sem licença, mas também costumavam servir de copeiros em restaurantes gregos e ainda montavam novas tendas nas esquinas. Porém, a maioria não tinha meios visíveis de sobrevivência, e estava obviamente ligada a atividades marginais, das quais o contrabando e a fabricação clandestina de bebidas alcoólicas eram os menos indescritíveis. Ao que tudo indica, eram trazidos em vapores, cargueiros sem rota fixa, e desembarcados às escondidas, nas noites sem luar e em botes roubados, num certo cais de onde seguiam por um canal oculto até um poço subterrâneo secreto embaixo da casa. Malone não conseguiu localizar o cais, o canal e a casa, pois as memórias de seus informantes eram muitíssimo confusas, enquanto sua fala, em grande medida, era incompreensível ao mais habilidoso intérprete. Também não conseguiu obter dados reais sobre os motivos para a importação sistemática daquela gente. Mostravam-se reticentes sobre o local exato de onde tinham vindo, e nunca ficavam desarmados a ponto de revelar as agências que os havia reunido e organizado a viagem. Exibiam de fato uma espécie de pavor exagerado quando eram inquiridos sobre as razões de sua presença ali. Os bandidos de outras origens eram igualmente taciturnos, e o máximo que pôde ser coletado foi que algum deus ou sumo sacerdote lhes havia prometido poderes inauditos, postos e glórias sobrenaturais numa terra estrangeira.

O comparecimento de recém-chegados e antigos bandidos nas reuniões noturnas muito bem protegidas de Suydam era bastante regular e a polícia logo ficou sabendo que o antigo recluso havia alugado alojamentos adicionais para acomodar os convidados que soubessem a senha, chegando a ocupar três casas inteiras e a abrigar permanentemente muitos de seus bizarros companheiros. Ele passava pouco tempo, agora, em sua casa de Flatbush, aparentemente entrando e saindo só para pegar e devolver livros, e seus modos e sua aparência haviam adquirido um grau assustador de selvageria. Malone tentou entrevistá-lo por duas vezes, mas foi rechaçado com rapidez em ambas. Não sabia nada, disse ele, de qualquer complô ou movimento misterioso, e não tinha a menor ideia de como os curdos haviam entrado ou o que eles queriam. Seu negócio era estudar sem ser perturbado o folclore de todos os imigrantes do distrito, um assunto que não dizia respeito à polícia. Malone mencionou sua admiração pela velha brochura de Suydam sobre a Cabala e outros mitos, mas o abrandamento do velho foi apenas momentâneo. Sentiu uma intrusão e repeliu o visitante de maneira resoluta até Malone se retirar aborrecido e sair à procura de outros canais de informação.

    O que Malone teria desenterrado se houvesse trabalhado continuamente no caso, jamais saberemos. Do jeito como as coisas se passaram, um estúpido desentendimento entre autoridades municipais e federais suspendeu as investigações por vários meses, nos quais o investigador se ocupou de outras missões. Mas em nenhum momento ele perdeu interesse, ou deixou de se impressionar, com o que começou a acontecer com Robert Suydam. No momento em que uma onda de raptos e desaparecimentos espalhou a comoção por Nova York, o desgrenhado erudito começava a sofrer uma metamorfose tão espantosa quanto absurda. Certo dia foi visto nas proximidades do Borough Hall com o rosto liso, o cabelo bem cortado e um traje elegante, imaculado, e todos os dias, desde então, observava-se nele alguma melhoria sutil. Sem perder suas idiossincrasias, somadas a um brilho especial nos olhos e à vivacidade da fala, começou a se livrar aos poucos da gordura que por tanto tempo o deformara. Tomado agora como alguém mais moço, adquiriu uma elasticidade no andar e uma leveza de comportamento para casar com os novos hábitos, e exibia os cabelos curiosamente escurecidos mas que, de algum modo, não indicavam tintura. Com o passar dos meses, foi se vestindo de maneira cada vez menos conservadora, até que espantou os novos amigos remobiliando e redecorando sua mansão de Flatbush, que ele abriu para uma série de recepções, convidando todos os conhecidos de que conseguiu se lembrar, e recebendo com especial gentileza os parentes, já perdoados, que haviam tentando interná-lo pouco tempo atrás. Alguns compareceram por curiosidade, outros por dever, mas todos ficaram na hora encantados com a graça e a urbanidade nascentes do antigo eremita. Ele havia realizado, afirmou, boa parte do trabalho a que se propunha, e tendo herdado alguns bens de um amigo europeu meio esquecido, estava se preparando para passar os anos que lhe restavam numa segunda e mais brilhante juventude que o desafogo, a prudência e a dieta lhe permitiriam. Era visto cada vez menos em Red Hook, e cada vez mais circulando pela sociedade para a qual nascera. Os policiais notaram uma tendência dos bandidos se reunirem na velha igreja de pedra e salão de baile em vez de o fazerem no apartamento de subsolo em Parker Place, embora este último e seus anexos recentes ainda fervilhassem de pessoas perniciosas.

    Ocorreram então dois incidentes bem distintos, mas ambos de profundo interesse no caso como Malone previra. Um deles foi o discreto comunicado no *Eagle* anunciando o noivado de Robert Suydam com a Srta. Cornelia Gerritsen de Bayside, uma mulher jovem de excelente posição social e parente distante do velho noivo; e o outro, foi uma batida da polícia municipal na igreja e salão de baile depois de uma denúncia de terem vislumbrado rapidamente o rosto de uma criança raptada numa das janelas do porão. Malone participou da batida, e estudou o lugar com muito cuidado enquanto esteve lá dentro. Nada foi encontrado — na verdade, o edifício estava de todo deserto quando foi visitado —, mas o sensível celta ficou um pouco intrigado com várias coisas que viu naquele interior. Ele não gostou dos painéis grosseiramente pintados que havia por lá — painéis mostrando rostos sagrados com expressões sardônicas e mundanas, tomando liberdades que mesmo o senso de decoro de um leigo penaria para aprovar. Não lhe agradou também a inscrição grega na parede acima do púlpito, uma antiga fórmula de encantamento com que havia topado certa vez, nos tempos da universidade em Dublin, e que dizia, numa tradução literal:

> *"Ó amigo e companheiro noturno, vós que vos rejubilais com o latir de cães e com o sangue derramado, que vagais em meio às sombras entre os túmulos, que ansiais por sangue e trazeis o terror aos mortais, Gorgo, Mormo, lua de mil faces, recebei com benevolência os nossos sacrifícios!"*

Quando ele leu a mensagem, estremeceu e pensou vagamente nos acordes graves e dissonantes de órgão que imaginara ter ouvido saindo, certas noites, dos subterrâneos da igreja. Estremeceu mais uma vez diante da ferrugem que rodeava a borda de uma bacia de metal que estava embaixo do altar, e parou excitado quando suas narinas pareceram captar um cheiro estranho e repulsivo de algum ponto da vizinhança. A lembrança do órgão o perseguia, e ele explorou com minúcia o porão antes de sair. O lugar pareceu-lhe odioso, mas, afinal, as inscrições e painéis blasfemos não seriam apenas meras grosserias perpetradas por um ignorante?

Na época do casamento de Suydam, a epidemia de raptos havia se tornado um escândalo popular nos jornais. Muitas vítimas eram crianças novas das classes mais baixas, mas o aumento do número de desaparecimentos provocara um sentimento do mais intenso furor. Revistas clamavam pela ação da polícia, e mais uma vez o posto policial de Butler Street enviou seus homens a Red Hook atrás de pistas, constatações e criminosos. Malone alegrou-se de estar à caça novamente, e orgulhou-se de uma batida numa das casas de Suydam em Parker Place. Não encontraram ali nenhuma criança raptada, apesar das histórias de gritos e da fita vermelha recolhida na passagem entre as casas, mas as pinturas e inscrições grosseiras nas paredes descascadas da maioria dos quartos e o primitivo laboratório químico no sótão ajudaram a convencer o investigador de que estava na pista de algo formidável. As pinturas eram estarrecedoras — monstros pavorosos de todas as formas e tamanhos, e caricaturas com perfis humanos impossíveis de descrever. A escrita era em vermelho, e variava de caracteres arábicos a gregos, romanos e hebreus. Malone não pôde ler muito do que estava escrito, mas o que decifrou era suficientemente pressagioso e cabalístico. Um mote constantemente repetido estava numa espécie de grego helenístico hebraizado e sugeria a mais terrível invocação demoníaca do período da decadência alexandrina:

HEL * HELOYM * SOTHER * EMMANVEL * SABAOTH * AGLA * TETRAGRAMMATON * AGYROS * OTHEOS * ISCHYROS * ATHANATOS * IEHOVA * VA * ADONAI * SADAY * HOMOVSION * MESSIAS * ESCHEREHEYE.[6]

Círculos e pentagramas surgiam por todos os lados, e falavam, por certo, das estranhas crenças e aspirações dos que habitavam precariamente aquele lugar. No porão, porém, uma coisa mais estranha foi encontrada: uma pilha de lingotes de ouro genuínos, coberta por um pedaço de aniagem, exibindo nas superfícies lustrosas os mesmos hieróglifos assustadores que adornavam

---

[6] Lovecraft pode ter tirado essa fórmula de encantamento do verbete sobre "Magia" da nona edição da *Enciclopédia Britânica*, afirmando depois num artigo tratar-se de uma peça do final da idade antiga ou início da medieval que teria sido usada por cabalistas judeus e, posteriormente, por mágicos europeus, oferecendo-lhe a seguinte tradução aproximada: *"O Senhor Deus Provedor; Senhor Mensageiro das Hostes: Sois todo-poderoso para Sempre; Magicamente quatro vezes congregação; E ungido, junto e em sucessão!"* (N.T.)

as paredes. Durante a batida, a polícia enfrentou apenas uma resistência passiva dos orientais que se aglomeravam em cada porta. Não encontrando nada de relevante, teve de deixar tudo como estava, mas o comandante do distrito policial escreveu uma nota a Suydam, aconselhando-o a examinar de perto o caráter de seus inquilinos e protegidos, tendo em vista o crescente clamor público.

V

Veio então o casamento de junho e a grande comoção. Flatbush estava enfeitada para a festa em torno do meio-dia, e carros embandeirados se aglomeravam nas ruas perto da velha igreja holandesa onde um toldo fora armado da porta até a rua. Nenhum acontecimento local superou as bodas Suydam-Gerritsen em grandiosidade e estilo, e o séquito que escoltou a noiva e o noivo ao Cunard Pier foi, se não exatamente o mais vistoso, ao menos uma página inteira do Registro Social.[7] Às cinco da tarde houve os acenos de adeus e o monumental transatlântico afastou-se do longo píer, virou a proa lentamente para o mar, dispensou o rebocador e enveredou pelos vastos espaços marinhos que conduziam aos prodígios do velho mundo. À noite, transpôs o porto exterior enquanto passageiros retardatários fitavam as estrelas piscando sobre um oceano impoluto.

Ninguém soube dizer se foi o vapor ou o grito que primeiro chamou a atenção. Sem dúvida foram simultâneos, mas isso não vale a pena calcular. O grito veio da cabine de Suydam, e o marinheiro que arrombou a porta talvez pudesse ter contado coisas pavorosas se não tivesse ficado completamente louco — tal como aconteceu, ele soltou um grito estridente, mais alto do que o das primeiras vítimas, e saiu correndo e sorrindo ensandecido pelo navio até ser agarrado e posto a ferros. O médico de bordo que entrou no camarote e acendeu

[7] Livro que enumera pessoas socialmente proeminentes dos Estados Unidos. (N.T.)

as luzes um instante depois não enlouqueceu, mas só contou o que viu muito depois, em correspondência para Malone em Chepachet. Foi um assassinato — estrangulamento — mas não é preciso dizer que as marcas de garras na garganta da Sra. Suydam não poderiam ter vindo das mãos de seu marido ou de algum outro ser humano, ou que sobre a parede branca piscou, por um instante, num vermelho repulsivo, uma inscrição que, transcrita mais tarde de memória, parecia ter sido nada menos que as temíveis letras caldeias da palavra "LILITH". Não é preciso mencionar essas coisas porque elas desapareceram tão rapidamente — quanto a Suydam, foi possível ao menos impedir a entrada de outros no quarto até saberem o que pensar. O médico garantiu a Malone que não viu a *COISA*. A vigia, aberta pouco antes de ele acender as luzes, ficou por um segundo toldada por uma espécie de fosforescência, e, por um instante, pareceu ecoar na noite lá fora a insinuação de um tênue e infernal riso abafado, mas nenhum contorno efetivo foi visto. Como prova disso, o médico aponta para o fato de ter conservado sua sanidade mental.

Depois o vapor atraiu todas as atenções. Um barco ao mar desembarcou uma horda de rufiões trigueiros e insolentes usando roupas de oficiais que se aglomerou a bordo do temporariamente ancorado Cunarder. Queriam Suydam ou seu cadáver — ficaram sabendo de sua viagem e, por alguma razão, estavam certos de que ele morreria. O convés do capitão tinha virado um pandemônio, pois durante alguns instantes, entre o relato do médico sobre o camarote e as exigências dos homens ali no navio, nem mesmo o mais sábio e sóbrio dos marinheiros saberia o que fazer. De repente, o líder dos marinheiros visitantes, um árabe com repulsiva boca negroide, estendeu um papel sujo e amarrotado, entregando-o ao capitão. Estava assinado por Robert Suydam e trazia a seguinte e estranha mensagem:

"Em caso de um acidente súbito e inexplicável ou de minha morte, queiram entregar-me ou o meu corpo, sem perguntas, nas mãos do portador e de seus parceiros. Tudo, para mim, e talvez para vocês, depende do cumprimento estrito. As explicações poderão vir depois — não me faltem nesse momento.

ROBERT SUYDAM."

Capitão e médico entreolharam-se e o último sussurrou alguma coisa para o primeiro. Eles finalmente balançaram as cabeças em assentimento e abriram caminho para a cabine de Suydam. O médico impediu que o capitão olhasse para dentro ao destrancar a porta e admitiu os estranhos marinheiros, e só respirou com alívio quando eles saíram com sua carga depois de um período inexplicavelmente longo de preparação. Estava embrulhada nas roupas de cama dos beliches, e o médico ficou satisfeito porque seus contornos não eram muito evidentes. De algum jeito, os homens passaram a coisa sobre o costado e a levaram para seu barco sem descobri-la. O transatlântico tornou a partir, e o médico e um agente funerário do navio revistaram o camarote de Suydam para realizar os serviços fúnebres que fossem possíveis. Uma vez mais o médico foi forçado à reticência e mesmo à mentira, pois uma coisa infernal havia acontecido. Quando o agente lhe perguntou por que havia extraído todo o sangue da Sra. Suydam, ele se esqueceu de afirmar que não o fizera e também não apontou para os espaços vazios das garrafas na prateleira, nem para o cheiro na pia que revelava a eliminação apressada do conteúdo original das garrafas. Os bolsos daqueles homens — se homens eram — estavam terrivelmente estufados quando eles deixaram o navio. Duas horas mais tarde o mundo ficou sabendo, por rádio, tudo que havia para saber do pavoroso caso.

VI

Naquela mesma noite de junho, sem ter escutado nenhuma notícia do mar, Malone estava muitíssimo atarefado nas vielas de Red Hook. Uma súbita comoção parecia impregnar o local, e como que informados pelo telégrafo boca a boca de algo singular, os moradores se aglomeravam cheios de expectativa perto da igreja, do salão de baile e das casas de Parker Place. Três crianças haviam acabado de desaparecer — norueguesas de olhos azuis — das ruas que levavam a Gowanus — e havia rumores sobre uma turba se formando entre os vigorosos vikings daquele bairro. Há semanas que Malone vinha pressionando os colegas para tentarem uma limpeza geral, por fim, movidos por condições mais evidentes a seu senso comum do que as conjecturas de um sonhador de Dublin, concordaram com uma incursão definitiva. A agitação e as ameaças daquela noite foram o fator decisivo e, por volta da meia-noite, uma patrulha recrutada em três postos policiais desceu para Parker Place e seus arredores. Portas foram arrombadas, vagabundos foram detidos e quartos, iluminados à luz de velas, forçados a vomitar uma multidão indescritível de estrangeiros misturados a imitações de mantos, mitras e outros artefatos inexplicáveis. Muita coisa se perdeu na confusão, pois vários objetos foram atirados às pressas em poços insuspeitos, e cheiros reveladores abafados pela queima apressada de incenso pungente. Mas havia sangue salpicado por toda parte, e Malone estremecia toda vez que avistava um braseiro ou altar ainda fumegando.

 Ele queria estar em vários lugares ao mesmo tempo e só se decidiu pelo apartamento de subsolo de Suydam depois que um mensageiro informou que a dilapidada igreja estava toda vazia. O apartamento, pensou, devia conter alguma pista da seita em que o estudioso do oculto havia se tornado, tão obviamente, o centro e o líder, e foi com ansiosa expectativa que esquadrinhou os quartos bolorentos, notou seu cheiro com um quê de sepulcral e examinou os curiosos livros, instrumentos, lingotes de ouro e garrafas arrolhadas com vidro largados por todos os lados. A certa altura, um gato branco e preto magro se meteu entre os seus pés e o fez tropeçar, derrubando, no ato, uma proveta cheia de um líquido vermelho. O choque foi duro e até hoje Malone não tem certeza do que viu; mas em sonhos ainda visualiza aquele gato com certas peculiaridades e alterações monstruosas enquanto fugia. Depois veio a porta trancada do porão e a procura de algum objeto para arrombá-la. Um pesado banquinho estava por perto e seu assento duro foi o que bastou para os velhos painéis. Uma fresta se formou e alargou-se, e a porta toda cedeu, mas para o *outro* lado, de onde escoou o turbilhão uivante de um vento gelado com toda a fedentina das profundezas do inferno, e de onde vinha uma força de sucção nem terrena nem celeste que, enrolando-se no investigador paralisado, arrastou-o pela abertura e para baixo, através de imensos espaços povoados de gritos, sussurros e acessos de riso escarninho.

Foi um sonho, é claro. Todos os especialistas lhe disseram isso, e ele nada tinha para provar o contrário. Preferia que assim fosse, de fato, pois, então, a visão de velhos cortiços de tijolo e rostos escuros estrangeiros não consumiriam com profundidade sua alma. Na ocasião, porém, tudo aquilo foi terrivelmente real, e nada conseguirá apagar a memória daquelas criptas tenebrosas, daquelas arcadas gigantescas e formas infernais incompletas que caminhavam colossais em silêncio, segurando coisas comidas pela metade cujas partes ainda vivas gritavam implorando piedade ou gargalhavam enlouquecidas. Odores de incenso e putrefação se juntavam num concerto repugnante, e a atmosfera escura estava infestada de vultos nebulosos, quase invisíveis, de elementares coisas amorfas com olhos. Em algum lugar, uma água pegajosa e escura marulhava em píeres de ônix, e em certo momento o arrepiante tilintar de guizos roufenhos repicou para saudar o riso insano de uma coisa nua e fosforescente que chegou nadando e arrastou-se para cima, indo acocorar-se num cinzelado pedestal de ouro ao fundo.

Avenidas de treva infinita pareciam irradiar em todas as direções, permitindo imaginar que ali jazia a raiz de um contágio destinado a contaminar e engolir cidades e engolfar nações no fedor da peste híbrida. Ali entrara o pecado cósmico, e corrompido por ritos profanos iniciara a sorridente marcha da morte que havia de nos apodrecer a todos em aberrações esponjosas, repulsivas demais para a morada sepulcral. Ali reunia Satã sua corte babilônica, e no sangue da infância imaculada a fosforescente Lilith banhava os membros leprosos. Íncubos e súcubos uivavam para agradar Hécate, e imbecis desmiolados se lamuriavam para a *Magna Mater*.[8] Bodes saltavam ao som de finas flautas amaldiçoadas e egipãs[9] perseguiam incansavelmente infortunados faunos sobre rochas retorcidas como sapos tumefatos. Moloch e Ashtaroth não estavam ausentes, pois nessa quintessência de toda danação as fronteiras da consciência se desfaziam, e a fantasia humana se abria às visões de todo reino de horror e de toda dimensão proibida que o mal consegue forjar. O mundo e a Natureza eram impotentes diante de tais assaltos das profundezas desseladas das trevas e nenhum sinal ou oração poderia conter a orgia de horror de Walpurgis que surgira quando um sábio, com a odiosa chave, havia topado com uma horda levando o cofre cheio e trancado de transmissível sabedoria infernal.

De repente, um raio de luz física atravessou esses fantasmas e Malone ouviu um som de remos em meio às blasfêmias de coisas que deviam estar mortas. Um barco com uma lanterna na proa apontou, deslizou com rapidez até uma argola de ferro no píer de pedra viscoso e vomitou vários homens escuros carregando uma carga comprida envolta em roupas de cama. Eles a levaram até a coisa nua e fosforescente sobre o pedestal de ouro cinzelado, e a coisa soltou um riso abafado escavando com as patas no embrulho. Eles então a desenfaixaram e a puseram de pé, diante

[8] Deusa Mãe, uma das aparências da deusa da fertilidade Cibele. (N.T.)
[9] Literalmente o "bode-Pã", no grego antigo refere-se ou ao Pã com pés de bode ou ao filho de Zeus com a ninfa Aex. (N.T.)

do pedestal, o cadáver gangrenado de um velho corpulento, de barba curta e aparência desleixada. A coisa fosforescente soltou novo riso abafado enquanto os homens tiravam garrafas dos bolsos e untavam seus pés de vermelho, e em seguida entregavam as garrafas para a coisa beber.

Naquele momento, de uma galeria com arcos que se estendia a perder de vista, chegou o estrepitoso chiado infernal de um órgão blasfemo, resfolegando e roncando as zombarias do inferno num grave desafinado e sardônico. Na hora, cada entidade móvel se eletrizou, e formando uma procissão ritual, a pavorosa horda se afastou, deslizando na direção do som — bode, sátiro, egipã, íncubos, súcubos e lêmures, sapos retorcidos e informes coisas elementares, coisas com cara de cachorro uivando e tartamudos silenciosos na escuridão — todos liderados pela abominável coisa nua, fosforescente que se havia empoleirado no trono de ouro cinzelado e que agora avançava insolente, carregando nos braços o cadáver de olhos vítreos do velho corpulento. Os homens escuros e estranhos dançavam na rabeira e a coluna toda saltitava e pulava numa fúria dionisíaca. Aturdido e delirando, Malone cambaleou alguns passos atrás deles, incerto sobre o seu lugar neste ou em qualquer mundo. Depois ele se virou, tropeçou e caiu sobre a pedra úmida e fria, ofegando e tremendo enquanto o órgão infernal prosseguia com seu grasnido e os tambores, uivos e tinidos da enfurecida procissão iam ficando mais fracos, cada vez mais fracos.

Ele tinha a vaga consciência de horrores entoados e grasnidos pavorosos ao longe. Às vezes, um uivo ou lamúria de devoção ritual flutuava até ele pela escura galeria, e eventualmente se elevava ao longe a pavorosa fórmula de encantamento grega, cujo texto ele havia lido acima do púlpito daquele salão de baile da igreja.

"Ó amigo e companheiro noturno, vós que vos rejubilais com o latir de cães (*nesse ponto eclodiu um uivo repulsivo*) e sangue derramado (*sons inomináveis rivalizando com uivos doentios*), que vagais no meio das sombras entre os túmulos (*um suspiro sibilante*), que ansiais por sangue e trazeis o terror aos mortais (*gritos curtos, agudos, de infinitas gargantas*), Gorgo (*repetido como responso*), Mormo (*repetido com êxtase*), lua de mil faces (*suspiros e sons de flauta*) recebei com favor os nossos sacrifícios!"

Quando o cântico terminou, ergueu-se uma gritaria geral, e sons sibilantes quase abafaram o grasnido grave e desafinado do órgão. Depois um suspiro como que saído de muitas gargantas e uma babel de vocábulos ladridos e balidos: "Lilith, Grande Lilith, olhai o Noivo!" Mais gritos, um clamor de revolta, e os passos acelerados de um vulto correndo. Os passos se aproximaram e Malone ergue-se sobre os cotovelos para olhar.

A luminosidade da cripta há pouco reduzida, aumentara levemente, e sob aquela luz demoníaca apareceu o vulto em fuga daquilo que não deveria fugir, nem sentir, nem respirar — o cadáver gangrenado de olhos vítreos do velho corpulento, agora sem ajuda, animado por alguma feitiçaria infernal do rito há pouco encerrado. Atrás dele corria a coisa nua, fosforescente, do pedestal cinzelado com seu riso escarninho, e ainda atrás desta vinham, arquejando, os homens escuros e toda aquela pavorosa tripulação conscientemente repugnante. O cadáver ganhava terreno sobre seus perseguidores e parecia rumar para uma meta definida, retesando cada músculo putrefato para alcançar o pedestal de ouro cinzelado, cuja importância necromântica era claramente enorme. Um instante mais e ele atingiu a sua meta, enquanto a multidão perseguidora avançava numa velocidade alucinante, mas chegava tarde demais, pois num derradeiro esforço que rompeu tendão após tendão, atirando sua massa abjeta ao chão em estado de dissolução gelatinosa, o cadáver daquilo que fora Robert Suydam alcançou seu alvo e seu triunfo. O choque fora tremendo, mas a força o manteve, e quando aquela coisa em impulso se esparramou numa putrefata lama viscosa, o pedestal que ele havia empurrado oscilou, se inclinou e finalmente tombou de sua base de ônix para as águas turvas abaixo, lançando para cima um brilho final do ouro cinzelado enquanto afundava pesadamente em abismos insondáveis do Tártaro. Naquele mesmo instante, a cena toda de horror se desfez diante dos olhos de Malone, e ele desmaiou em meio a uma explosão estrondosa que pareceu destruir todo o universo maligno.

VII

O sonho de Malone, experimentado antes de ele tomar conhecimento da morte e do trasbordo de Suydam no mar, foi de maneira curiosa suplementado por alguns fatos reais extraordinários do caso, embora isso não seja motivo para se acreditar nele. As três casas velhas em Parker Place, há muito apodrecidas pela degradação em sua forma mais insidiosa, ruíram sem causa aparente enquanto metade dos policiais e boa parte dos presos estavam dentro, e a maioria morreu na hora. Sobrou alguma vida só nos porões e adegas, e Malone teve a sorte de estar muito abaixo da casa de Robert Suydam. Para ele, era onde realmente estava, e ninguém se dispõe a negá-lo. Encontraram-no inconsciente à beira de um tanque de água muito escura com uma tenebrosa mistura de matéria podre e osso, identificável pela arcada dentária como o corpo de Suydam, a poucos metros de distância. O caso estava resolvido, pois era ali que chegava o canal subterrâneo dos traficantes e por onde os homens que tiraram Suydam do navio o haviam trazido para casa. Eles próprios nunca foram encontrados, ou mesmo identificados, e o médico do navio ainda não está satisfeito com as certezas simplórias da polícia.

Suydam era, é evidente, o chefe de extensas operações de tráfico humano, pois o canal que levava até a sua casa era apenas um de vários canais e túneis subterrâneos da vizinhança. Havia um túnel de sua casa até uma cripta embaixo do salão de baile da igreja que só podia ser alcançada através desta por uma estreita passagem secreta na parede norte, e em cujas câmaras foram descobertas coisas estranhas e terríveis. O órgão desafinado estava ali, bem como uma enorme capela abobadada com bancos de madeira e um altar bizarramente decorado. As paredes estavam forradas de pequenas celas, em dezessete das quais — é detestável relatar — encontraram prisioneiros solitários, agrilhoados, em estado de absoluta idiotia, inclusive quatro mães com bebês de aparência aterradora. Os bebês morreram logo depois de serem expostos à luz, uma circunstância que, para os médicos, foi muito misericordiosa. Entre aqueles que os inspecionaram, ninguém, exceto Malone, lembrou-se da sombria pergunta do velho Delrio: *"An sint unquam daemones incubi et succubae, et an ex tali congressu proles nasci queat?"*[10]

Antes de serem completamente aterrados, os canais foram dragados, exibindo uma fabulosa coleção de ossos serrados, divididos de todos os tamanhos. A epidemia de raptos foi, com toda clareza, solucionada, mas apenas dois dos presos sobreviventes poderiam, por qualquer procedimento legal, ser relacionados a ela. Esses homens agora estão presos, pois não conseguiram condená-los por cumplicidade com os verdadeiros assassinos. O pedestal ou trono de ouro cinzelado, tantas vezes mencionado por Malone como de importância oculta decisiva, jamais foi descoberto, embora se tenha notado, num local embaixo da casa de Suydam, que o canal mergulhava num poço profundo demais para ser drenado. O poço teve a boca coberta e cimentada quando os porões das novas casas foram construídos, mas Malone, amiúde, especula sobre o que pode existir em seu fundo. A polícia, satisfeita com o desbaratamento de um perigoso bando de maníacos e traficantes de homens, entregou às autoridades federais os curdos não condenados que, antes de sua deportação, se descobriu conclusivamente que pertenciam ao clã de adoradores do diabo dos Yezidi. O navio e sua tripulação continuam sendo

---

[10] "Terão existido demônios, íncubos e súcubos, e de uma tal união podem nascer rebentos?" (N.T.)

um mistério, embora investigadores céticos estejam prontos para combater mais uma vez suas incursões contrabandistas. Para Malone, esses investigadores revelaram uma perspectiva muito limitada com sua falta de espanto sobre a enormidade de detalhes inexplicáveis e a sugestiva obscuridade do caso todo; embora também critique os jornais que viram apenas uma comoção mórbida e se regozijaram com um culto menor de sadismo sendo que poderiam ter proclamado um horror saído do próprio coração do universo. Mas ele ficou contente por estar descansando em paz em Chepachet, acalmando seu sistema nervoso e rezando para que o tempo aos poucos transfira sua terrível experiência do reino da realidade presente para o do pitoresco reino remoto e semimítico.

Robert Suydam repousa ao lado de sua noiva no Cemitério de Greenwood. Não se realizou nenhuma cerimônia fúnebre sobre aqueles ossos estranhamente despedaçados, e os parentes são gratos pelo rápido esquecimento que encobriu o caso todo. A relação do erudito com os horrores de Red Hook, na verdade, jamais foi atestada por alguma prova legal, pois sua morte evitou o inquérito que de outro modo teria de enfrentar. Seu próprio fim não é muito mencionado, e os Suydam esperam que a posteridade possa recordá-lo como um recluso amável que se intrometia em inofensivos assuntos de magia e folclore.

Quanto a Red Hook, continua como sempre. Suydam veio e partiu, um terror se formou e se desfez, mas o espírito maligno das trevas e da sordidez desabrocha entre os mestiços nas velhas casas de tijolo, e bandos errantes ainda desfilam em missões desconhecidas, passando por janelas nas quais luzes e faces contorcidas aparecem e desaparecem. O horror ancestral é uma hidra de mil cabeças, e os cultos das trevas estão enraizados em blasfêmias mais profundas do que o poço de Demócrito. A alma da besta é onipresente e triunfante, e legiões de jovens bexiguentos de olhos turvos de Red Hook ainda entoam seus cânticos, maldizem e uivam enquanto desfilam de abismo em abismo, não se sabe de onde nem para onde, impelidas pelas leis cegas da biologia que talvez não compreendam jamais. Como antigamente, entra mais gente em Red Hook do que vê sais por vias terrestres, e já existem rumores de novos canais subterrâneos correndo até certos centros de tráfico de bebidas alcoólicas e coisas bem menos mencionáveis.

O salão de baile da igreja é agora quase que só salão de baile, e rostos estranhos foram vistos à noite em suas janelas. Recentemente, um policial expressou sua crença de que a cripta soterrada está sendo escavada de novo, e sem nenhum propósito explicável. Quem somos nós para combater venenos mais antigos do que a história e a humanidade? Símios dançavam na Ásia para esses horrores, e o câncer espreita confiante e se propaga onde a falsidade se esconde em renques decadentes de tijolos.

Malone não se apavora sem motivo, pois ainda outro dia um oficial escutou, por acaso, uma bruxa trigueira e vesga ensinando uma criancinha algum *patois*[11] sussurrado à sombra de uma passagem entre edifícios. Escutou e achou muito estranho quando a ouviu repetir, inúmeras vezes:

> *"amigo e companheiro noturno, vós que vos rejubilais com o latir de cães e com o sangue derramado, que vagais em meio às sombras entre os túmulos, que ansiais por sangue e trazeis o terror aos mortais, Gorgo, Mormo, lua de mil faces, recebei com benevolência os nossos sacrifícios!"*

(1925)

---

11 *Patoá*, do francês *patois*: falar local; dialeto, jargão. (N.T.)

ar frio

Pedem-me para explicar por que tenho medo de correntes de ar fresco, por que tirito mais do que os outros, ao entrar numa sala fria e pareço nauseado e repelido quando a friagem da noite se insinua pelo calor de um dia ameno de outono. Há quem diga que eu reajo ao frio como outros ao mau cheiro, e eu seria o último a negar essa impressão. O que farei é relatar a mais horrível situação que já encontrei e deixar que julguem se ela constitui ou não uma explicação aceitável para essa minha peculiaridade.

É um erro imaginar que o horror está indissoluvelmente associado à escuridão, ao silêncio e à solidão. Encontrei-o no resplendor de um meio de tarde, no alvoroço de uma metrópole e no ambiente fervilhante de uma pensão miserável e comum, ao lado uma senhoria prosaica e dois homens atléticos. Na primavera de 1923, eu tinha arranjado um trabalho enfadonho e mal remunerado numa revista de Nova York, e não podendo pagar muito de aluguel, saí perambulando de pensão em pensão barata atrás de um quarto que combinasse algum asseio, móveis sólidos e um preço bastante razoável. Logo ficou claro que eu teria de escolher entre calamidades diferentes, mas, passado algum tempo, dei com uma casa na 14th Street West que me desagradou menos do que as outras pesquisadas.

O lugar era uma mansão de arenito pardo, de quatro andares, construída, ao que tudo indica, no final dos anos quarenta, guarnecida de madeira e mármore cujo esplendor manchado e encardido indicava a decadência de um alto padrão de opulência e bom gosto. Nos quartos, amplos e altos, decorados com um papel de parede inacreditável e cornijas de estuque com ornamentos ridículos, pairava um cheiro deprimente de mofo e um sinal de culinária duvidosa, mas os assoalhos eram limpos, a roupa branca toleravelmente uniforme e a água quente não ficava fria ou desligada com muita frequência, de forma que vim a considerá-lo um lugar ao menos suportável para hibernar até que se possa de fato viver de novo. A senhoria, uma espanhola negligente e quase barbada chamada Herrero, não me aborrecia com fofocas ou cobranças da luz acesa até tarde em meu quarto do terceiro andar; e meus companheiros de pensão eram tão calmos e pouco comunicativos quanto fosse de se desejar, sendo grande parte também espanhóis de uma classe pouco acima da mais baixa e rude. Apenas o ruído dos bondes na rua abaixo se revelou um incômodo sério.

Eu já estava ali há cerca de três semanas quando ocorreu o primeiro incidente estranho. Certa noite, por volta das oito, ouvi um gotejar no assoalho e percebi de repente que há algum tempo eu vinha sentindo um odor pungente de amônia. Correndo o olhar ao redor, percebi que o teto estava úmido e pingando. A impregnação parecia vir de um canto do lado da rua. Desejando acabar com o mal pela raiz, desci às pressas até o porão para falar com a senhoria, e ela me garantiu que o problema seria rapidamente resolvido.

"Doctor Muñoz", gritou, precipitando-se escada acima à minha frente, "ele derramô seus productos químicos. Ele é que precisa de um médico... mais doente, cada vez mais doente... mas não vai querer a ajuda de um outro. Essa doença dele é mucho estranha... toma banho o tempo todo com cheiros esquisitos e não pode se exaltar, nem se aquecer. Ele que faz todo a limpeza... sua saleta fica cheia de garrafas e aparelhos, e não trabalha de médico. Mas já fuê importante... meu pai, em Barcelona, ouviu falar dele...

e não faz muito tempo consertô um braço do encanador que se feriu de repente. Ele nunca sai de casa, só para o telhado, e meu filho Esteban, ele leva comida, ropa lavada, remédios e productos químicos para ele. Meu Dios, o sal amoníaco que o homem usa para se manter fresco!"

A Sra. Herrero desapareceu pela escada para o quarto andar e eu retornei ao meu quarto. A amônia tinha parado de pingar e enquanto eu limpava a que havia sido derramado e abria a janela para ventilar, ouvi os passos pesados da proprietária em cima. Nunca escutei o Dr. Muñoz; ouvia apenas alguns ruídos parecendo os de um mecanismo a gasolina, pois seus passos eram leves e macios. Por um instante, tive a curiosidade de saber qual seria o estranho mal que afligia aquele homem, e se a sua recusa obstinada a qualquer ajuda externa não seria antes a consequência de uma excentricidade infundada. Existe, refleti com sensatez, um sofrimento infinito na situação de uma pessoa famosa que decaiu socialmente.

Eu poderia jamais ter conhecido o Dr. Muñoz não fosse o ataque cardíaco que me acometeu de repente certa manhã, quando escrevia, sentado, em meu quarto. Os médicos me haviam alertado para o risco desses ataques, e eu sabia que não havia tempo a perder, por isso, lembrando-me do que a senhoria havia contado sobre a ajuda do inválido ao trabalhador ferido, subi com dificuldade a escada e bati de leve na porta do quarto em cima do meu. Minha batida foi atendida em bom inglês por uma voz curiosa a alguma distância à direita, que perguntou meu nome e o que queria, e resolvidas essas questões, abriu-se uma porta ao lado da que eu havia batido e esperava.

Um sopro de ar frio me atingiu e embora o dia fosse um dos mais quentes do final de junho, estremeci ao cruzar o umbral para um grande apartamento cuja decoração rica e de bom gosto me surpreendeu naquele antro sórdido e decadente. Um sofá-cama preenchia agora seu papel diurno de sofá e o mobiliário de mogno, os reposteiros suntuosos, as pinturas antigas e as ricas estantes de livro revelavam antes o escritório de um cavalheiro do que um quarto de pensão. Percebi que o quarto estreito acima do meu — o "quartinho" dos aparelhos e garrafas que a Sra. Herrero tinha mencionado — era apenas o laboratório do doutor, e que seu ambiente principal de vivência era o espaçoso quarto adjacente cujas recâmaras apropriadas e o grande banheiro contíguo lhe permitiam ocultar todas as cômodas e outros objetos utilitários obstrutivos. O Dr. Muñoz era, sem a menor dúvida, um homem de berço, erudição e discernimento.

A figura à minha frente era baixa, mas muito bem proporcional, vestida em roupas um tanto formais, de corte perfeito e bom caimento. O rosto aristocrático tinha uma expressão imperiosa sem ser arrogante e era adornado por uma barba grisalha curta e inteiriça e um pincenê antiquado protegia os escuros olhos vivos, encavalado num nariz aquilino, dava um toque mourisco a uma fisionomia que, de outra forma, seria dominantemente celtibérica. O cabelo abundante e bem cortado, repartido com elegância no alto de uma fronte imponente, indicava visitas periódicas de um barbeiro. A estampa toda denotava uma inteligência marcante, uma origem elevada e boa educação.

Mas vendo o Dr. Muñoz em meio àquele sopro de ar frio, senti uma aversão que nada em seu aspecto poderia justificar. Apenas talvez a propensão à lividez de sua pele e a sensação de frieza de seu toque poderiam ter dado motivos físicos para esse sentimento, e mesmo essas coisas seriam desculpáveis, tendo em conta o conhecido estado de invalidez do homem. Talvez tenha sido o curioso frio que me indispôs, aquela sensação gélida era anormal num dia tão quente e o anormal sempre provoca aversão, desconfiança e medo.

Mas a repulsa logo se desfez na admiração, pois a extrema competência do estranho médico logo se tornou manifesta apesar da frieza de gelo e da tremedeira de suas mãos lívidas. Bastou-lhe um olhar para entender os meus problemas e cuidou deles com a destreza de um mestre enquanto me tranquilizava, com voz harmoniosa, apesar da falta de timbre e sonoridade, dizendo que era o mais implacável dos inimigos jurados da morte, e tinha gasto sua fortuna e perdido todos os amigos numa vida de experiências bizarras dedicadas a ludibriá-la e extirpá-la. Tinha algo do fanático bondoso e tagarelava sem parar enquanto auscultava meu peito e misturava uma dose apropriada de drogas trazidas da saleta que servia de laboratório. Claro está que ele considerava a companhia de um homem bem-nascido uma novidade rara naquele ambiente sinistro, e era levado a falar de maneira incomum à medida que as lembranças de dias melhores lhe acorriam.

 Conquanto estranha, sua voz era tranquilizadora e eu mal percebia sua respiração enquanto as frases fluíam com urbanidade. Ele procurava distrair minha atenção do ataque, falando de suas teorias e experimentos, e lembro-me do tato que teve ao me consolar pela fragilidade de meu coração fraco, insistindo na tese de que vontade e consciência são mais fortes do que a própria vida orgânica, de modo que um corpo originalmente saudável e bem conservado poderá preservar uma espécie de animação nervosa pela intensificação científica dessas qualidades, ainda que tenha sofrido sérios danos, defeitos ou mesmo ausências numa série de órgãos específicos. Poderia, disse ele, meio que zombando, ensinar-me algum dia a viver — ou, pelo menos, ter algum tipo de existência consciente — absolutamente sem coração! No que lhe dizia respeito, ele sofria uma combinação de doenças que exigia um tratamento muito minucioso que incluía o frio constante. Qualquer aumento acentuado da temperatura, se prolongada, poderia afetá-lo de maneira fatal, e a frigidez de seus aposentos — cerca de 55 ou 56 graus Fahrenheit[1] — era mantida por um sistema de absorção do calor por resfriamento de amônia,

[1] Cerca de 12 e 13 graus centígrados. (N.T.)

cujo motor a gasolina das bombas eu costumava ouvir de meu quarto abaixo.

Aliviado do ataque num espaço de tempo maravilhosamente curto, saí daquele lugar friorento transformado em discípulo e devoto do talentoso ermitão. Depois disso, visitei-o várias vezes, sempre agasalhado, ouvindo-o falar de pesquisas secretas e resultados quase horripilantes, e estremecendo ao examinar os volumes pouco convencionais e espantosamente antigos de suas estantes. Devo acrescentar que acabei ficando quase curado para sempre de minha doença, graças a seus hábeis preparados. Ao que parece, ele não desprezava os sortilégios de medievalistas, pois acreditava que essas fórmulas crípticas continham estímulos psicológicos raros que poderiam produzir efeitos especiais na matéria de um sistema nervoso que tivesse perdido suas pulsações orgânicas. Comoveu-me o seu relato sobre o Dr. Torres, de Valência, que havia compartilhado suas primeiras experiências durante a forte doença que, dezoito anos antes, fora a origem de seus distúrbios atuais. Mal o venerável médico havia salvado o colega, ele próprio sucumbiu ao tenebroso inimigo que havia combatido. Talvez o esforço houvesse sido demais, pois o Dr. Muñoz, falando baixo, deixou claro — sem detalhar — que os métodos de cura haviam sido os mais extraordinários, envolvendo situações e processos não muito aceitos pelos galenos mais velhos e conservadores.

Com o passar das semanas, observei, com pesar, que meu novo amigo estava lenta e inexoravelmente se enfraquecendo do ponto de vista físico, como a Sra. Herrero havia sugerido. O aspecto lívido de suas feições se intensificara, sua voz se tornara mais cava e indistinta, sua coordenação motora era menos perfeita e sua mente e vontade revelavam menor firmeza e iniciativa. Ele parecia ter consciência de sua triste transformação e, pouco a pouco, sua expressão e sua conversa adquiriram uma ironia repulsiva que reavivaram em mim um pouco da aversão sutil que eu a princípio sentira.

Ele desenvolvia caprichos estranhos, tomando um tal gosto por especiarias exóticas e incenso egípcio que seu quarto cheirava como a câmara de um faraó sepultado no Vale dos Reis. Ao mesmo tempo, sua necessidade de ar frio aumentava e, com a minha ajuda, ele ampliou a tubulação de amônia de seu quarto e modificou as bombas e a alimentação do aparelho de refrigeração para manter a temperatura em 34 ou 40, e finalmente, mesmo 28 graus.[2] O banheiro e o laboratório, é claro, eram menos resfriados para a água não congelar e para não prejudicar os processos químicos. O inquilino do lado reclamava do ar gelado perto da porta de ligação, por isso eu ajudei o doutor a pendurar pesados reposteiros para eliminar o problema. Uma espécie de horror crescente, bizarro e mórbido parecia possuí-lo. Ele falava sem parar da morte, mas ria com cinismo quando lhe eram feitas sugestões discretas sobre coisas como arranjos para funeral e enterro.

Por tudo isso, ele se tornara uma companhia desconcertante, quando não repulsiva, ainda que minha gratidão por me ter curado me impedia de abandoná-lo aos estranhos que o cercavam; então eu tratava de espanar seu quarto e cuidar de suas necessidades todos os dias, agasalhado num pesado sobretudo que comprara especialmente para esse fim. Era também eu quem fazia a maior parte de suas compras, e, confundindo-se às vezes, ofegava com alguns químicos que ele encomendava de farmacêuticos e fornecedores de laboratórios.

Uma atmosfera de pânico crescente e inexplicável parecia formar-se em seu apartamento. A casa toda, como já mencionei, tinha um cheiro de mofo, mas o daquele quarto era pior — apesar de todos os aromas, o incenso e os produtos químicos pungentes dos banhos agora incessantes, que ele insistia em tomar desacompanhado. Percebi que isso devia estar relacionado à sua doença e estremecia ao pensar em qual poderia ser. A Sra. Herrero se benzia quando olhava para ele, e entregou-o sem reservas

[2] Cerca de 1, 4 e -2 graus centígrados. (N.T.)

a mim, não deixando sequer que o filho Esteban continuasse levando recados para ele. Quando eu sugeria outros médicos, a ira do doente atingia o auge do quanto ousava expressar. Era evidente que ele temia o efeito físico de uma emoção violenta, mas sua vontade e seu impulso vital mais cresciam do que diminuíam, e ele se recusava a ficar confinado ao leito. A lassidão de seus primeiros tempos de doença cedeu lugar ao retorno ao seu ousado propósito, de modo que ele parecia prestes a lançar um repto ao demônio da morte, mesmo quando aquele velho inimigo se apossava dele. O pretexto de comer, quase sempre uma curiosa formalidade em seu caso, ele virtualmente abandonou, e só o poder mental parecia mantê-lo afastado de um colapso total.

Adquiriu o hábito de escrever longos documentos que ele envelopava e lacrava com cuidado, recomendando-me que os entregasse, após a sua morte, a certas pessoas nomeadas — em sua maioria, eruditos das Índias Orientais, mas incluindo um célebre médico francês de outros tempos que era dado como morto e sobre o qual se murmuravam as coisas mais inconcebíveis. Quando aconteceu, queimei todos aqueles papéis sem enviá-los nem abri-los. Seu aspecto e sua voz permaneceram aterradores ao extremo, e sua presença, quase insuportável. Certo dia de setembro, um vislumbre inesperado dele provocou um ataque epiléptico num homem que viera consertar a luminária elétrica de sua escrivaninha, um ataque para o qual prescreveu corretamente, mantendo-se fora de vista. Aquele homem, por estranho que pareça, havia passado pelos terrores da Grande Guerra sem ter sofrido tamanho pavor.

Foi então que, na metade de outubro, aconteceu com espantosa rapidez o horror dos horrores. Certa noite, por volta das onze, a bomba do aparelho de refrigeração quebrou, e num espaço de três horas o processo de resfriamento da amônia ficou inviável. O Dr. Muñoz me chamou, batendo com o pé no chão, e eu trabalhei desesperadamente para consertar o defeito, enquanto meu hospedeiro praguejava num tom grave, rascante e sem vida, à prova de qualquer descrição. Meus esforços amadores revelaram-se inúteis, porém, e quando consegui trazer um mecânico de uma oficina vizinha aberta 24 horas, ficamos sabendo que não havia nada a fazer até de manhã, quando se poderia arranjar um novo pistão. A raiva e o medo do moribundo eremita alcançaram proporções grotescas, tanto que ele ameaçava despedaçar o que restava de seu físico debilitado. Em certo momento, depois de um espasmo, ele cobriu os olhos com as mãos e correu para o banheiro. Voltou cambaleando, com o rosto bem enfaixado, e não tornei a ver os seus olhos.

A frialdade do apartamento havia caído sensivelmente até que, por volta das cinco da manhã, o médico se retirou para o banheiro, ordenando-me para supri-lo com todo o gelo que pudesse obter em *drugstores*[3] e bares noturnos. Quando voltava de minhas incursões nem sempre bem-sucedidas e colocava os despojos diante da porta fechada do banheiro, podia ouvir um interminável chapinhar lá dentro, e uma voz rouca grasnando "Mais... mais!" Finalmente raiou o dia, um dia quente, e as lojas foram abrindo as portas uma a uma. Pedi a Esteban para ajudar na procura de gelo enquanto eu procurava o pistão da bomba, ou então que tentasse obter o pistão enquanto eu continuava com o gelo, mas instruído pela mãe, ele se recusou peremptoriamente.

Acabei, enfim, contratando um vagabundo de olhar cediço que encontrei na esquina da 8th Avenue para manter o paciente suprido com gelo de um pequeno armazém onde o apresentei, e concentrei-me na tarefa de achar um êmbolo e contratar trabalhadores competentes para instalá-lo. A tarefa parecia interminável e me enfureci quase tanto quanto o ermitão vendo, em jejum, as horas passarem numa ansiosa e inútil rodada de ligações telefônicas e busca frenética de lugar em lugar, de um lado para outro, de metropolitano ou de bonde. Perto do meio-dia, encontrei um

[3] Farmácia ou drogaria nos Estados Unidos que também vende bebidas leves e revistas. (N.T.)

fornecedor adequado muito distante, no centro da cidade, e por volta da 1h30 cheguei à pensão com a parafernália apropriada e dois mecânicos robustos e capazes. Havia feito tudo que fora possível, e esperava que ainda estivesse em tempo.

O tenebroso horror me precedera, porém. A casa estava no maior rebuliço, e por cima da algaravia de vozes espantadas ouvi um homem rezando num tom grave e profundo. Alguma coisa demoníaca pairava no ambiente, e os pensionistas desfiavam as contas de seus rosários quando sentiam o cheiro que escapava por baixo da porta fechada do doutor. O vagabundo que eu havia contratado, ao que parece, tinha fugido aos gritos, com o olhar ensandecido, não muito depois da segunda entrega de gelo, por excesso de curiosidade, talvez. Ele com certeza não deve ter trancado a porta ao sair, mas ela agora estava trancada, presumivelmente pelo lado de dentro. Não chegava o menor som do interior, exceto um indescritível gotejar, lento e viscoso.

Depois de uma breve consulta com a Sra. Herrero e com os trabalhadores recomendei, apesar do medo que me roía a alma, que a porta fosse arrombada, mas a proprietária achou um meio de virar a chave pelo lado de fora com um dispositivo de arame. Já havíamos aberto previamente as portas de todos os quartos daquele saguão, levantando ao máximo todas as janelas. Protegendo o nariz com lenços, invadimos, temerosos, a execrável sala sul que ardia ao forte calor do início da tarde.

Uma espécie de trilha escura e pegajosa seguia da porta aberta do banheiro até a porta da saleta, e dali até a escrivaninha, onde havia se formado uma tenebrosa poça. Havia ali alguma coisa rabiscada a lápis, com uma caligrafia horrível e cega, num pedaço de papel repulsivamente manchado pelas mesmas garras que haviam garatujado às pressas as últimas palavras. Depois a trilha avançava até o sofá onde terminava de maneira inconcebível.

O que estava, ou havia estado, em cima do sofá não posso nem ouso dizer aqui. Mas o que, tremendo, deduzi do papel

com as manchas pegajosas antes de riscar um fósforo e queimá-
-lo até as cinzas; deduzi cheio de terror enquanto a senhoria e
dois mecânicos fugiam como loucos daquele lugar infernal para
balbuciar histórias incoerentes no posto de polícia mais próximo.
As palavras nauseantes pareciam quase fantásticas sob aquela
intensa luz solar, com o estrépito de carros e caminhões subindo
ruidosamente pela movimentada 14th Street, mas confesso que
acreditei nelas então. Honestamente não saberia dizer se acredito
nelas agora. Há coisas sobre as quais é melhor não especular e
tudo que posso dizer é que odeio o cheiro de amônia, e fico sufocado com uma corrente de ar em especial fria.

"O fim", dizia o fétido rabisco, "chegou. Acabou o gelo... o
homem olhou e fugiu. Está mais quente a cada minuto, e os
tecidos não podem durar. Imagino que saibas... o que eu disse
sobre a vontade e os nervos, e o corpo conservado depois dos
órgãos pararem de funcionar. A teoria era boa, mas não podia ser
mantida indefinidamente. Aconteceu uma deterioração gradual
que eu não tinha previsto. O Dr. Torres percebeu, mas o choque
o matou. Ele não conseguiu suportar o que tinha de fazer...
tinha de me colocar num lugar escuro e estranho, mas considerou a minha carta e me trouxe de volta. E os órgãos jamais
funcionariam de novo. Tinha que ser feito à minha maneira —
preservação artificial — *pois como podes perceber, eu morri naquela
época, há dezoito anos.*"

(1926)

o
chamado
de cthulhu

(*Encontrado entre os papéis do falecido Francis Wayland Thurston, de Boston*)

> *De tais seres ou potestades supremos pode ser concebida uma sobrevivência... uma sobrevivência de um período fantasticamente remoto quando... a consciência se manifestava, talvez, em vultos e formas desde então repelidos pela maré montante da humanidade... formas das quais apenas a poesia e a lenda captaram uma memória fugaz e as chamaram deuses, monstros, seres míticos de todos os tipos e espécies...*
>
> Algernon Blackwood

I. O horror de argila

A coisa mais misericordiosa do mundo, penso eu, é a incapacidade da mente humana correlacionar tudo que ela contém. Vivemos numa plácida ilha de ignorância em meio a mares tenebrosos de infinidade, e não estávamos destinados a viajar longe. As ciências, cada uma puxando para seu próprio lado, nos causaram poucos danos até agora, mas algum dia a junção das peças de conhecimentos dissociados descortinará visões tão terríveis da realidade e de nossa pavorosa posição dentro dela que só nos restará enlouquecer com a revelação ou fugir da iluminação mortal para a paz e a segurança de uma nova idade das trevas.

Os teosofistas imaginaram o admirável esplendor do ciclo cósmico no qual o nosso mundo e a espécie humana são incidentes transitórios. Eles sugeriram estranhos remanescentes com termos que congelariam o sangue se não fossem mascarados por um suave otimismo. Mas não foi deles que me chegou o especial vislumbre de eras ancestrais proibidas que me arrepia só de pensar e me enlouquece nos sonhos. Esse vislumbre, como todos os pavorosos vislumbres da verdade, revelou-se de uma hora para outra com a junção acidental de peças separadas, nesse caso, uma velha notícia de jornal e as anotações de um professor já falecido. Espero que ninguém mais junte essas peças. Se eu viver, jamais ajuntarei, deliberadamente, um elo a tão odiosa cadeia, com certeza. Imagino que o professor também pretendia guardar silêncio sobre a parte que sabia, e que teria destruído suas anotações se a morte súbita não o tivesse colhido.

Meu contato com o assunto começou no inverno de 1926-27 com a morte de meu tio-avô George Gammell Angell, professor Emérito de Línguas Semíticas na Universidade Brown, Providence, Rhode Island. O professor Angell era amplamente conhecido como uma autoridade em inscrições antigas e costumava ser consultado por curadores de museus importantes, de forma que muitos se lembrarão de seu falecimento, aos noventa e dois anos de idade. No meio local, o interesse foi intensificado pela obscuridade da causa da morte. O professor fora atingido quando voltava do barco de Newport, caindo de repente, segundo testemunhas, depois de receber o encontrão de um negro com ar de marinheiro que saiu de uma das vielas tenebrosas da ladeira íngreme que servia de atalho do cais até a casa do falecido na Williams Street. Os médicos não conseguiram detectar nenhuma doença visível e concluíram, depois de um debate confuso, que o fim se devera a alguma obscura lesão cardíaca provocada pela subida apressada de uma ladeira tão íngreme por um homem tão idoso. Na ocasião, não tive por que discordar dessa conclusão, mas ultimamente me sinto inclinado a desconfiar... e mais do que desconfiar.

Na qualidade de herdeiro e executor testamentário de meu tio-avô, pois ele morreu viúvo e sem filhos, teria de examinar seus papéis com certa meticulosidade, e para esse fim transferi todas as suas pastas e arquivos para minha moradia em Boston. Boa parte do material que eu correlacionei será publicada no futuro pela Sociedade Arqueológica Americana, mas havia uma caixa que me intrigou sobremaneira e não quis expô-la a outras vistas. Ela estava trancada e não consegui encontrar a chave até que me ocorreu olhar o molho de chaves que o professor carregava sempre no bolso. Consegui então abri-la, mas ao fazê-lo me deparei com um obstáculo maior e ainda mais protegido, pois qual poderia ser o significado do estranho baixo-relevo de argila e dos apontamentos, divagações e recortes de jornais desconexos que encontrei? Teria meu tio, em seus últimos anos, se transformado num crédulo das mais levianas imposturas? Resolvi então procurar o excêntrico escultor responsável por aquela aparente perturbação da paz de espírito de um velho.

O baixo-relevo era um retângulo tosco com menos de uma polegada de espessura e cerca de cinco por seis polegadas de área, obviamente de origem moderna. No entanto, a atmosfera e as sugestões de seus motivos estavam longe de ser modernas, pois, não obstante as excentricidades de cubismo e futurismo serem muitas e alucinadas, elas não reproduzem amiúde aquela regularidade críptica que emerge de documentos pré-históricos. E o grosso daqueles desenhos com certeza parecia ser algum tipo de escrita, apesar de minha memória, embora familiarizada com os papéis e as coleções de meu tio, não conseguir de maneira alguma identificar aquele tipo particular, ou mesmo inferir suas filiações remotas.

Sobre esses aparentes hieróglifos havia uma figura com finalidade evidentemente decorativa, embora seu estilo impressionista prejudicasse a formação de uma ideia muito precisa de sua natureza. Parecia uma espécie de monstro, ou símbolo representando um monstro, cuja forma só poderia ter sido concebida por uma fantasia mórbida. Se digo que minha imaginação um tanto extravagante forjou imagens simultâneas de um polvo, um dragão e uma caricatura humana, não estarei sendo infiel ao espírito da coisa. Uma cabeça carnuda e tentaculada coroava um corpo grotesco, coberto de escamas, com asas rudimentares, mas era o *contorno geral* do conjunto que o tornava mais aterrorizante. Por trás da figura havia a vaga sugestão de um plano arquitetônico ciclópico.

Exceto por uma pilha de recortes da imprensa, os textos que acompanhavam essa extravagância eram obra recente da mão do professor Angell, sem a menor pretensão a um estilo literário. O que parecia ser o documento principal se intitulava "CULTO DE CTHULHU" em caracteres cuidadosamente grafados para evitar a leitura incorreta de uma palavra tão invulgar. O manuscrito estava dividido em duas seções: a primeira intitulada "1925 – Sonho e Obra do Sonho de H.A. Wilcox, Thomas Street, 7, Providence, R.I."; e a segunda, "Narrativa do Inspetor John R. Legrasse, Bienville Street, 121, Nova Orleans, La., em 1908 A.A.S. Mtg. – Notas sobre o Mesmo, & Prof. Webbs's Acct.". Os outros papéis manuscritos eram todos de anotações breves, alguns deles relatos de sonhos bizarros de diversas pessoas, outros, citações de revistas e livros teosóficos (especialmente de *Atlantis and the Lost Lemuria* de W. Scott-Elliot), e o resto, comentários sobre antigas sociedades secretas e cultos proibidos, com indicações de passagens de livros de referência de antropologia e mitologia, como *Golden Bough*,[1] de Frazer, e *Witch-Cult in Western Europe*, da Srta. Murray.[2] A maior parte dos recortes aludia a doenças mentais excêntricas e surtos de loucura ou mania coletiva na primavera de 1925.

A primeira metade do manuscrito principal relatava uma história muito estranha. Ao que parece, em 1º de março de 1925, um jovem magro e soturno, de aspecto neurótico e exaltado, havia procurado o professor Angell, levando um curioso baixo-relevo

---

[1] Traduzido no Brasil da versão inglesa resumida e ilustrada, *The Illustrated Golden Bough*, da monumental obra de antropologia da religião *The Golden Bough*, de Sir James George Frazer, como *O ramo de ouro* (Rio de Janeiro: Guanabara Koogan, 1982). (N.T.)
[2] Ver nota 4 no conto *O horror em Red Hook*, neste volume. (N.T.)

de argila ainda muito fresco e úmido. Seu cartão trazia o nome de Henry Anthony Wilcox, e meu tio o identificara como o filho mais jovem de uma excelente família que ele conhecia de longe. O jovem era estudante de escultura na Escola de Desenho de Rhode Island e morava no Edifício Fleur-de-Lys perto daquela instituição. Wilcox era um jovem precoce, de gênio conhecido, mas grande excentricidade, e desde a infância ele chamava a atenção pelas histórias bizarras e sonhos curiosos que tinha o hábito de relatar. Ele se considerava "psiquicamente hipersensível", mas para o povo pacato da antiga cidade comercial ele não passava de um "esquisitão". Sem nunca se misturar muito com sua própria gente, ele foi perdendo aos poucos a visibilidade social e agora só era conhecido de um pequeno grupo de estetas de outras cidades. Mesmo o Clube das Artes de Providence, zeloso de seu conservadorismo, o considerava um caso perdido.

Por ocasião da visita, dizia o manuscrito do professor, o escultor, de repente, pediu a ajuda dos conhecimentos arqueológicos de seu anfitrião para identificar os hieróglifos do baixo-relevo. Ele falava de maneira calma, sonhadora, sugerindo uma simpatia afetada e distante, e meu tio se mostrou um tanto ríspido na resposta, pois a condição claramente recente da tabuleta indicava afinidade com qualquer coisa, menos com arqueologia. A réplica do jovem Wilcox, que impressionou meu tio o bastante para ele recordar-se dela e registrá-la tal qual, teve um feitio poético que deve ter marcado toda a conversa, e que mais tarde descobri tratar-se de uma forte característica sua. Ele disse, "é novo, de fato, visto que o fiz na noite passada em meio a um sonho com cidades estranhas, e os sonhos são mais antigos do que a misteriosa Tiro, ou a contemplativa Esfinge, ou a ajardinada Babilônia."

Foi aí que ele começou aquele relato confuso que, de repente, espicaçou memórias adormecidas e conquistou o interesse febricitante de meu tio. Tinha havido um rápido tremor de terra na noite anterior, o mais forte sentido na Nova Inglaterra em muitos anos, e a imaginação de Wilcox fora fortemente abalada. Recolhendo-se ao leito, ele teve um sonho sem precedentes com grandes cidades ciclópicas, construídas com blocos titânicos e monólitos projetados para o céu, tudo exsudando um limo verde e sinistro de horror latente. As paredes e pilares estavam cobertos de hieróglifos, e de algum ponto indeterminado abaixo chegava uma voz que não era voz, uma sensação caótica que somente a fantasia poderia transformar em som, mas que ele tentara transmitir com o amontoado de letras quase impronunciável *"Cthulhu fhtagn"*.

Essa mixórdia verbal foi a chave para a recordação que exaltou e perturbou o professor Angell. Ele interrogou o escultor com meticulosidade científica e estudou com atenção quase fanática o baixo-relevo em que o jovem se vira trabalhando, enregelado e vestido apenas com as roupas de dormir, até a vigília insinuar-se em seu torpor. Meu tio culpou a sua idade avançada, disse Wilcox mais tarde, pela lentidão com que identificou os hieróglifos e a imagem. Muitas de suas perguntas pareceram deslocadas para o visitante, em especial as que tentavam relacioná-lo com cultos ou sociedades estranhas, e Wilcox não pôde compreender as repetidas promessas de silêncio que lhe foram ofertadas em troca de ser aceito em alguma ordem religiosa mística ou pagã. Quando o professor Angell se convenceu de que o escultor ignorava mesmo qualquer culto ou sistema de sabedoria críptica, assediou o visitante com pedidos para que ele lhe relatasse sonhos futuros. Isso rendeu frutos regulares. Depois da primeira entrevista, o manuscrito registra visitas diárias do jovem durante as quais ele relatava fragmentos surpreendentes de imaginação noturna cujo tema constante era alguma vista ciclópica terrível de pedra escura e gotejante, com uma voz ou inteligência subterrânea gritando monotonamente através de enigmáticos impactos sensoriais só possíveis de descrever com palavras sem sentido. Os dois sons repetidos com maior frequência são os expressos pelas letras *"Cthulhu"* e *"R'lyeh"*.

No dia 23 de março, prosseguia o manuscrito, Wilcox não apareceu, e indagações feitas em sua moradia revelaram que, atacado por um tipo desconhecido de febre, ele fora levado para a casa de sua família na Waterman Street. Ele havia gritado durante a noite, despertando outros artistas do prédio, e havia manifestado, a partir daquele momento, condições alternadas de inconsciência e delírio. Meu tio telefonou incontinente para a família e dali em diante passou a acompanhar o caso de perto, telefonando muitas vezes para o consultório do Dr. Tobey na Thayer Street, o médico que estava acompanhando o caso. A mente febril do jovem, ao que parecia, estava retida em coisas estranhas, e o médico chegava a estremecer quando as mencionava. Incluíam não só a repetição do que ele tinha sonhado antes, mas envolviam também algo gigantesco "com milhas de altura" que andava ou se arrastava de um lado para outro. Em nenhum momento ele descreveu essa coisa, mas expressões alucinadas ocasionais, reproduzidas pelo Dr. Tobey, convenceram o professor de que ela devia ser idêntica à monstruosidade inominável que ele tentara representar em sua escultura do sonho. A referência a essa coisa, acrescentou o doutor, preludiava sempre a recaída do jovem na letargia. Sua temperatura, por estranho que pareça, não subia muito acima do normal, mas seu estado geral sugeria antes uma febre genuína do que uma desordem mental.

No dia 2 de abril, por volta das três da tarde, todos os sintomas da doença de Wilcox desapareceram de uma hora para outra. Ele sentou-se na cama, espantado por estar em casa e sem a menor noção sequer do que tinha acontecido em sonho ou realidade desde a noite de 22 de março. Ao receber alta do médico, voltou a seus aposentos em três dias, mas deixou de prestar qualquer ajuda ao professor Angell. Todos os vestígios de sonhos estranhos tinham sumido de sua memória, e meu tio não guardou nenhum registro de seus pensamentos noturnos depois de uma semana de relatos insossos e irrelevantes sobre visões perfeitamente normais.

Aqui terminava a primeira parte do manuscrito, mas referências a algumas anotações espalhadas deram-me muito que pensar — muito, de fato, que só o arraigado ceticismo que marcava então a minha filosofia pode explicar a persistente aversão que senti pelo artista. As anotações em questão descreviam os sonhos de várias pessoas no mesmo período em que o jovem Wilcox sofrera suas estranhas provações. Meu tio, ao que parece, criou às pressas uma vasta rede de pesquisa envolvendo quase todos os amigos a quem poderia fazer perguntas sem parecer impertinente, pedindo-lhes que relatassem seus sonhos noturnos e as datas de qualquer visão extraordinária no passado recente. A receptividade a seu pedido parece ter sido irregular, mas ele deve ter recebido, no mínimo, mais respostas do que uma pessoa normal poderia lidar sem uma secretária. Essa correspondência original não foi preservada, mas suas anotações formaram um resumo completo e realmente significativo. As pessoas comuns da sociedade e do meio comercial — o "sal da terra" da Nova Inglaterra tradicional — deram um retorno quase negativo, embora casos esparsos de impressões noturnas perturbadoras, mas informes, apareçam aqui e ali, sempre entre 23 de março e 2 de abril, o tempo do delírio do jovem Wilcox. Os homens de ciência foram afetados um pouco mais, embora quatro casos de descrição vaga sugiram vislumbres fugidios de paisagens exóticas, e, em um caso, seja mencionado o pavor de alguma coisa anormal.

Foi dos artistas e poetas que vieram as respostas pertinentes, e tenho clareza de que o pânico se alastraria se eles tivessem podido comparar as anotações. Tal como aconteceu na falta das cartas originais, suspeitei que o compilador tivesse feito perguntas indutivas ou editado a correspondência para corroborar o que ele estava potencialmente inclinado a ver. Isso reforçou minha ideia de que Wilcox, de alguma forma conhecedor dos dados antigos que meu tio possuía, vinha se insinuando junto ao veterano cientista. As respostas daqueles estetas contavam uma história perturbadora. De 28 de fevereiro a 2 de abril, uma grande parte deles havia tido sonhos extraordinários e a intensidade dos sonhos havia sido muito maior durante o período de delírio do escultor. Mais de um quarto dos que relataram algo registravam cenas e sons vagos parecidos com os descritos por Wilcox, e alguns sonhadores confessaram ter sentido um intenso pavor da gigantesca e indescritível criatura avistada quase no fim. Um caso, que a anotação descreve com ênfase, foi muito triste. O indivíduo, um arquiteto muito conhecido, com propensões para a teosofia e o ocultismo, tornou-se um louco furioso na data do acesso do jovem Wilcox e expirou alguns meses mais tarde depois de gritar incessantemente para ser salvo de algum invasor fugido do inferno. Se meu tio tivesse organizado esses casos por nome em vez de números, eu poderia tentar confirmá-los e fazer algumas investigações pessoais, mas do jeito como as coisas se deram, só consegui localizar alguns. Desses, porém, confirmei as anotações por completo. Muitas vezes me perguntei se todos os objetos das inquisições do professor ficaram tão perplexos quanto esses poucos. É bom que não lhes chegue nenhuma explicação.

    Os recortes da imprensa, como sugeri, abordavam casos de pânico, mania e excentricidades durante o período em questão. O professor Angell deve ter se valido de um serviço especial, pois era imenso o número de recortes de fontes espalhadas por todo o globo. Aqui, um suicídio noturno em Londres; alguém que dormia sozinho havia saltado pela janela depois de lançar um grito assustador. Ali, uma carta delirante ao editor de um jornal da América do Sul, onde um fanático deduz um futuro tétrico de visões que tivera. Um despacho da Califórnia descreve uma colônia de teosofistas distribuindo mantos brancos em massa para algum "acontecimento glorioso" que nunca chega, enquanto notícias da Índia falam com reservas de sérias rebeliões de nativos no final de março. Orgias de vodu multiplicam-se no Haiti e postos avançados na África registram murmúrios ominosos.

Funcionários americanos nas Filipinas sentem que algumas tribos estão inquietas naquele período, e policiais de Nova York são atacados por levantinos histéricos na noite de 22 para 23 de março. Na região oeste da Irlanda, também correm abundantes e fabulosos rumores e lendas, e um pintor de temas fantásticos, Ardois-Bonnot, expõe uma blasfema "Paisagem Onírica" no salão de primavera de Paris de 1926. E são tão numerosos os distúrbios registrados em asilos de loucos que só um milagre poderia ter impedido a comunidade médica de observar os estranhos paralelismos e tirar conclusões enganosas. No todo, um espantoso maço de recortes e até hoje mal consigo entender o calejado racionalismo que me fez deixá-los de lado. Mas eu estava convencido então de que o jovem Wilcox tinha conhecimentos dos assuntos mais antigos mencionados pelo professor.

II. A narrativa do inspetor Legrasse

Os assuntos antigos que tornavam o sonho e o baixo-relevo do escultor tão significativos para meu tio constituíam o tema da segunda metade de seu extenso manuscrito. Ao que parece, o professor Angell já tinha visto a silhueta infernal da monstruosidade sem nome, já se intrigara com os misteriosos hieróglifos e ouvido as sílabas aziagas que só podem ser representadas por "*Cthulhu*", e isso tudo associado de maneira tão excitante e terrível que não causa espanto que ele tenha assediado o jovem Wilcox com perguntas e solicitações de dados.

A experiência anterior tinha ocorrido em 1908, dezessete anos antes, quando a Sociedade Arqueológica Americana realizara seu encontro anual em St. Louis. O professor Angell, como convinha a alguém com sua autoridade e suas realizações, teve um papel de destaque em todas as deliberações, e foi um dos primeiros a ser abordado por diversos leigos que aproveitaram a convocação para formular perguntas querendo respostas corretas e problemas para uma solução especializada.

O principal desses leigos, e, dentro em pouco, o centro de interesse de todos os participantes, era um homem de meia-idade e aparência comum que tinha vindo de Nova Orleans atrás de informações especiais impossíveis de obter junto a alguma fonte local. Chamava-se John Raymond Legrasse e era, de profissão, inspetor de polícia. Trouxera consigo o motivo de sua visita, uma estatueta de pedra, grotesca, repulsiva e ao que tudo indica muito antiga, cuja origem não conseguira determinar. Não se deve supor que o inspetor Legrasse tivesse o menor interesse em arqueologia. Ao contrário, seu desejo de esclarecimento era movido por considerações estritamente profissionais. A estatueta, ídolo, fetiche, ou seja lá o que fosse, fora capturada alguns meses antes nos pântanos arborizados ao sul de Nova Orleans durante uma batida a uma suposta reunião de vodu, e os ritos a ela associados eram tão extraordinários e repulsivos que a polícia não pôde deixar de concluir que tinha topado com um culto demoníaco totalmente desconhecido e muito mais diabólico do que os mais tenebrosos círculos de vodu africanos. Sobre a sua origem, afora as histórias desencontradas e inacreditáveis extraídas dos praticantes capturados, não se haveria de descobrir absolutamente nada, o que explicava a ansiedade da polícia por qualquer sabedoria antiga que a ajudasse a situar o pavoroso símbolo e, através dele, a reconstituir a origem do culto.

O inspetor Legrasse não estava preparado para a sensação que seu oferecimento provocou. Bastou uma vista do objeto para colocar os homens de ciência em estado de tensa excitação, e sem demora eles se aglomeraram ao seu redor para examinar a diminuta figura cuja absoluta estranheza e aparência de antiguidade abissal sugeriam poderosamente panoramas arcaicos e fechados. Nenhuma escola de escultura identificável havia inspirado o terrível objeto, entretanto, centenas ou até mesmo milhares de anos pareciam gravados na superfície turva e esverdeada da pedra inclassificável.

A estatueta, que foi sendo passada com vagar de mão em mão para um estudo mais cuidadoso, tinha de sete a oito polegadas de altura e um acabamento artístico raro. Representava um monstro de perfil meio antropoide, mas com uma cabeça de polvo com um amontoado de tentáculos por face e um corpo coberto de escamas aparentemente elástico, garras prodigiosas nas patas dianteiras e traseiras, e asas longas e estreitas nas costas. A coisa, que parecia animada de uma malignidade terrível e apavorante, tinha o corpo um tanto estufado e estava acocorada num pedestal, ou bloco retangular, com inscrições indecifráveis. As pontas das asas tocavam na borda escura do bloco, o traseiro ocupava o centro, enquanto as garras longas e curvas das patas traseiras dobradas agarravam a borda frontal e se prolongavam um quarto da distância até a base do pedestal. A cabeça cefalópode estava curvada para a frente de tal forma que as pontas dos tentáculos faciais raspavam nos dorsos das patas dianteiras que se apoiavam nos joelhos erguidos da figura acocorada. Ela dava uma impressão geral de estar viva, e era ainda mais assustadora por sua origem ser tão absolutamente desconhecida. Sua antiguidade imensa, espantosa e incalculável era inegável, embora ela não revelasse qualquer ligação com algum tipo de arte da aurora da civilização — ou, mesmo, de alguma outra era. Em contrapartida, o próprio material de que era feita constituía um mistério, pois a pedra lisa preto-esverdeada com suas listras ou estrias douradas ou iridescentes não se assemelhava a nada que a geologia ou a mineralogia conhecessem. As inscrições ao longo da base eram também intrigantes e nenhum dos presentes, apesar de ali se encontrar a metade do conhecimento especializado do mundo nesse campo, conseguiu formar a menor ideia nem mesmo de sua mais remota filiação linguística. Assim como a figura e o material, elas pertenciam a algo terrivelmente antigo e distinto da humanidade tal como a conhecemos, algo que sugeria com pavor ciclos de vida remotos e profanos, alheios a nosso mundo e às nossas concepções.

Contudo, enquanto os membros abanavam com seriedade as cabeças e confessavam sua derrota em face do problema apresentado pelo inspetor, uma pessoa naquela reunião presumiu um traço de estranha familiaridade na forma monstruosa e na inscrição e contou, com certa modéstia, uma curiosidade de seu conhecimento. Tratava-se do hoje falecido William Channing Webb, professor de Antropologia da Universidade de Princeton e conhecido explorador. O professor Webb participara, quarenta e oito anos antes, de uma expedição à Groenlândia e à Islândia em busca de certas inscrições rúnicas que não conseguiu descobrir; e na costa da Groenlândia Ocidental havia encontrado uma tribo ou culto singular de esquimós degenerados cuja religião, uma curiosa forma de adoração do diabo, o havia estarrecido por seu deliberado caráter cruel e repulsivo. Tal crença era pouco conhecida dos outros esquimós e eles só a mencionavam entre arrepios, dizendo que tinha surgido em épocas terrivelmente primitivas, antes mesmo de o mundo existir. Além de ritos indescritíveis e sacrifícios humanos, ela incluía certos rituais hereditários fantásticos devotados a um demônio ancestral supremo ou *tornasuk*, e o professor Webb havia conseguido uma cuidadosa transcrição fonética deste de um velho mago-sacerdote ou *angekok*, expressando os sons em caracteres romanos da melhor maneira que pôde. Mas no momento, o que tinha um significado todo especial era o fetiche, o ídolo, a que esse culto adorava, e ao redor do qual os praticantes dançavam enquanto a aurora boreal luzia por cima dos penhascos de gelo. Era, pontificou o professor, um baixo-relevo em pedra muito tosco exibindo uma figura repulsiva e algumas inscrições misteriosas. Até onde ele saberia dizer, tratava-se de um similar grosseiro, em todos os traços essenciais, do objeto bestial pousado, naquele momento, diante daquela assembleia.

Essas informações, recebidas com espanto e admiração pelos membros ali reunidos, mostraram-se empolgantes em dobro para o inspetor Legrasse, e ele na hora assediou o informante de perguntas. Tendo anotado e transcrito um ritual oral dos adoradores do pântano que seus homens haviam detido, pediu ao professor que se lembrasse, o melhor possível, das sílabas anotadas entre os esquimós satanistas. Seguiu-se uma exaustiva comparação de detalhes e um momento de respeitoso silêncio quando ambos, investigador e cientista, concordaram sobre a identidade virtual da frase comum aos dois rituais satânicos separados por mundos de distância. O que, em essência, tanto os feiticeiros esquimós quanto os sacerdotes do pântano da Louisiana tinham entoado para seus venerados ídolos era algo assim — sendo a divisão de palavras inferida das quebras normais da frase quando entoada em voz alta:

"*Ph'nglui mglw'nafh Cthulhu R'lyeh wgah'nagl fhtagn.*"

Legrasse estava um passo à frente do professor Webb, pois vários de seus prisioneiros mestiços tinham repetido para ele o que os celebrantes mais velhos lhes tinham dito sobre o significado das palavras. Esse texto dizia algo assim:

"*Em sua morada em R'lyeh o mortoCthulhu espera sonhando.*"

Então, atendendo a um pedido geral e insistente, o inspetor Legrasse contou, da forma mais completa possível, sua experiência com os adoradores do pântano, narrando uma história a que, como pude observar, meu tio atribuiu um significado profundo. Ela sugeria os mais alucinados sonhos dos criadores de mitos e teosofistas, e revelava um espantoso grau de imaginação cósmica em mestiços e párias.

Em 1º de novembro de 1907, a polícia de Nova Orleans recebera um chamado frenético da região lacustre e pantanosa ao sul. Os possuidores da região, em sua maioria descendentes primitivos, mas de boa índole, dos homens de Lafitte, estavam tomados do mais absoluto pavor por uma coisa desconhecida que se aproximara furtivamente deles durante a noite. Parecia vodu, mas vodu de um tipo mais terrível do que todos que conheciam, e algumas mulheres e crianças tinham desaparecido desde que o tambor maléfico começara a bater incessante no coração dos bosques escuros e assombrados onde nenhum habitante se aventurava. Havia gritos insanos e uivos angustiados, cantos de arrepiar a alma e chamas diabólicas dançantes; e, prosseguiu o assustado mensageiro, as pessoas não podiam mais suportar.

Assim, um corpo de vinte policiais que lotava duas carruagens e um automóvel partiu ao entardecer, levando o trêmulo posseiro como guia. No final da estrada transitável eles apearam e chapinharam muitas milhas em silêncio pelos terríveis bosques de ciprestes nos quais o dia não penetrava. Raízes pavorosas e festões pendentes e malignos de musgo espanhol os cercavam e, de vez em quando, um amontoado de pedras úmidas ou fragmentos de alguma parede apodrecida intensificavam, com sua sugestão de moradia mórbida, o sentimento de depressão que cada árvore retorcida e cada ilhota musgosa combinavam para produzir. Finalmente despontou o povoado de posseiros, um amontoado de casebres miseráveis, e moradores histéricos vieram correndo aglomerar-se em volta do grupo de lanternas balouçantes. A batida surda dos tambores era agora fracamente audível ao longe, muito ao longe, e um uivo horripilante chegava em intervalos irregulares quando o vento mudava. Um clarão avermelhado parecia filtrar através da pálida vegetação rasteira além das intermináveis avenidas de escuridão florestal. Mesmo relutando em ser deixados mais uma vez a sós, os amedrontados posseiros recusaram-se a avançar uma polegada na direção do culto profano, e o inspetor Legrasse e seus dezenove colegas tiveram que seguir em frente sem guia pelas negras arcadas de horror pelas quais nenhum deles jamais percorrera.

A região invadida pela polícia tinha má reputação e era geralmente desconhecida e não frequentada por homens brancos. Corriam lendas de um lago oculto, jamais vislumbrado por olhos mortais, habitado por uma coisa poliposa branca e informe, com olhos luminosos, e os posseiros sussurravam que demônios com asas de morcego saíam voando de cavernas nas entranhas da terra para adorá-la à meia-noite. Eles diziam que a criatura já estava ali antes de D'Iberville, antes de La Salle, antes dos índios, e antes mesmo dos animais e pássaros serem dos bosques. Era o próprio pesadelo e vê-la significava a morte, mas ela fazia os homens sonharem e assim eles sabiam o bastante para se manter a distância. A orgia de vodu acontecia, de fato, na mera fímbria da zona abominável, mas aquele local era ruim o bastante, daí porque, talvez, o próprio local da adoração aterrorizasse os posseiros mais do que os pavorosos sons e incidentes.

Somente a poesia ou a loucura poderiam fazer justiça aos barulhos escutados pelos homens de Legrasse enquanto abriam caminho pelo pântano tenebroso na direção do clarão vermelho e do tambor abafado. Há características vocais típicas dos homens, e características vocais típicas das feras, e é terrível ouvir uma quando a fonte devia indicar a outra. A fúria animal e a libertinagem orgiástica atingiam ali alturas demoníacas com uivos e guinchos extáticos que despontavam e reverberavam no bosque sombrio como tempestades pestilenciais das profundezas do inferno. De vez em quando, a gritaria desordenada cessava, destacando-se o que parecia um coro bem ensaiado de vozes roucas entoando compassadamente aquela frase ou ritual hediondo:

"Ph'nglui mglw'nafh Cthulhu R'lyeh wgah'nagl fhtagn."

Atingido um ponto onde o arvoredo era menos denso, os homens toparam de repente com a visão do próprio espetáculo. Quatro deles cambalearam, um desmaiou e dois foram sacudidos por um pranto convulsivo que a furiosa cacofonia do festim felizmente abafou. Legrasse aspergiu água do pântano no rosto do desmaiado e todos ficaram paralisados, tremendo, quase hipnotizados pelo horror.

Numa clareira natural do pântano havia uma ilha relvada e sem árvores, com um acre de extensão, talvez, e em certa medida seca. Sobre ela saltitava e se contorcia uma horda de anormalidade humana tão indescritível que só um Sime ou Angarola[3] poderiam pintar. Desprovida de roupas, aquela prole híbrida zurrava, urrava e se contorcia em volta de um anel de fogo cujo centro, revelado por aberturas ocasionais da cortina de chamas, era ocupado por um grande monólito branco com quase oito pés de altura, sobre o qual repousava, parecendo incongruente por sua pequena dimensão, a pérfida estatueta cinzelada. De um amplo círculo formado por dez patíbulos dispostos em intervalos regulares, tendo o monólito branco rodeado de chamas como centro, pendiam, de cabeça para baixo, os corpos terrivelmente desfigurados dos infortunados posseiros desaparecidos. Era no interior desse círculo que a roda de adoradores saltava e rugia, movendo-se da esquerda para a direita num bacanal interminável entre o anel de corpos e o anel de fogo.

Pode ter sido apenas imaginação, e podem ter sido apenas os ecos a induzir um dos homens, um espanhol impressionável, a imaginar ter ouvido respostas antifônicas ao ritual de algum ponto distante e escuro das profundezas do bosque de antiga lenda e horror. Esse homem, Joseph D. Galvez, eu encontrei e interroguei mais tarde, e ele se mostrou espantosamente imaginativo, chegando a sugerir um tênue bater de grandes asas e o vislumbre de olhos brilhantes e de um enorme vulto branco além das árvores mais distantes — mas imagino que tenha ouvido muitas superstições nativas.

A paralisia de pavor dos homens, na verdade, durou pouco. O dever logo se impôs e mesmo havendo por ali perto uma centena

---

[3] Sidney Herbert Sime (1867-1945), ilustrador admirado por Lovecraft; Anthony Angarola (1893-1929), ilustrador norte-americano de livros. (N.T.)

de mestiços celebrantes, a polícia confiou em suas armas e caiu, com determinação, em cima da turba repugnante. Durante cinco minutos, o alvoroço e o caos resultantes foram indescritíveis.

Golpes terríveis, tiros e fugas, mas no final Legrasse pôde contar cerca de quarenta e sete prisioneiros sombrios que foram obrigados a se vestir às pressas e se alinhar entre duas filas de policiais. Cinco adoradores estavam mortos, e dois gravemente feridos foram levados em macas improvisadas por seus colegas presos. A estatueta sobre o monólito foi retirada com cuidado, é claro, e trazida por Legrasse.

Inquiridos na delegacia depois de uma jornada de tensão e cansaço intensos, os prisioneiros revelaram-se, todos, homens de um tipo de mestiçagem muito inferior e mentalmente aberrante. Eram marinheiros, em sua maioria, e um punhado de negros e mulatos, sobretudo caribenhos ou portugueses de Brava, nas ilhas de Cabo Verde, dava um toque de voduísmo ao culto heterogêneo. Mas não foi preciso muita inquisição para ficar evidente que havia algo muito mais profundo e mais antigo do que o fetichismo negro. Degradadas e ignorantes como eram, as criaturas defendiam, com surpreendente consistência, a ideia central de sua abominável fé.

Eles adoravam, assim disseram, os Grandes Antigos que viveram muitas eras antes de existirem os homens, e que tinham vindo do céu para o mundo novo. Esses Antigos já tinham partido, para o interior da Terra e o fundo do mar, mas seus corpos mortos tinham revelado seus segredos em sonhos aos primeiros homens, que criaram um culto que jamais deixara de existir. Aquilo que praticavam era esse culto, e segundo os prisioneiros ele sempre existira e sempre existiria, escondido em desertos remotos e lugares sombrios espalhados pelo mundo até o dia em que o grande sacerdote Cthulhu, saindo de sua tétrica morada na imponente cidade submarina de R'lyeh, emergiria e colocaria a Terra novamente sob seu jugo. Algum dia ele conclamaria, quando as estrelas estivessem preparadas, e o culto secreto estaria pronto para libertá-lo.

Até lá, nada mais deveria ser dito. Havia um segredo que nem a tortura poderia extrair. A humanidade não era de modo algum a única das coisas conscientes da Terra, pois emergiam vultos da escuridão para visitar os poucos fiéis. Mas esses não eram os Grandes Antigos. Nenhum homem jamais vira os Antigos. O ídolo cinzelado era o grande Cthulhu, mas ninguém saberia dizer se os outros eram exatamente iguais a ele. Ninguém conseguira ler a antiga inscrição, mas as coisas eram transmitidas de boca em boca. O ritual entoado não era o segredo — este jamais era dito em voz alta, apenas sussurrado. O canto significava apenas isto: "Em sua morada em R'lyeh, o morto Cthulhu espera sonhando."

Somente dois dos prisioneiros foram considerados sãos o bastante para a forca e o resto foi entregue a várias instituições. Todos negaram sua participação nos assassinatos rituais e declararam que a matança tinha sido feita pelos Alados Negros que tinham vindo até eles de seu imemorial ponto de encontro no bosque assombrado. Mas daqueles aliados misteriosos, não se pôde jamais obter um relato coerente. O grosso do que a polícia conseguiu extrair veio de um *mestizo* muito velho chamado Castro, que alegava ter navegado em portos estranhos e conversado com líderes imortais do culto nas montanhas da China.

O velho Castro recordou fragmentos da terrível lenda que fizeram empalidecer as especulações dos teosofistas e faziam o homem e o mundo parecerem recentes e transitórios. Durante muitas eras, outras Criaturas governaram a Terra, e Elas tinham construído grandes cidades. Restos Delas, segundo lhe disseram os chineses imortais, ainda poderiam ser encontrados como pedras ciclópicas em ilhas do Pacífico. Elas todas haviam desaparecido vastas eras antes dos homens chegarem, mas certas artes poderiam revivê-las quando as estrelas girassem novamente para as posições certas no ciclo da eternidade. Elas próprias, na verdade, tinham vindo das estrelas, e trazido Suas imagens Consigo.

Os Grandes Antigos, prosseguiu Castro, não eram totalmente de carne e sangue. Tinham forma — pois não o provava essa estatueta estrelada? — mas essa forma não era feita de matéria. Quando as estrelas estivessem posicionadas, Eles podiam saltar de mundo para mundo céu afora, mas quando as estrelas estavam na posição errada, não podiam viver. Mas embora não vivessem mais, Eles jamais podiam realmente morrer. Jaziam em casas de pedra em Sua grande cidade de R'lyeh, preservados pelos feitiços do poderoso Cthulhu para uma gloriosa ressurreição quando as estrelas e a Terra estivessem mais uma vez prontas para Eles. Mas a essa altura, alguma força exterior teria de agir para libertar Seus corpos. Os encantamentos que Os mantinham intatos também Os impediam de dar o passo inicial, e Eles só podiam ficar despertos no escuro e pensar, enquanto incontáveis milhões de anos transcorriam. Sabiam tudo que se passava no universo, mas se comunicavam por transmissão de pensamento. Mesmo agora Eles conversavam em Seus túmulos. Quando, depois de infinidades de caos, surgiram os primeiros homens, os Grandes Antigos falaram aos mais sensíveis deles, moldando seus sonhos, pois só assim Sua linguagem conseguia atingir as mentes carnais dos mamíferos.

Então, sussurrou Castro, aqueles primeiros homens criaram o culto em torno de pequenos ídolos que os Grandes lhes mostraram, ídolos trazidos de estrelas escuras para zonas sombrias. Esse culto não morreria jamais até que as estrelas estivessem de novo em posição e os sacerdotes secretos tirassem o grande Cthulhu de Sua sepultura para reanimar Seus súditos e recuperar Seu domínio sobre a Terra. O momento seria fácil reconhecer, pois a humanidade teria se tornado então como os Grandes Antigos, livre, selvagem, e além do bem e do mal, com as leis e os comportamentos morais deixados de lado, e todos os homens, em júbilo, gritando, matando e festejando. Os Antigos libertados lhes ensinariam então novas maneiras de gritar, matar, festejar, se divertir, e toda a Terra arderia num holocausto de êxtase e liberdade. Até lá, o culto, através de ritos apropriados, devia manter viva a memória daqueles costumes ancestrais e transmitir secretamente a profecia de sua volta.

Outrora, nos tempos idos, homens escolhidos tinham conversado com os sepultados Antigos em sonhos, mas alguma coisa acontecera então. A grande cidade de pedra de R'lyeh, com seus monólitos e sepulcros, tinha afundado debaixo das ondas e as águas profundas, cheias do mistério primordial no qual nem mesmo o pensamento pode penetrar, tinham interrompido o intercâmbio espectral. Mas a memória nunca morria, e sumos sacerdotes diziam que a cidade se ergueria de novo quando as estrelas se posicionassem. Depois sairiam do chão, mofados e tétricos, os espíritos negros da Terra, cheios de rumores sombrios retomados de cavernas por baixo dos leitos esquecidos dos mares. Mas o velho Castro não ousou falar muito deles. Calou-se bruscamente e não houve persuasão ou sutilezas que pudessem elucidar mais nessa direção. O *tamanho* dos Antigos, também, o que é curioso, ele não quis mencionar. Sobre o culto, disse que seu núcleo devia estar no centro dos desertos intransitáveis da Arábia, onde Irem, a Cidade dos Pilares, sonha oculta e intocada. Ele não tinha qualquer relação com o culto das bruxas europeu, e era virtualmente desconhecido entre seus membros. Nenhum livro jamais se referira de fato a ele, embora, segundo os imortais chineses, houvesse um duplo significado no *Necronomicon* do insano árabe Abdul Alhazred que os iniciados poderiam ler quando quisessem, especialmente no muito discutido dístico:

Pois não há morto que fique em eterna sorte
E com imensa idade, poderá finar-se a morte.

Legrasse, muitíssimo impressionado e não menos perplexo, tinha interrogado em vão sobre as filiações históricas do culto. Castro, ao que parece, falara a verdade ao dizer que ele era absolutamente secreto. As autoridades da Universidade de Tulane não puderam lançar luz nem sobre o culto, nem sobre a imagem, e o investigador tinha procurado as mais altas autoridades do país, obtendo apenas a história da Groenlândia do professor Webb.

O interesse febril provocado pelo relato de Legrasse no encontro, corroborado como era pela estatueta, repetiu-se na correspondência subsequente dos participantes, embora só apareçam menções esparsas a ele nas publicações formais da sociedade. A cautela é o primeiro cuidado dos que se acostumam a enfrentar o charlatanismo e a impostura. Legrasse emprestou a imagem por algum tempo ao professor Webb, mas quando este morreu, ela lhe foi devolvida e permanece em sua posse, com o qual eu a vi não faz muito tempo. É, de fato, uma coisa terrível, e está inconfundivelmente relacionada com a escultura de sonho do jovem Wilcox.

Não me espanta que meu tio ficasse excitado com a história do escultor, pois o que poderia pensar ao saber, conhecendo o que Legrasse havia apurado sobre o culto, de um jovem sensível que tinha *sonhado* não só com a figura e os hieróglifos exatos da imagem encontrada no pântano e da tabuleta diabólica da Groenlândia, mas chegara *a seus sonhos* pelo menos três das palavras exatas da fórmula pronunciada por satanistas esquimós e mestiços da Louisiana? O pronto empreendimento de uma investigação de extrema eficácia pelo professor Angell era perfeitamente natural, embora eu suspeitasse que o jovem Wilcox tinha tomado conhecimento do culto por algum canal indireto, e tinha inventado uma sequência de sonhos para aumentar e prolongar o mistério às custas de meu tio. As narrativas de sonhos e os recortes colecionados pelo professor eram, por certo, uma prova poderosa, mas minha vocação racionalista e a extravagância do assunto todo me levaram a adotar o que considerei as conclusões mais sensatas.

Assim, depois de estudar cuidadosamente o manuscrito de novo e comparar as anotações teosóficas e antropológicas com a narrativa sobre o culto de Legrasse, fiz uma viagem à Providence para encontrar o escultor e censurá-lo, como achava que merecia, por se impor de maneira tão atrevida a um homem culto e idoso.

Wilcox ainda morava sozinho no Edifício Fleur-de-Lys da Thomas Street, uma pavorosa imitação vitoriana da arquitetura Breton do século XVII que pavoneia sua fachada de estuque em meio às adoráveis casas coloniais da antiga colina e à sombra do mais belo campanário georgiano da América. Encontrei-o a trabalhar em seus aposentos, e deduzi, imediatamente, pelos modelos espalhados por ali, que seu gênio era mesmo profundo e autêntico. Algum dia, acredito, ele será conhecido como um grande decadentista, pois conseguiu cristalizar em argila e algum dia espelhará em mármore aqueles pesadelos e fantasias que Arthur Machen evoca em prosa e Clark Ashton Smith exibe em versos e pinturas.

Frágil, soturno e um tanto desleixado, virou-se languidamente à minha batida e perguntou-me, sem se levantar, o que eu queria. Quando lhe contei quem eu era, mostrou algum interesse, pois meu tio havia excitado sua curiosidade ao investigar seus sonhos bizarros, mesmo sem nunca explicar as razões de seu estudo. Eu não ampliei seus conhecimentos a esse respeito, mas tentei, com alguma sutileza, interessá-lo. Em pouco tempo, convenci-me de sua absoluta sinceridade, pois ele falou dos sonhos de uma maneira que não deixava dúvidas. Os sonhos e seu resíduo subconsciente tiveram profunda influência em sua arte, e ele me mostrou uma estátua cujos contornos me fizeram estremecer com a perversidade que sugeria. Não se lembrava de ter visto o original da coisa exceto no baixo-relevo sonhado, mas as linhas foram insensivelmente tomando forma em suas mãos. Era, sem dúvida, a forma gigante que ele tinha expressado em seu delírio. Logo ficou claro que ele não sabia nada sobre o culto secreto afora o que a sabatina implacável de meu tio deixara escapar, e mais uma vez tentei imaginar alguma maneira pela qual ele pudesse ter recebido as pavorosas impressões.

Ele falou de seus sonhos de uma maneira curiosamente poética, fazendo-me ver, com terrível nitidez, a úmida cidade ciclópica de pedras verdes escorregadias — cuja *geometria*, comentou casualmente, era *toda errada* — e ouvir, em suspensa expectativa, o incessante e quase mental chamado das profundezas: *"Cthulhu fhtagn"*, *"Cthulhu fhtagn"*. Essas palavras eram parte do terrível ritual que falava da vigília em sonho do falecido Cthulhu em sua cripta de pedra em R'lyeh, e fiquei profundamente comovido a despeito de minhas crenças racionais.

Wilcox, com certeza, ouvira falar do culto de maneira casual e logo se esquecera dele em meio à profusão de leituras e fantasias também excêntricas. Mais tarde, sendo muito impressionável, aquilo tinha encontrado expressão subconsciente em sonhos, no baixo-relevo e na terrível estátua que eu agora tinha diante de mim, de forma que sua imposição sobre meu tio tinha sido muito inocente. O jovem era de um tipo um tanto afetado e um tanto rude ao mesmo tempo, de que eu jamais poderia gostar, mas eu já me sentia inclinado a admitir seu gênio e sua honestidade. Despedi-me amistosamente, desejando-lhe todo o sucesso que seu talento promete.

A questão do culto continuava a me fascinar, e às vezes eu tinha vislumbres de glória pessoal com as pesquisas sobre sua origem e suas conexões. Visitei Nova Orleans, conversei com Legrasse e outros participantes daquela antiga batida da polícia, vi o ídolo assustador e cheguei a inquirir os prisioneiros mestiços sobreviventes. O velho Castro, infelizmente, morrera há alguns anos. O que ouvi de forma tão vívida de primeira mão, conquanto apenas confirmasse em detalhes o que meu tio tinha escrito, animou-me de novo, pois me parecia estar na pista de uma religião muito real, muito secreta e muito antiga cuja descoberta faria de mim um antropólogo ilustre. Minha atitude ainda era um tipo de absoluto materialismo, *como que gostaria que ainda fosse*, e desconsiderei com perversidade quase inexplicável a coincidência entre as anotações dos sonhos e os curiosos recortes colecionados pelo professor Angell.

Uma coisa de que comecei a suspeitar, e que agora temo *saber*, é que a morte de meu tio estava longe de ser natural. Ele caíra numa rua enladeirada e estreita que levava a um antigo cais coalhado de mestiços estrangeiros, depois do esbarrão involuntário de um marinheiro negro. Eu não me esquecera do sangue misto e das atividades marinhas dos membros do culto em Louisiana, e não me surpreenderia ficar sabendo de métodos secretos e agulhas envenenadas tão implacáveis e tão ancestralmente conhecidas quando os ritos e crenças eram secretos. Legrasse e seus homens, é verdade, não tinham sido afetados, mas na Noruega, um certo marinheiro que vira coisas está morto. As investigações mais profundas de meu tio depois de obter os dados do escultor não poderiam ter chegado a ouvidos sinistros? Creio que o professor Angell morreu porque sabia demais, ou porque, provavelmente, viria a saber demais. Resta saber se irei como ele se foi, pois também sei muito agora.

III. A loucura vinda do mar

Se o céu algum dia quisesse conceder-me uma bênção, esta seria apagar de todo os efeitos do acaso que fez meus olhos se fixarem num pedaço de papel que forrava uma prateleira. Não era algo com que eu me teria deparado naturalmente em minhas ocupações diárias, pois se tratava de um número velho de um jornal australiano, o *Sydney Bulletin*, de 18 de abril de 1925. Ele tinha escapado inclusive à firma de distribuição de recortes que, por ocasião de sua edição, vinha avidamente coletando material para a pesquisa de meu tio.

Minhas investigações sobre o que o professor Angell chamava de "Culto de Cthulhu" estavam quase paradas e eu estava de visita a um amigo erudito em Paterson, Nova Jersey, curador de um museu local e mineralogista de renome. Examinando, certo dia, os espécimes de reserva espalhados nas prateleiras de uma sala de fundo do museu, meu olhar foi atraído por uma curiosa ilustração num dos velhos jornais estendidos embaixo das pedras. Tratava-se do *Sydney Bulletin* que mencionei, pois meu amigo tinha amplas relações no exterior, e a ilustração era uma autotipia recortada de uma repulsiva imagem de pedra quase idêntica à que Legrasse tinha encontrado no pântano.

Retirei, impaciente, as peças preciosas de cima da folha de jornal e examinei minuciosamente a matéria, desapontando-me com o pouco que dizia. O que ela sugeria, porém, teve profundas repercussões em minha busca periclitante e a recortei com todo cuidado para tomar medidas imediatas. Ela dizia o seguinte:

> MISTERIOSO NAVIO PERDIDO ENCONTRADO NO MAR
> Vigilant *chega rebocando iate neozelandês armado e abandonado.*
> *Encontrados um sobrevivente e um morto a bordo. História de batalha desesperada e mortes no mar.*
> *Marinheiro resgatado omite detalhes sobre a estranha experiência.*
> *Encontrado ídolo estranho em sua posse. Investigações prosseguem.*

O cargueiro *Vigilant* da Morrison Co., com destino a Valparaíso, chegou esta manhã a sua doca no Porto de Darling, rebocando o iate a vapor *Alert*, combatido e inutilizado mas fortemente armado, de Dunedin, Nova Zelândia, que foi avistado no dia 12 de abril em 34° 21' de Latitude S. e 152° 17' de Longitude O., com um homem vivo e um morto a bordo.

O *Vigilant* deixou Valparaíso em 25 de março, e no dia 2 de abril foi impelido muito ao sul de sua rota por tempestades excepcionalmente violentas e ondas monstruosas. Em 12 de abril, o navio abandonado foi visto e, embora parecesse estar deserto, depois de abordado verificou-se que abrigava um sobrevivente em condições quase delirantes e um homem que, com certeza, estava morto havia mais de uma semana. O vivo estava agarrado a um horrível ídolo de pedra de origem desconhecida, com cerca de trinta centímetros de altura, sobre cuja natureza autoridades da Universidade de Sydney, da Royal Society e do Museu da College Street professam total perplexidade, e que o sobrevivente diz ter encontrado na cabine do iate, num pequeno relicário cinzelado de tipo comum.

Esse homem, depois de recobrar os sentidos, contou uma história muito estranha de pirataria e chacina. Trata-se de Gustaf Johansen, um norueguês de alguma inteligência, e que fora o contramestre da escuna *Emma*, de Auckland, que zarpou para Callao com uma tripulação de onze homens em 20 de fevereiro. A *Emma*, diz ele, foi retardada e empurrada com toda força para o sul de sua rota pela grande tormenta de 1º de março, e em 22 de março, estando em 49º 51' de Latitude S. e 128º 34' de Longitude O., encontrou o *Alert*, manejado por uma tripulação estranha e mal-encarada de canacas e mestiços. Ordenado peremptoriamente a voltar, o capitão Collins se recusou, diante do que a estranha tripulação começou a atirar com selvageria e sem aviso na escuna com a bateria pesada de canhões de bronze que equipava o iate. Os homens da *Emma* travaram luta, conta o sobrevivente, e embora a escuna começasse a afundar com os tiros recebidos abaixo da linha d'água, eles conseguiram emparelhar o barco com o inimigo e abordá-lo, enfrentando a tripulação selvagem no convés do iate, e sendo forçados a matar todos, cujo número era um pouco superior, devido ao modo particularmente abominável e desesperado, ainda que canhestro, com que eles lutavam.

Três homens da *Emma*, inclusive o capitão Collins e o imediato Green, foram mortos, e os oito restantes, comandados pelo contramestre Johansen trataram de manobrar o iate capturado, seguindo em seu curso original para ver se existia alguma razão para a ordem de voltar. No dia seguinte, ao que parece, eles desembarcaram numa pequena ilha, embora não se soubesse da existência de nenhuma ilha naquela parte do oceano, e seis dos homens morreram, de alguma forma, em terra, embora Johansen seja curiosamente reticente sobre essa parte de sua história e fale apenas de eles terem caído na fenda de uma rocha. Mais tarde, ao que parece, ele e um companheiro subiram a bordo do iate e tentaram manobrá-lo, mas foram fustigados pela tempestade em 2 de abril. Daquele momento até seu resgate no dia 12, o homem pouco se recorda, e nem mesmo se lembra de quando William Briden, seu companheiro, morreu. Não há evidências visíveis da causa da morte de Briden, e é provável que se tenha dado à perturbação mental ou à desproteção. Informações telegráficas de Dunedin relatam que o *Alert* era bem conhecido ali como barco mercante na ilha, e possuía uma péssima reputação em todo o cais. Pertencia a um estranho grupo de mestiços cujas reuniões frequentes e incursões noturnas aos bosques atraíam grande curiosidade, e tinha zarpado com grande pressa pouco depois da tempestade e dos tremores de terra de 1º de março. Nosso correspondente de Auckland confere uma excelente reputação à *Emma* e a sua tripulação, e Johansen é descrito como homem sóbrio e valoroso. O almirantado vai abrir um inquérito sobre o assunto a partir de amanhã, e todos os esforços serão envidados para induzir Johansen a falar mais francamente do que tem feito até agora.

    Isso era tudo, além da imagem da estatueta infernal, mas que associação de ideias desencadeou em minha mente! Ali estavam novas e preciosas informações sobre o Culto de Cthulhu, e evidências de que ele guardava estranhas relações com o mar, assim como com a terra. O que teria levado a tripulação mestiça a ordenar que a *Emma* retornasse enquanto seguiam em frente com seu hediondo ídolo? O que seria a ilha desconhecida onde seis homens da *Emma* tinham morrido, e sobre a qual o imediato Johansen era tão reticente? O que a investigação do vice-almirantado teria apurado e o que se saberia do abominável culto em Dunedin? E o mais admirável, que relação profunda e sobrenatural de datas era aquela que emprestava um significado maligno agora inegável às diversas viravoltas dos acontecimentos tão cuidadosamente anotadas por meu tio?

Em 1º de março — nosso 28 de fevereiro, segundo a Linha Internacional de Data — vieram o terremoto e a tempestade. De Dunedin, o *Alert* e sua deletéria tripulação tinham partido a toda pressa como se fossem imperiosamente convocados, e no outro lado da Terra, poetas e artistas tinham começado a sonhar com uma estranha cidade ciclópica e úmida, enquanto o jovem escultor tinha modelado, durante o sono, a forma do temível Cthulhu. Em 23 de março, a tripulação da *Emma* desembarcou numa ilha desconhecida onde deixou seis mortos; e naquela mesma data, os sonhos de homens sensíveis assumiram uma vivacidade acentuada, obscureceram de pavor da perseguição maligna de um monstro gigantesco, enquanto um arquiteto enlouquecia e um escultor mergulhava no delírio! E quanto a essa tempestade de 2 de abril — a data em que todos os sonhos com a cidade úmida cessaram e Wilcox escapou ileso do jugo de estranha febre? O que pensar disso tudo — e das sugestões do velho Castro sobre os Antigos de origem estelar submersos e o advento de seu reino, seu culto religioso e *seu domínio sobre os sonhos*? Estaria eu cambaleando à beira de horrores cósmicos que a capacidade humana não poderia suportar? Se assim fosse, deviam ser apenas horrores mentais, pois, de algum modo, o dois de abril dera um fim a qualquer ameaça monstruosa que tivesse começado seu assédio à alma da humanidade.

Naquela noite, depois de um dia de arranjos e telegramas apressados, despedi-me de meu hospedeiro e tomei um trem para São Francisco. Em menos de um mês, eu estava em Dunedin, onde descobri, porém, que pouco se sabia dos estranhos membros do culto que tinham perambulado pelas velhas tavernas do cais. A escória das docas era comum demais para merecer alguma menção especial, embora corressem vagos rumores sobre uma viagem ao interior feita por aqueles mestiços durante a qual se notaram um longínquo rufar de tambores e chamas vermelhas nos morros distantes. Em Auckland, fiquei sabendo que Johansen tinha voltado *com os cabelos louros embranquecidos* depois de uma inquisição perfunctória e inconclusiva em Sydney, e depois disso vendera sua casinha na West Street e navegara com a mulher para sua velha casa em Oslo. Sobre a sua estarrecedora experiência, ele não diria aos amigos mais do que dissera aos funcionários do almirantado, e tudo que puderam fazer foi dar-me seu endereço em Oslo.

Depois disso, fui a Sydney e conversei com marinheiros e membros do tribunal do vice-almirantado, mas foi em vão. Vi o *Alert*, agora vendido e em uso comercial, no Cais Circular em Sydney Cove, mas de nada me serviu sua aparência vulgar. A estatueta agachada com sua cabeça de choco, corpo de dragão, asas escamadas e pedestal hieroglífico, estava guardada no Museu do Parque Hyde. Eu a estudei atentamente, achando-a de um artesanato muito raro, contendo o mesmo absoluto mistério, terrível antiguidade e sinistra estranheza de material que eu tinha notado no exemplar menor de Legrasse. Os geólogos, contou-me o curador, a tinham considerado um grande mistério, pois juravam que não havia no mundo uma pedra daquele tipo. Estremecendo, pensei no que o velho Castro tinha dito a Legrasse sobre os Grandes Antigos: "Eles vieram das estrelas e trouxeram Suas imagens Consigo."

Abalado por uma revolução mental como jamais conhecera, resolvi visitar o contramestre Johansen em Oslo. Navegando até Londres, tornei a embarcar em seguida para a capital da Noruega onde desembarquei, num certo dia de outono, nas docas bem cuidadas à sombra da Egeberg. O endereço de Johansen, conforme verifiquei, ficava na Cidade Velha do Rei Harold Haardrada, que mantivera vivo o nome de Oslo durante os séculos em que a cidade maior se disfarçara de "Christiana". Fiz o breve percurso de táxi e bati, com o coração palpitando, na porta de um velho e bem cuidado edifício com a frente rebocada. Uma mulher de rosto melancólico, de preto, atendeu, causando-me profunda frustração ao me contar, num inglês vacilante, que Gustaf Johansen já não existia.

Não sobrevivera ao retorno, contou-me a esposa, pois os acontecimentos no mar, em 1925, o combaliram. Ele não tinha contado à esposa nada além do que dissera em público, mas tinha deixado um longo manuscrito — sobre "assuntos técnicos", como dizia — escrito em inglês, evidentemente para afastá-la do perigo de uma leitura casual. Caminhando por uma estreita viela perto do cais de Gothenburg, fora atingido e derrubado por um fardo de papel caído de uma janela de sótão. Dois marinheiros indianos ajudaram-no prontamente a se levantar, mas antes que a ambulância chegasse, ele estava morto. Os médicos não encontraram nenhuma causa apropriada para o seu falecimento e atribuíram-na a problemas cardíacos e à constituição debilitada.

Sentia agora corroer-me as entranhas aquele terror hediondo que jamais me abandonará até que eu também fique em repouso, "por acidente" ou de alguma outra forma. Persuadindo a viúva de que minha conexão com os "assuntos técnicos" de seu marido me habilitava a ficar com o manuscrito, levei o documento e comecei sua leitura no navio para Londres. Era uma coisa simplória, desconexa — o esforço de um marinheiro ingênuo num diário *a posteriori* — e procurava recordar, dia a dia, aquela última e terrível viagem. Não posso tentar transcrevê-lo literalmente em toda sua nebulosidade e redundância, mas reproduzirei o bastante de seu conteúdo para mostrar por que o som da água contra os costados do navio se tornou de tal forma insuportável para mim que tapei os ouvidos com algodão.

Johansen, graças a Deus, não sabia tudo, apesar de ter visto a cidade e a Coisa, mas eu jamais dormirei tranquilo enquanto pensar nos horrores que espreitam sem parar por trás da existência no tempo e no espaço, e naquelas blasfêmias profanas de estrelas primitivas que sonham no fundo do mar, conhecidas e veneradas por um culto de pesadelo pronto e ávido para soltá-las no mundo sempre que algum terremoto elevar sua monstruosa cidade de pedra novamente até o sol e o ar.

A viagem de Johansen tinha começado tal como ele contou ao vice-almirantado. A *Emma*, navegando com lastro, fizera-se ao mar em Auckland, em 20 de fevereiro, e tinha sido atingida em cheio por aquela tempestade provocada pelo terremoto que deve ter desprendido, do fundo do mar, os horrores que povoam os sonhos humanos. De novo sob controle, a embarcação avançava em boa marcha quando foi atacada pelo *Alert*, em 22 de março, e pude sentir o desapontamento do oficial imediato enquanto descrevia seu bombardeio e afundamento. Aos fanáticos mestiços do *Alert*, ele se refere com significativo horror. Havia neles alguma qualidade especialmente abominável que fazia sua destruição parecer quase um dever, e Johansen manifesta um espanto ingênuo com a acusação de impiedade feita a seu grupo durante o inquérito judicial. Depois, impelidos pela curiosidade, seguiram em frente no iate capturado sob o comando de Johansen e avistaram uma grande coluna de pedra se projetando acima da superfície do mar, e em 47° 9' de Latitude S. e 126° 43' de Longitude O., chegaram a um litoral com uma gama de lodo, limo e construções de alvenaria ciclópica cobertas de ervas daninhas que outra coisa não poderia ser senão a substância tangível do supremo horror da terra — a pavorosa cidade-defunta de R'lyeh, construída em eras imemoriais anteriores à história pelas formas imensas e malignas que se infiltraram das estrelas sombrias. Ali jaziam o poderoso

Cthulhu e suas hordas, ocultos em criptas verdes, enlameadas, e expedindo, enfim, depois de ciclos incalculáveis, os pensamentos que espalhavam o terror nos sonhos de pessoas sensíveis e convocavam imperiosamente os fiéis a uma romaria de libertação e restauração. Disso tudo não suspeitava Johansen, mas Deus sabe que ele logo veria o suficiente!

Imagino que um único topo de montanha, a hedionda cidadela encimada por monólito sobre a qual o grande Cthulhu estava enterrado, emergiu mesmo das águas. Quando penso na *extensão* de tudo que pode estar germinando naquele lugar, tenho vontade de me matar. Johansen e seus homens ficaram admirados diante da majestade cósmica daquela Babilônia gotejante de demônios ancestrais, e devem ter imaginado, sem orientação, que aquilo não pertencia a este nem a qualquer outro planeta são. A admiração com o tamanho descomunal da cidade de blocos de pedra esverdeados, a altura estonteante do grande monólito cinzelado e a estarrecedora semelhança entre as colossais estátuas e baixos-relevos e a imagem bizarra encontrada num relicário do *Alert*, é dolorosamente visível em cada linha da apavorada descrição do contramestre.

Sem conhecer o futurismo, Johansen chegou muito perto dele ao falar da cidade, pois, em vez de descrever alguma estrutura ou edifício definido, ele se atém a impressões gerais sobre os imensos ângulos e superfícies de pedra — superfície grande demais para pertencer a qualquer coisa normal ou própria desta terra, corrompida por imagens e hieróglifos terríveis. Menciono sua referência a *ângulos* porque sugere algo que Wilcox me disse sobre seus pavorosos sonhos. Ele disse que a *geometria* do lugar que via em sonhos era anormal, não euclidiana, sugerindo esferas e dimensões repulsivas, diferentes das nossas. Agora, um marinheiro iletrado sentia a mesma coisa observando a terrível realidade.

Johansen e seus homens desembarcaram num banco de lama inclinado daquela monstruosa Acrópole, e escalaram aos escorregões os titânicos blocos enlameados que não poderiam ser a escada de nenhum mortal. O próprio sol no firmamento parecia distorcido quando avistado através dos miasmas polarizantes que exalavam daquela perversão encharcada de mar, e um misto de ameaça e expectativa espreitava, às escondidas, daqueles ângulos loucamente enganosos de rocha entalhada onde se revelava côncavo a um segundo olhar o que se mostrara convexo a um primeiro.

Algo muito parecido com pavor tomara conta de todos os exploradores antes mesmo de avistarem qualquer coisa mais definida do que rocha, limo e mato. Cada um deles teria fugido, não fosse por medo da zombaria dos outros, e foi sem muito entusiasmo que eles procuraram — em vão, como se provou — algum *souvenir* que pudessem carregar.

Foi Rodriguez, o português, quem escalou a base do monólito e gritou, informando o que tinha encontrado. Os outros o seguiram e olharam, cheios de curiosidade, a imensa porta entalhada com o já familiar baixo-relevo em forma de dragão com cabeça de lula. Parecia, segundo Johansen, uma grande porta de celeiro, e todos sentiram que era uma porta devido à verga, umbral e batentes ornamentados que a cercavam, embora não conseguissem ter claro se ela era horizontal como um alçapão ou inclinada como a porta externa de um porão. Como Wilcox teria dito, a geometria do lugar era toda errada. Não se podia ter certeza se o mar e o chão eram horizontais e, por isso, a posição relativa de tudo o mais parecia fantasmagoricamente variável.

Briden tentou forçar a porta em vários pontos, sem resultado. Depois Donovan tateou-a delicadamente ao redor de sua borda, pressionando um ponto de cada vez. Ele subiu pela grotesca moldura de pedra — isto é, podia-se chamar aquilo de subir já que não era mesmo horizontal — e os homens se perguntavam como alguma porta no universo podia ser tão imensa. Então, lenta e suavemente, o imenso painel começou a ceder para dentro na parte superior, e eles puderam notar que ele era articulado. Donovan escorregou, ou algo assim, para baixo ou ao longo do batente, juntando-se aos companheiros, e todos ficaram observando o estranho recuo daquele portal com os entalhes monstruosos. Naquela ilusão de distorção prismática, ele se movia de forma anormal, em diagonal, parecendo contrariar todas as regras da matéria e da perspectiva.

A abertura era negra, de uma escuridão quase material. Aquela tenebrosidade era, na verdade, uma *qualidade positiva*, pois escurecia as partes das paredes internas que deveriam ser reveladas, e se lançava para fora como fumaça de seu aprisionamento multimilenar, visivelmente obscurecendo o sol, ao escoar para o céu inchado e convexo num adejar de asas membranosas. O cheiro que exalava das profundezas recém-abertas era intolerável, até que Hawkins, que tinha ouvidos muito aguçados, pensou ter ouvido um chapinhar repulsivo no interior. Os homens ficaram atentos e ainda tentavam ouvir quando a Coisa se arrastou, babando, à vista de todos, espremendo Sua imensidade verde e gelatinosa pela passagem escura para o ar exterior infecto daquela venenosa cidade de loucura.

A caligrafia do pobre Johansen quase estancou nesse ponto. Dos seis homens que jamais retornaram ao navio, ele acredita que dois sucumbiram de puro pavor naquele maldito instante. A Coisa não pode ser descrita — não há linguagem para abismos tão imemoriais de pavor e demência, contradições tão grandes de matéria, força e ordem cósmica. Uma montanha caminhando ou se arrastando. Deus! Não espanta que, por toda a Terra, um grande arquiteto enlouquecesse e o pobre Wilcox delirasse de febre naquele instante telepático. A Coisa dos ídolos, a cria verde e gosmenta vinda das estrelas, tinha despertado para reclamar o que era seu. As estrelas estavam posicionadas uma vez mais e o que um culto ancestral fracassara em conseguir deliberadamente, um grupo de inocentes marinheiros tinha obtido por acidente.

Após eras incontáveis, o poderoso Cthulhu estava livre outra vez, e ávido de prazer.

Três homens foram varridos pelas patas balofas antes de alguém poder se virar. Que descansem em paz, se algum repouso existir no universo. Eram eles Donovan, Guerrera e Ångstrom. Parker escorregou enquanto os outros três mergulhavam freneticamente em visões intermináveis de rocha incrustada de verde para o barco, e Johansen jura que ele foi engolido por um ângulo de parede que não deveria estar ali, um ângulo que era agudo mas se comportava como se fosse obtuso. Assim, só Briden e Johansen conseguiram alcançar o barco e remaram desesperados para o *Alert* enquanto a monstruosidade montanhosa se deixava cair pesadamente sobre as rochas escorregadias e hesitava se debatendo à margem da água.

O vapor do navio não estava totalmente extinto, apesar da ida de todos os braços para a praia, e alguns minutos de correria febril de um lado para outro entre a roda do leme e as máquinas foi o que bastou para colocar o *Alert* em movimento. Devagar, em meio aos horrores distorcidos daquela cena indescritível, ele começou a agitar as águas letais, enquanto sobre a estrutura de pedra daquela praia espectral que não era da terra, a Coisa titânica das estrelas babava e resmungava como Polifemo maldizendo o navio em fuga de Ulisses. Em seguida, mais audacioso do que os célebres Ciclopes, o poderoso Cthulhu deslizou viscosamente para a água e saiu em perseguição ao navio, com braçadas de uma potência cósmica e tão imensas que chegavam a formar ondas na superfície do mar. Briden olhou para trás e enlouqueceu, rindo histericamente, e assim seguiu rindo, com intervalos, até que a morte o encontrou, certa noite, na cabine, enquanto Johansen perambulava delirante pelo navio.

Mas Johansen ainda não tinha desistido. Sabendo que a Coisa certamente alcançaria o *Alert* antes que o navio navegasse a pleno vapor, resolveu fazer uma tentativa desesperada e ajustando a máquina para plena velocidade, correu como um raio para o convés e inverteu o leme. Formou-se um portentoso turbilhão de espuma no abominável oceano, e enquanto a pressão do vapor ia aumentando, e aumentando, o bravo norueguês dirigia a proa da embarcação para o caçador gelatinoso que se erguia acima da espuma imunda como a proa de um galeão terrível. A pavorosa cabeça de lula com tentáculos retorcidos já estava quase alcançando o gurupés do robusto iate, mas implacável, Johansen avançava. Houve um ruído de bexiga estourando, uma sujeira gosmenta de peixe-lua rasgado, um fedor como se uma quilíade de sepultura fosse aberta e um som que o cronista não conseguiria descrever. Por um instante, o navio ficou coberto por uma nuvem verde, acre e cegante, e depois restou apenas um fervilhar venenoso à popa, onde — Deus! — a massa plástica dispersa daquela inominável criatura celeste ia vagamente *recompondo* sua odiosa forma original, enquanto se alargava a cada segundo a distância que a separava do *Alert*, que ganhava ímpeto com a pressão crescente do vapor.

Isso foi tudo. Em seguida, Johansen apenas meditou sobre o ídolo na cabine e cuidou da comida para si e para o maníaco risonho ao seu lado. Ele não tentou navegar depois da primeira e corajosa fuga, pois o contra-ataque tinha extraído algo de sua energia. Depois veio a tormenta de 2 de abril e sua consciência se anuviou. Há uma sensação de vertigem espectral por abismos líquidos do infinito, de corridas alucinadas por universos instáveis montado numa cauda de cometa, e de saltos histéricos do poço à lua e da lua novamente ao poço, tudo animado por um coro cachinante dos corrompidos, hilários deuses antigos e dos zombeteiros duendes verdes com asas de morcego do Tártaro.

Fora daquele sonho, veio a salvação — o *Vigilant*, o tribunal do vice-almirantado, as ruas de Dunedin e a longa viagem de volta para a velha casa à sombra da Egeberg. Ele não poderia contar — eles o achariam louco. Escreveria tudo que sabia antes de a morte chegar, mas sua esposa não devia suspeitar. A morte seria uma bênção se ao menos pudesse apagar as lembranças.

Esse foi o documento que li e coloquei agora na caixa de estanho ao lado do baixo-relevo e dos papéis do professor Angell. Com ele irá esse meu registro — esse teste de minha própria sanidade mental, em que se reconstituiu aquele que espero jamais ser reconstituído de novo. Considerei tudo de que o universo dispõe para conter o horror, e mesmo os céus de primavera e as flores de verão serão, para sempre, veneno para mim. Mas não creio que minha vida dure muito. Assim como meu tio se foi, como o pobre Johansen se foi, eu irei. Sei demais, e o culto ainda vive.

Cthulhu ainda vive, também, imagino, naquele abismo de pedra que o abrigou desde que o sol era jovem. Sua maldita cidade está novamente submersa, pois o *Vigilant* navegou até o local depois da tormenta de abril, mas seus agentes em terra ainda urram, cabriolam e matam em torno de monólitos coroados por ídolos em locais desertos. Ele deve ter sido apanhado pelo afundamento enquanto estava dentro de seu abismo negro, senão o mundo estaria agora gritando de pavor e loucura. Quem saberá o fim? Aquilo que emergiu pode afundar, e o que afundou pode emergir. A repugnância espera e sonha nas profundezas, e a podridão se espalha sobre as precárias cidades dos homens. Chegará um tempo... mas não devo e não posso pensar! Deixem-me rezar para que, se não sobreviver a este manuscrito, meus executores testamentários coloquem a cautela à frente da audácia e cuidem para que ele não chegue a outros olhos.

(1926)

O Modelo de Pickman

Não pense que estou maluco, Eliot — muitos têm manias mais esquisitas do que essa. Por que não ri do avô de Oliver, que se recusa a andar de automóvel? Se não gosto desse maldito metrô é problema meu, e de toda forma, viemos até aqui mais depressa de táxi. Se pegássemos o metrô, teríamos de subir a ladeira da Parker Street.

Sei que ando mais nervoso do que quando me viu, no ano passado, mas não precisa reunir uma junta a esse respeito. Tenho motivos de sobra, Deus sabe, e acho que tenho a sorte de estar são, afinal. Por que o terceiro grau? Você não costumava ser tão inquisitivo.

Bem, se tem de ouvir, não vejo porque não deveria. Talvez deva, de qualquer modo, pois ficou me escrevendo como um pai zangado quando soube que eu tinha começado a evitar o Art Club e a me afastar de Pickman. Agora que ele desapareceu, vou até o clube de vez em quando, mas meus nervos já não são os mesmos.

Não, não sei o que houve com Pickman, e nem quero pensar. Você deve ter imaginado que eu tinha alguma informação confidencial quando cortei relações com ele... e que é por isso que não quero pensar para onde ele foi. Deixe a polícia descobrir o que puder... não será muito, considerando que ela ainda não sabe do lugar na velha North End[1] que ele alugou sob o nome Peters. Não estou certo de poder encontrá-lo de novo... nem se que algum dia o

[1] Parte mais antiga da cidade de Boston, originalmente ligada ao continente por uma estreita faixa de terra. (N.T.)

tentarei, mesmo em plena luz do dia! Sim, eu sei, ou temo saber, por que ele o mantinha. Estou chegando a isso. E acho que você vai compreender antes que eu acabe por que não digo à polícia. Eles me pediriam para guiá-los, mas eu não poderia voltar lá mesmo que soubesse o caminho. Tinha uma coisa lá... e agora não consigo usar o metrô (e você pode rir disso, também), nem descer em porões.

Pensei que você saberia que eu não rompi com Pickman pelos mesmos motivos tolos por que velhotas nervosas como Dr. Reid, ou Joe Minot, ou Bosworth romperam. A arte mórbida não me choca, e quando um homem tem o gênio de Pickman, sinto-me honrado em conhecê-lo, pouco me importando com o rumo tomado por seu trabalho. Boston jamais teve um pintor maior do que Richard Upton Pickman. Disse isso desde o início, e ainda digo, e não me desviei uma polegada quando ele me mostrou aquele "Demônio carniceiro comendo". Foi aí, você deve se lembrar, que Minot rompeu com ele.

Sabe, é preciso uma arte e uma percepção profundas da Natureza para criar coisas como as de Pickman. Qualquer fazedor de capa de revista pode espalhar tinta a esmo e chamar aquilo de pesadelo, Sabá das Bruxas ou retrato do diabo, mas só um grande pintor pode fazer uma coisa assustar ou parecer verdadeira. Isso porque só o verdadeiro artista conhece a verdadeira anatomia do terrível ou a fisionomia do medo — o tipo exato de linhas e proporções que se associam mentalmente a instintos latentes e memórias hereditárias de pavor, e os contrastes de cor e efeitos de iluminação certos para estimular o senso de estranheza adormecido. Não preciso lhe dizer por que um Fuseli[2] realmente provoca um arrepio enquanto uma figura de capa de uma história de fantasmas barata só nos faz rir. Existe algo que essas pessoas captam — além da vida — que conseguem nos fazer captar por um instante. Doré tinha isso. Sime tinha isso. Angarola, de

---

[2] Henry Fuseli (Heinrich Füssli, 1741-1825), pintor de origem suíça que viveu na Inglaterra. (N.T.)

Chicago, tinha isso. E Pickman o tinha como ninguém jamais tivera ou — espero, com fé em Deus —, jamais terá. Não me pergunte o que é que eles enxergam. Sabe, na arte ordinária há toda a diferença do mundo entre as coisas vitais, verdadeiras, extraídas da Natureza, e os modelos e truques artificiais que a arraia-miúda comercial desfia mecanicamente num estúdio vazio. Bem, eu deveria dizer que o verdadeiro artista do fantástico tem uma espécie de visão que cria modelos, ou convoca o equivalente a cenários reais do mundo espectral onde vive. De toda forma, ele consegue obter resultados distintos dos sonhos fragmentados do embusteiro da mesma forma que os resultados de um pintor de modelos vivos diferem dos preparados de um caricaturista de curso por correspondência. Se eu tivesse visto o que Pickman viu... mas não! Bem, vamos tomar um trago antes de ir mais fundo. Caramba, eu não estaria vivo se tivesse visto o que aquele homem — se era mesmo um homem — viu!

    Você se recorda que o forte de Pickman eram os rostos. Não creio que ninguém, depois de Goya, tenha colocado tanto de puro inferno num conjunto de feições ou num traço de expressão. E antes de Goya, seria preciso voltar aos *caras* medievais que fizeram as gárgulas e quimeras de Notre Dame e de Mont Saint-Michel. Eles acreditavam em todo tipo de coisas — e talvez vissem todo tipo de coisas também, já que a Idade Média teve algumas fases curiosas. Lembro-me de você mesmo perguntando a Pickman, certa vez, no ano anterior ao de sua partida, onde raios ele conseguia aquelas ideias e visões. Não foi uma risada indecente a que ele lhe dera? Foi em parte por aquela risada que Reid rompeu com ele. Reid, como sabe, tinha acabado de aprender patologia comparativa e estava cheio de "sabichonice" pomposa sobre o significado biológico ou evolucionista desse ou daquele sintoma físico ou mental. Ele disse que Pickman foi lhe causando mais aversão a cada dia, chegando a deixá-lo quase apavorado mais para o fim, que as feições e a expressão do cara iam se modificando de um jeito que o incomodava. Em suma, de um jeito que não era humano. Ele falou muito sobre dieta e disse que Pickman devia ser um excêntrico e anormal no mais alto grau. Imagino que você tenha comentado com Reid, se vocês trocaram alguma correspondência sobre o assunto, que ele deixou os quadros de Pickman abalarem seus nervos ou mortificarem sua imaginação. Sei que eu mesmo lhe disse isso, na ocasião.

Mas lembre-se de que eu não rompi com Pickman por nada assim. Ao contrário, minha admiração por ele continuou aumentando, pois aquele "Demônio carniceiro comendo" era uma realização fabulosa. Como sabe, o clube não quis expô-lo, e o Museu de Belas Artes não quis aceitá-lo como doação, e posso acrescentar que ninguém o compraria, por isso Pickman o guardava bem em sua casa até desaparecer. Agora o quadro está com o pai dele, em Salem — como sabe, Pickman vem de uma velha linhagem de Salem, e teve uma antepassada bruxa enforcada em 1692.

Criei o hábito de visitar Pickman assiduamente, sobretudo depois de iniciar anotações para uma monografia sobre arte fantástica. É bem provável que tenha sido o seu trabalho que colocou a ideia em minha cabeça, mas, de qualquer forma, ele se revelou uma mina de dados e sugestões para mim, quando procurei desenvolvê-la. Mostrou-me todas as pinturas e desenhos que tinha por lá, inclusive alguns esboços a bico de pena que, tenho absoluta certeza, fariam com que fosse expulso do clube se muitos associados os tivessem visto. Não demorou muito para eu me tornar quase um devoto e ficar ouvindo, durante horas, como um aluno, teorias artísticas e especulações filosóficas excêntricas o bastante para qualificá-lo ao asilo de Danvers. Minha veneração, combinada com o fato de as pessoas em geral o estarem evitando cada vez mais, fez com que me tomasse por confidente até que ele insinuou, certa noite, que se eu soubesse manter a boca fechada e não fosse muito impressionável, poderia mostrar-se uma coisa muito incomum... uma coisa mais forte do que tudo que ele tinha na casa.

"Sabe", disse ele, "certas coisas não servem para a Newbury Street... coisas que ficam deslocadas ali e também não podem ser concebidas ali. Meu negócio é captar os matizes da alma, e não se pode encontrá-los num conjunto adventício de ruas artificiais sobre terreno inventado. Back Bay[3] não é Boston — ainda não é nada, porque não teve tempo de acumular memórias e atrair espíritos locais. Se houver fantasmas por lá, são os fantasmas insípidos de um brejo salgado e uma cova rasa, e eu quero fantasmas humanos... fantasmas de criaturas bastante organizadas para terem visto o Inferno e conhecido o significado do que viram.

"O lugar para um artista viver é o North End. Se os estetas fossem sinceros, eles conviveriam com os cortiços para o bem das tradições de massa. Deus, homem! Não percebe que lugares assim não foram meramente *feitos*, mas *cresceram*? Gerações e gerações viveram, e sentiram, e morreram ali, e em tempos em que as pessoas não tinham medo de viver, e sentir, e morrer. Não sabe que tinha um moinho no Copp's Hill em 1632, e que metade das ruas atuais foi criada por volta de 1650? Posso mostrar-lhe casas que estão ali há dois séculos e meio ou mais, casas que testemunharam o que faria uma casa moderna virar pó. O que os modernos sabem da vida e dos poderes por trás dela? Você chama a bruxaria de Salem de fraude, mas aposto que minha tetra-tataravó poderia contar-lhe muitas coisas. Eles a enforcaram na Gallows Hill, sob o olhar santarrão de Cotton Mather. Mather, maldito seja, temia que alguém conseguisse libertar-se desse maldito cárcere de monotonia — desejei que alguém tivesse jogado um feitiço sobre ele ou chupasse seu sangue durante a noite!

"Posso mostrar-lhe uma das casas onde ele viveu, e uma outra onde ele tinha medo de entrar apesar de todo seu belo arrojo

---

[3] Back Bay é uma área de Boston construída no século XIX pela drenagem e aterro de um terreno pantanoso às margens do Rio Charles. (N.T.)

O MODELO DE PICKMAN

verbal. Ele sabia coisas que não ousou colocar naquele estúpido *Magnalia* ou naquele pueril *Wonders of the Invisible World*.[4] Olhe, sabe que todo o North End teve, em certa época, um conjunto de túneis interligando as casas de certas pessoas com o cemitério e o mar? Deixe que eles processem e persigam na superfície — aconteciam coisas todos os dias fora do seu alcance e vozes riam, à noite, sem que pudessem localizá-las!

"Sabe, cara, de dez casas sobreviventes construídas antes de 1700 e deixadas intactas desde então, aposto que em oito delas posso mostrar-lhe alguma coisa bizarra no porão. Quase não há mês em que não se leia sobre algum trabalhador encontrando arcadas e poços de tijolos que levam sabe-se lá para onde, nesta ou naquela casa velha derrubada — você devia ver uma que existia perto da Henchman Street, derrubada, no ano passado, para a construção do elevado.[5] Havia bruxas e o que seus feitiços invocavam, piratas e o que traziam dos mares, contrabandistas, corsários; eu lhe digo, as pessoas sabiam viver e alargar as fronteiras da vida nos velhos tempos! Este não era o único mundo que um homem sábio e corajoso podia conhecer — fu! E pensar que hoje, ao contrário, com esses cérebros rosados que até um clube de pretensos artistas tem arrepios e convulsões se uma pintura vai além da sensibilidade de uma mesa de chá da Beacon Street!

"A única redenção do presente é que ele é estúpido demais para investigar o passado muito de perto. O que dizem, de verdade, os mapas, registros e guias do North End? Bah! No palpite, garanto que posso levá-lo a trinta ou quarenta vielas e redes de vielas ao norte da Prince Street que não são sequer suspeitadas por dez criaturas além dos estrangeiros que as frequentam. E o que é que aqueles *dagos*[6] sabem de seu significado? Não, Thurber, essas

---

[4] *Magnalia Christi Americana* (1702), uma história eclesiástica da Nova Inglaterra, e *Wonders of the Invisible World* (1693), um registro da possessão satânica na mesma região, são as obras mais conhecidas de Cotton Mather (1663-1728). (N.T.)

[5] Trem urbano elevado construído entre 1896 e 1901. (N.T.)

[6] Termo pejorativo para pessoas de origem espanhola, portuguesa e italiana, derivado do nome espanhol Diego. (N.T.)

casas antigas estão sonhando esplendidamente, transbordando maravilhas, terrores e escapes da vulgaridade e, no entanto, não existe viva alma para compreendê-las ou desfrutá-las. Ou melhor, há uma alma viva apenas... pois eu não venho vasculhando o passado por nada!

"Olhe, você é interessado por esse tipo de coisa. E se eu lhe dissesse que tenho um outro estúdio por lá, onde consigo captar o espírito tenebroso do horror ancestral e pintar coisas que eu não poderia sequer pensar na Newbury Street? Naturalmente não conto isso às abomináveis velhotas do clube — com Reid, maldito seja, cochichando, mesmo assim, que eu sou uma espécie de monstro fadado a percorrer o tobogã da evolução às avessas. Sim, Thurber, há muito decidi que se deve pintar o horror assim como a beleza da vida, e isso me levou a fazer incursões a lugares onde tinha motivos para saber que o horror vive.

"Arranjei um lugar que não acredito que três nórdicos vivos além de mim tenham visto. Não fica muito longe do elevado em termos de distância, mas está a séculos de distância para o espírito. Eu o escolhi por causa do antigo e estranho poço de tijolos no porão — um do tipo de que lhe falei. O barracão está quase desmoronando, por isso ninguém mais viveria ali, e eu detestaria dizer-lhe o quão pouco paguei por ele. As janelas estão fechadas com tábuas, mas prefiro assim, pois não preciso da luz do dia para o que faço. Pinto no porão, onde a inspiração é mais forte, mas tenho outros cômodos mobiliados no térreo. Pertence a um siciliano e aluguei-o sob o nome de Peters.

"Mas se você estiver pronto para o que der e vier, eu o levo até lá esta noite. Acho que vai gostar das pinturas, pois, como disse, me soltei um bocado ali. A viagem não é longa... às vezes eu a faço a pé para não chamar atenção com um táxi naquele lugar. Podemos pegar o ônibus na South Station até a Battery Street e dali a caminhada não é grande."

Bem, Eliot, depois dessa arenga toda não me restava muito a fazer exceto impedir-me de correr atrás do primeiro táxi livre que avistasse. Mudamos para o elevado na South Station e, perto da meia-noite, tínhamos subido os degraus para a Battery Street e estávamos andando pelo velho cais além de Constitution Wharf. Não gravei as ruas transversais e não posso dizer-lhe por qual delas entramos, mas sei que não foi na Greenough Lane.

Quando entramos foi para subir pelo trecho deserto do beco mais velho e mais imundo que conheci, com frontões caindo aos pedaços, janelas com vidros quebrados e chaminés arcaicas se erguendo quase desintegradas contra o céu enluarado. Não acredito que houvesse três casas à vista que não existissem no tempo de Cotton Mather — com certeza vislumbrei pelo menos duas com o andar superior saliente e, a certa altura, penso ter visto um telhado pontiagudo do tipo quase esquecido, anterior ao de duas águas, embora os antiquários garantam que não restou nenhum em Boston.

Daquela ruela mal iluminada, dobramos à esquerda para uma ruela ainda mais estreita, também silenciosa, e sem qualquer iluminação, e num minuto fizemos uma curva em ângulo obtuso à direita no escuro. Logo em seguida, Pickman produziu uma lanterna revelando uma porta antediluviana de dez painéis que parecia terrivelmente roída por cupins. Destrancando-a, introduziu-me num vestíbulo vazio revestido do que teriam sido esplêndidos painéis de carvalho escuro — simples, é claro, mas muitíssimo sugestivo dos tempos de Andros, Phipps e da Bruxaria.[7] Depois ele me levou por uma porta à esquerda, acendeu uma lamparina e me disse para ficar à vontade.

Sabe, Eliot, sou o que um homem comum chamaria de "durão", mas confesso que o que vi nas paredes daquela sala me

---

[7] Sir Edmund Andros (1637-1714), foi governador da Nova Inglaterra de 1686 a 1689; Sir William Phipps (1651-1695) foi adversário de Andros e se tornou o primeiro governador da Real de Massachusetts em 1692. No tempo da caça às bruxas, ele nomeou a comissão para julgar os acusados e ordenou o final dos julgamentos quando sua própria esposa foi acusada de bruxaria. (N.T.)

fez passar um mal bocado. Eram as suas pinturas, sabe — as que ele não pintaria nem mostraria na Newbury Street — e ele estava certo quando disse que "se soltara". Olhe... tome outra bebida... eu, pelo menos, preciso de uma!

Não adianta eu tentar lhe dizer com o que se pareciam, porque o horror terrível, blasfemo, a incrível repugnância e o fedor moral vinham de alguns traços simples que o poder das palavras não chega para classificar. Não tinham nada da técnica exótica que se vê em Sidney Sime, nada das paisagens trans-saturnais e dos fungos lunares que Clark Ashton Smith usa para congelar o sangue. Os fundos, em sua maioria, eram cemitérios antigos, bosques fechados, penhascos à beira-mar, túneis revestidos de tijolos, salas antigas apaineladas ou simples criptas de alvenaria. O Cemitério de Copp's Hill, que não devia estar a muitas quadras de distância daquela casa, era um cenário favorito.

A loucura e a monstruosidade habitavam as figuras do primeiro plano — pois a arte mórbida de Pickman era, preeminentemente, a de um retratista satânico. As figuras poucas vezes eram de todo humanas, aproximando-se das características humanas em graus variados. Os corpos, conquanto vagamente bípedes, em sua maioria, estavam curvados para a frente e tinham um aspecto um pouco canino. A textura da maioria tinha uma aparência borrachosa e desagradável. Uh! Posso vê--las neste momento! Suas ocupações... bem, não me peça para ser preciso. Em geral estavam comendo... não direi o quê. Às vezes eram mostradas aos grupos em cemitérios ou passagens subterrâneas, e na maioria das vezes pareciam estar disputando sua presa... ou melhor, seu tesouro encontrado. E que maldita expressividade Pickman emprestava, de vez em quando, aos rostos cegos desse butim sepulcral! Por vezes, as coisas eram mostradas saltando por uma janela aberta à noite, ou acocoradas nos peitos de pessoas adormecidas, lacerando suas gargantas. Uma tela exibia um círculo delas uivando em volta de uma bruxa enforcada em Gallows Hill, cujo rosto sem vida tinha grande semelhança com os seus.

Mas não pense que foi todo esse negócio hediondo de tema e cenário que me baqueou. Não sou nenhum garoto de três anos e já vi muita coisa assim antes. Foram as *faces*, Eliot, aquelas malditas *faces* que olhavam de esguelha e babavam para fora da tela parecendo vivas! Deus, acredito piamente que *estavam* vivas! Aquele feiticeiro asqueroso tinha avivado as chamas do Inferno com pigmento e seu pincel tinha sido uma varinha mágica na criação do horror. Passe a garrafa, Eliot!

Havia uma coisa chamada "A lição"... valha-me Deus, que nunca vi igual! Olhe... pode imaginar um círculo de coisas obscuras com ar canino, acocoradas num cemitério ensinando uma criança a comer como elas? O preço de uma criança trocada, imagino... você conhece o velho mito sobre pessoas desnaturadas que deixam os filhos nos berços em troca de bebês humanos que elas roubam. Pickman estava mostrando o que acontece com essas crianças roubadas... como elas crescem... e então comecei a notar uma pavorosa relação entre os rostos das figuras humanas e das não humanas. Ele estava ironicamente estabelecendo, em todas as gradações de morbidez entre o claramente não humano e o humano degradado, um vínculo e uma evolução. As criaturas caninas foram desenvolvidas a partir de mortais!

E tão logo tinha imaginado o que ele fizera com os rebentos das próprias criaturas deixados com os homens em troca de crianças, meu olhar bateu numa pintura expressando aquele exato pensamento. Ela mostrava o interior de um lar puritano antigo — uma sala de vigamento pesado com janelas de gelosia, um banco e móveis toscos do século dezessete, a família sentada com o pai, lendo um trecho da Bíblia. Todos os rostos, exceto um, expressavam elevação e reverência, mas aquele um refletia a zombaria do Inferno. Era o de um rapaz novo, e certamente pertencia a um suposto filho daquele pai devoto, mas ele descendia, em essência, de coisas impuras. Era a criança trocada deles — e com suprema ironia, Pickman dera àquela fisionomia uma semelhança perceptível com a sua.

A essa altura, Pickman tinha acendido uma lâmpada numa sala ao lado e mantinha a porta polidamente aberta para mim, perguntando-me se não gostaria de ver seus "estudos modernos". Eu não tinha conseguido expressar direito minhas opiniões — quase perdera a fala de pavor e aversão — mas acho que ele compreendeu muito bem e se sentiu muitíssimo elogiado. E agora quero assegurar-lhe, mais uma vez, Eliot, que não sou nenhum maricas para gritar com qualquer coisa que se afaste um pouquinho do normal. Sou uma pessoa madura e bastante sofisticada, e imagino que você me conheceu o suficiente na França para saber que não me derrubam facilmente. Não se esqueça também de que eu acabava de recuperar o fôlego e estava me acostumando com aquelas pinturas terríveis que faziam da Nova Inglaterra colonial uma espécie de anexo do Inferno. Bem, com tudo isso, a sala seguinte arrancou de mim um grito de verdade, e tive de me segurar no batente para não desmaiar. A outra câmara tinha mostrado um conjunto de vampiros e bruxas infestando o mundo de nossos antepassados, mas trazia o horror diretamente para nossa vida cotidiana!

Caramba, como aquele homem pintava! Num estudo chamado "Acidente no metrô", um grupo daquelas coisas abjetas subia de alguma catacumba oculta por uma rachadura no piso do metrô da Boylston Street e atacava uma multidão de pessoas na plataforma. Outro mostrava uma dança entre os túmulos, em Copp's Hill, com sua aparência atual. Depois havia muitas cenas de porão, com monstros se esgueirando por buracos e fendas na alvenaria e sorrindo ao se acocorarem atrás de tonéis ou caldeiras à espera da primeira vítima que descesse a escada.

Uma tela repugnante parecia ilustrar um enorme corte transversal de Beacon Hill, com os monstros mefíticos se esgueirando como exércitos de formigas por uma profusão de tocas no chão. As danças nos cemitérios modernos eram livremente concebidas, e uma outra concepção, de certa forma, me chocou mais do que o resto — uma cena numa cripta desconhecida com um bando das feras aglomerado ao redor de uma que segurava e ao que tudo indica lia em voz alta um guia de Boston. Todas apontavam para um certo ponto, e cada face parecia tão distorcida por um riso epiléptico e estrondoso que quase me pareceu ouvir os ecos diabólicos. O título do quadro era "Holmes, Lowell, e Longfellow jazem em Mount Auburn".[8]

À medida que fui me recompondo e me acostumando com essa segunda sala impregnada de morbidez e perversidade, comecei a analisar alguns aspectos de minha estonteante repugnância. Em primeiro lugar, pensei comigo mesmo, essas coisas causavam repugnância por sua total desumanidade e por revelarem a dura crueldade de Pickman. O sujeito tem de ser um inimigo implacável de toda a humanidade para extrair tal prazer da tortura mental e corporal e da degradação do corpo mortal. Em segundo lugar, elas aterrorizavam por sua verdadeira grandeza. A arte que continham era a arte que convencia. Vendo os quadros, víamos os próprios demônios e eles nos apavoravam. E o curioso é que Pickman não obtinha nada de sua força do uso da seletividade ou da bizarrice. Nada era borrado, distorcido ou convencionado; os contornos eram nítidos e naturais, e os detalhes eram quase dolorosamente definidos. E as caras!

O que ele via não era a interpretação de um mero artista; era o próprio pandemônio, claro como cristal em sua rigorosa objetividade. Era isso, por Deus! O homem não era de modo algum um fantasista ou romântico; ele nem mesmo tentava nos dar a sensação efêmera e tumultuosa dos sonhos, mas refletia, fria e ironicamente, um mundo de horror estável, mecânico e

---

[8] Referência a Oliver Wendell Holmes (1809-1894), autor e médico, James Russell Lowell (1819-1891), poeta, e Henry Wadsworth Longfellow (1807-1882), grande poeta norte-americano, os três nativos da região e enterrados no cemitério de Mount Auburn. (N.T.)

bem estabelecido, que considerava íntegro, brilhante, simétrico e implacável. Deus sabe o que pode ter sido aquele mundo, e onde ele pode ter vislumbrado as formas blasfemas que galopavam, corriam e se arrastavam por ele, mas qualquer que fosse a desconcertante origem das imagens, uma coisa era certa. Pickman era, em todos os sentidos — na concepção e na execução —, um completo, apurado e quase científico *realista*.

Meu anfitrião agora abria caminho para o porão onde ficava seu verdadeiro estúdio e eu me preparei para alguns efeitos satânicos entre as telas inacabadas. Chegando ao pé da escada úmida, ele virou o facho da lanterna para um canto do grande espaço aberto à frente, revelando o parapeito circular de tijolo de um grande poço no chão de terra. Quando nos aproximamos, pude verificar que ele devia ter um metro e setenta centímetros de diâmetro, com parapeito de uns bons quarenta centímetros de espessura e cerca de quinze centímetros acima do nível do chão — trabalho sólido do século dezessete, se não estava enganado. Aquilo, disse Pickman, era o tipo de coisa de que vinha falando — uma saída da rede de túneis que costumava cortar as entranhas do morro. Reparei distraidamente que ele não parecia fechado com tijolos e que um pesado disco de madeira formava a aparente tampa. Pensando nas coisas a que o poço devera estar ligado se as sugestões extravagantes de Pickman não fossem mera retórica, estremeci. Virei-me então para segui-lo, subi um degrau e cruzei uma porta estreita para um quarto de bom tamanho com piso de madeira e mobiliado como um estúdio. Um aparelho de acetileno providenciava a luz necessária ao trabalho.

As pinturas inacabadas sobre cavaletes ou encostadas nas paredes eram tão horríveis quanto às de cima, e revelavam os métodos apurados do artista. As cenas eram esboçadas com extremo cuidado e linhas de guia riscadas com lápis indicavam a exatidão da perspectiva e das proporções. O homem era grande — digo isso mesmo agora, sabendo o que eu já sei. Uma grande câmera sobre uma mesa chamou-me a atenção, e Pickman explicou que costumava registrar cenas com elas para os fundos das telas, para poder pintá-los com base nas fotos, no estúdio, em vez de levar o equipamento de pintura cidade afora, para este ou aquele cenário. Ele considerava as fotos tão boas quanto cenas ou modelos reais para o trabalho contínuo, e declarou que fazia uso regular delas.

Havia alguma coisa muito perturbadora nos esboços nauseantes e nas monstruosidades semiacabadas que espreitavam de todos os lados da sala, e quando Pickman desvelou abruptamente uma enorme tela num ponto afastado da luz, não consegui conter um sonoro grito — o segundo que soltava naquela noite. O gritou ressoou pelas abóbadas sombrias daquele porão antigo e salitroso e tive de conter uma sensação de sufoco que ameaçava explodir numa gargalhada histérica. Deus misericordioso! Eliot, não sei quanto era real e quanto era imaginação febril. Não me parece que um sonho assim possa caber no mundo!

Mostrava uma blasfêmia colossal e inominável, com olhos vermelhos penetrantes segurando com garras esqueléticas uma coisa que havia sido um homem e roendo sua cabeça como uma criança mordisca um pirulito de açúcar-cande. Estava numa posição meio agachada, e olhando-a, era possível sentir que a qualquer momento ela poderia soltar sua presa atual e procurar um petisco mais suculento. Mas que diabo, não era o tema diabólico que fazia dela um imperecível manancial de todo o pânico... não era isso, nem a cara de cachorro com suas orelhas pontiagudas, olhos injetados, nariz chato e beiços caídos. Não eram as garras escamosas, nem o corpo coberto de mofo, nem os pés semiungulados — nenhuma dessas características, embora qualquer uma delas pudesse perfeitamente levar um homem nervoso à loucura.

Era a técnica, Eliot... a maldita, a ímpia, a desnaturada técnica! Como ser vivo que sou, nunca vi em nenhum outro lugar o verdadeiro sopro da vida tão impregnado numa tela. O monstro estava ali... ele olhava ferozmente, e roía, e roía e olhava ferozmente... e eu sabia que só uma suspensão das leis da Natureza poderia permitir que um homem pintasse uma coisa daquelas sem um modelo... sem algum vislumbre do mundo inferior que nenhum mortal que não tenha vendido a alma ao Diabo jamais teve.

Espetado com um percevejo num pedaço vazio da tela estava um pedaço de papel muito enrolado. Imaginei que seria uma foto com base na qual Pickman pretendia pintar um fundo tão medonho quanto o pesadelo que ele devia realçar. Estendia a mão para desenrolá-lo e examinar quando vi, de repente, Pickman fazer um movimento brusco como se tivesse levado um tiro. Ele estivera apurando os ouvidos com uma atenção toda especial desde o momento em que meu grito de susto tinha provocado ecos estranhos no tenebroso porão, e agora parecia ser presa de um pavor que, mesmo sem comparação com o que eu sentia, tinha algo mais físico do que espiritual. Sacou um revólver e fez um sinal para eu ficar quieto, depois saiu para o porão principal, fechando a porta atrás de si.

Creio que fiquei momentaneamente paralisado. Imitando a escuta de Pickman, imaginei ouvir um som fraco de correria em algum lugar, e uma sequência de guinchos ou berros, vinda de uma direção que não consegui determinar. Pensei em ratos enormes e estremeci. Em seguida, houve uma espécie de estrépito abafado que me arrepiou todo... uma espécie de estrépito furtivo, sub-reptício, embora não consiga expressar o que quero em palavras. Era como se uma madeira pesada caísse sobre pedra ou tijolo — madeira sobre tijolo — o que me sugeria aquilo?

O ruído reapareceu, e mais forte. Houve uma vibração como se a madeira tivesse caído mais longe do que caíra antes. Depois disso, seguiu-se um forte ruído rascante, uma algaravia gritada por Pickman e a descarga ensurdecedora das seis câmaras do revólver, disparado ostensivamente como um domador de leões faria atirando para o ar num espetáculo. Um guincho ou ganido abafado, e um baque. Depois, mais madeira e tijolo raspando, uma pausa e a porta fora aberta — o que, devo confessar, me provocou um violento sobressalto. Pickman reapareceu com a arma fumegando, maldizendo os ratos intumescidos que infestavam o velho poço.

"O diabo sabe o que eles comem, Thurber", sorriu, "pois esses túneis arcaicos chegavam a cemitério, covil de bruxas e orla. Mas seja o que for, eles devem ter ficado em falta, pois estavam extremamente aflitos para sair. Imagino que o seu grito os tenha excitado. Melhor ter cuidado nesses lugares antigos... nossos amigos roedores são o principal estorvo, embora às vezes eu os considere um elemento positivo para dar atmosfera e colorido."

Bem, Eliot, esse foi o fim da aventura noturna. Pickman tinha prometido mostrar-me o lugar, e Deus sabe que fez. Ele me levou para fora daquele emaranhado de vielas em outra direção, ao que parece, pois quando avistamos um poste de luz, estávamos numa rua familiar com monótonas filas de blocos de apartamentos e casas antigas, intercalados. A Charter Street, como vim a saber, mas eu estava perturbado demais para notar em que ponto nós a atingimos. Era muito tarde para o elevado e voltamos andando para o centro pela Hanover Street. Lembro-me daquela caminhada. Passamos da Tremont para a Beacon, e Pickman deixou-me na esquina da Joy, onde nos despedimos. Nunca mais voltei a falar com ele.

Por que me afastei dele? Não seja impaciente. Deixe-me pedir o café. Já bebemos de sobra, mas, de minha parte, eu ainda preciso de uma coisa. Não... não foram as pinturas que eu vi naquele lugar, embora possa jurar que elas bastariam para colocá-lo no ostracismo em nove entre dez casas e clubes de Boston, e imagino que você deve estar pensando no motivo por que tenho de evitar os trens do metrô e os porões. Foi... uma coisa que encontrei em meu casaco na manhã seguinte. Você sabe, o papel enrolado que estava preso naquela tela pavorosa no porão, a coisa que eu pensava que fosse a fotografia de algum cenário que ele pretendia usar como fundo para aquele monstro. O pavor final aconteceu quando eu estava estendendo a mão para desenrolá-lo, e, ao que parece, eu o enfiei, sem perceber, no bolso. Mas vem aí o café. Tome puro, Eliot, se é sensato.

Sim, aquele papel foi o motivo por que me afastei de Pickman, Richard Upton Pickman, o maior artista que jamais conheci... e a criatura mais abjeta que jamais transpôs as fronteiras da vida para os abismos do mito e da loucura. Eliot... o velho Reid tinha razão. Ele não era estritamente humano. Ou ele nasceu em trevas desconhecidas ou descobriu um meio de destrancar o portal proibido. Dá na mesma, agora, pois ele se foi... de volta para as trevas fabulosas que gostava de frequentar. Olhe, vamos acender o candelabro.

Não me peça para explicar ou mesmo conjeturar sobre o que eu queimei. Também não me pergunte o que havia por trás daquele trepador parecido com uma toupeira que Pickman se mostrava tão ansioso para fazer passar por rato. Há segredos, como sabe, que devem ter vindo dos tempos da velha Salem, e Cotton Mather conta coisas ainda mais bizarras. Você sabe como eram vívidas as malditas pinturas de Pickman... como todos nós perguntávamo-nos onde ele conseguia aquelas caras.

Bem... aquele papel não era a fotografia de algum fundo, afinal. O que ele exibia era simplesmente o ser monstruoso que ele estava pintando naquela pavorosa tela. Era o modelo que ele estava usando... e seu fundo era apenas a parede do estúdio do porão nos mínimos detalhes. Mas, por Deus, Eliot, *era uma fotografia de modelo vivo!*

(1926)

a coisa na soleira da porta

I

É verdade que disparei seis balas na cabeça de meu melhor amigo e, ainda assim, espero mostrar, com esse depoimento, que não sou o seu assassino. No começo serei chamado de louco — mais louco do que o homem que alvejei em sua cela no Sanatório de Arkham. Mais tarde, alguns de meus leitores vão pesar cada afirmação, relacioná-las com os fatos conhecidos e vão se perguntar como eu poderia ter pensado diferente depois de encarar a evidência daquele horror — daquela coisa na soleira da porta.

Até então, eu também não via nada além de loucura nas histórias fantásticas de que tinha tomado parte. Mesmo agora me pergunto se não estava enganado — ou se não estou mesmo louco, afinal. Não sei — mas outras pessoas têm coisas estranhas a dizer sobre Edward e Asenath Derby, e nem mesmo a estúpida polícia sabe mais o que fazer para explicar aquela última e terrível visita. Os policiais tentaram montar uma frágil teoria envolvendo um aviso ou uma brincadeira de mau gosto por criados demitidos, embora saibam, no íntimo, que a verdade é infinitamente mais terrível e inacreditável.

Eu digo, pois, que não assassinei Edward Derby, antes o vinguei, e assim expurguei da Terra um horror cuja permanência poderia ter espalhado terrores incontáveis sobre toda a humanidade. Existem zonas negras de sombra próximas de nossos caminhos cotidianos e, ocasionalmente, algum espírito maligno abre uma passagem entre eles. Quando isso acontece, a pessoa informada deve agir sem pesar as consequências.

Conheci Edward Pickman Derby durante toda sua vida. Oito anos mais novo do que eu, era tão precoce que nós tínhamos muito em comum desde quando ele tinha oito, e eu, dezesseis. Foi a criança erudita mais extraordinária que já conheci, e aos sete anos escrevia versos de um feitio soturno, fantástico, quase mórbido, que provocavam a admiração dos preceptores que o cercavam. Talvez a sua educação particular e seu isolamento repleto de mimos tivessem algo a ver com o seu florescimento prematuro. Filho único, ele tinha uma saúde precária que enchia de sobressaltos seus pais extremados, os levando a conservá-lo firmemente preso ao seu lado. Ele não tinha permissão de sair sem a enfermeira, e raramente tinha a oportunidade de brincar à vontade com outras crianças. Tudo isso com certeza contribuiu para uma vida interior singular e secreta naquele menino que encontrava na imaginação sua principal via de acesso à liberdade.

De qualquer forma, sua erudição juvenil era prodigiosa e excêntrica, e sua escrita fluente me cativou a despeito de eu ser mais velho. Naquela época, eu tinha veleidades artísticas de uma propensão um tanto grotesca, e descobri naquele garoto mais novo uma rara alma gêmea. O que havia por trás de nosso amor comum pelas sombras e maravilhas era, sem dúvida, a ancestral, decrépita e sutilmente temível cidade onde morávamos — a legendária e enfeitiçada Arkham, com sua profusão de telhados abaulados de duas águas e balaustradas georgianas caindo aos pedaços, assuntando os séculos, tendo ao lado os murmúrios soturnos do Miskatonic.

Com o passar do tempo, encaminhei-me para a arquitetura e desisti de ilustrar um livro de poemas satânicos de Edward, mas nossa camaradagem não diminuiu. O gênio excêntrico do jovem Derby desenvolveu-se de maneira notável e, aos dezoito anos, ele causou uma verdadeira sensação quando sua coletânea de poemas satânicos foi editada sob o título *Azathoth e outros horrores*. Ele foi um correspondente íntimo do conhecido poeta baudelairiano Justin Geoffrey, autor de *O povo do Monólito*, que morreu aos gritos num asilo, em 1926, depois de visitar uma aldeia sinistra e mal-afamada da Hungria.

Em matéria de autoconfiança e assuntos práticos, porém, Derby era muito despreocupado em virtude da sua vida mimada. Sua saúde havia melhorado, mas seus hábitos de dependência infantil foram reforçados pelos pais extremosos. Assim, ele nunca viajava sozinho, não tomava decisões independentes, nem assumia responsabilidades. Logo se via que ele não disputaria em condições de igualdade nas áreas comercial e profissional, mas a fortuna da família era tal que isso não representava nenhuma tragédia. Chegando à idade adulta, conservou um enganoso aspecto de infantilidade. Louro, de olhos azuis, tinha a aparência fresca de uma criança, e só com muito esforço se podia notar suas tentativas de cultivar um bigode. Sua voz era suave e graciosa, e a vida mimada e sedentária deu-lhe uma rotundidade juvenil em vez da obesidade da meia-idade prematura. Tinha boa estatura e seu rosto bonito faria dele um notável namorador se a timidez não o tivesse confinado à reclusão e ao gosto pelos livros.

Os pais de Derby levavam-no ao exterior todos os verões e ele não demorou a adotar os aspectos superficiais do pensamento e da expressão europeus. Seus pendores, como os de Poe, se voltaram mais e mais para o decadentismo, entusiasmando-se pouco com outras sensibilidades e aspirações artísticas. Tínhamos grandes discussões naqueles tempos. Eu cursara Harvard, estudara num escritório de arquitetura em Boston, casara-me e finalmente retornara a Arkham para exercer a profissão — instalando-me na propriedade de minha família da Saltonstall Street depois que meu pai se mudou para a Flórida para cuidar da saúde. Edward costumava aparecer quase todas as noites, de modo que cheguei a considerá-lo parte da família. Ele tinha um modo característico de tocar a campainha ou soar a aldrava que ficou sendo um verdadeiro código, de forma que, depois do jantar, eu sempre ficava à espera das costumeiras três batidas secas, seguidas de uma pausa e outras duas. Eu o visitava em sua casa com menor frequência, observando com inveja os volumes obscuros da sua sempre crescente biblioteca.

Derby havia cursado a Universidade de Miskatonic, em Arkham, já que seus pais não permitiriam que se afastasse deles. Entrou com dezesseis e completou o curso em três anos, graduando-se em literatura inglesa e francesa, e recebendo altas notas em tudo, exceto matemática e ciências. Misturava-se muito pouco com os outros estudantes, conquanto olhasse com inveja os círculos de "aventureiros" ou de "boêmios", cujo linguajar superficialmente "espirituoso" e a pose desdenhosamente irônica ele imitava, e cuja conduta questionável gostaria de ousar adotar.

O que ele fez foi tornar-se um aficionado quase fanático do conhecimento mágico secreto, pelo qual a biblioteca da Miskatonic era, e ainda é, famosa. Sempre um frequentador da superfície da fantasia e do bizarro, ele mergulhava agora fundo nas runas e enigmas reais legados por um passado fabuloso para a orientação ou a perplexidade dos pósteros. Lia coisas como o pavoroso *Livro de Eibon*, o *Unaussprechlichen Kulten*, de von Junzt, e o proibido *Necronomicon*[1] do louco árabe Abdul Alhazred, embora não contasse a seus pais que os havia lido. Edward tinha vinte anos quando nasceu meu único filho, e pareceu contente quando batizei o recém-chegado de Edward Derby Upton em sua homenagem.

Aos vinte e cinco, Edward Derby era um homem de erudição prodigiosa e um poeta e fantasista bastante conhecido, embora a falta de contatos e responsabilidades tivesse arrefecido seu crescimento literário tornando suas realizações secundárias e

---

[1] Livros imaginários criados pelo próprio Lovecraft (*Necronomicon*) e outros escritores de ficção fantástica como Clark Ashton Smith (*Book of Eibon*) e Robert E. Howard (*Unaussprechlichen Kulten*). (N.T.)

livrescas. Talvez eu fosse seu amigo mais íntimo, considerando-o uma mina inexaurível de questões teóricas vitais, enquanto ele me consultava sobre todos os assuntos que não queria mencionar aos pais. Permaneceu solteiro — mais por timidez, inércia e excesso de proteção paternal do que por inclinação — e circulava em sociedade apenas em função das atividades mais comezinhas e rotineiras. Quando veio a guerra, a saúde e a inveterada timidez o mantiveram em casa. Eu fui servir em Plattsburg,[2] mas não cheguei a ir para o exterior.

E assim passaram-se os anos. A mãe de Edward morreu quando ele tinha trinta e quatro, e durante alguns meses ele esteve prostrado por um estranho mal psicológico. Seu pai levou-o à Europa, porém, e ele conseguiu livrar-se do problema sem sequelas visíveis. Depois daquilo, ele parecia sentir uma espécie de alegria grotesca como se tivesse parcialmente escapado de alguma servidão invisível. Começou a se misturar com o círculo universitário mais "avançado", apesar de sua idade mediana, e esteve envolvido em alguns acontecimentos escabrosos — numa ocasião, pagando uma pesada chantagem (com dinheiro que lhe emprestei) para manter o pai desinformado sobre a sua participação num determinado caso. Correram rumores muito estranhos sobre o círculo radical da Miskatonic. Chegou-se a falar de magia negra e de acontecimentos absolutamente inacreditáveis.

II

Edward estava com trinta e oito anos quando conheceu Asenath Waite.[3] Ela devia ter perto de vinte e três, na época, e estava seguindo um curso especial de metafísica medieval na Miskatonic. A filha de um amigo meu a conhecia de antes — da Escola Hall, de Kingsport — e tratara de evitá-la devido à sua estranha reputação. Era trigueira, apequenada e de muito boa

---

[2] Centro de treinamento para soldados norte-americanos na Primeira Guerra Mundial, em Nova York.
[3] Na Bíblia, Asenath é o nome da esposa egípcia de José, e é a mãe de Efraim. (N.T.)

aparência, exceto pelos olhos muito saltados, mas alguma coisa em sua expressão afastava as pessoas mais sensíveis. Entretanto, era sobretudo sua origem e sua conversa que faziam as pessoas comuns evitá-la. Descendia dos Waite de Innsmouth, e muitas lendas obscuras se acumularam, durante gerações, sobre a decrépita e quase deserta Innsmouth e sua gente. Correm histórias sobre pactos pavorosos por volta de 1850, e sobre um elemento estranho, "não inteiramente humano", nas antigas famílias do arruinado porto pesqueiro — histórias que só ianques dos velhos tempos conseguem inventar e repetir com a devida "horripilância".

O caso de Asenath era agravado por ser filha de Ephraim Waite — a filha temporã com uma esposa misteriosa que só circulava velada. Ephraim morava numa mansão um tanto decadente da Washington Street, em Innsmouth, e quem viu o lugar (a gente de Arkham evita Innsmouth sempre que pode) afirma que as janelas do sótão estavam sempre fechadas com tábuas e que ruídos estranhos escapavam do interior com a chegada da noite. Sabia-se que o velho havia sido um prodigioso estudante de magia em seu tempo, e segundo uma lenda, podia provocar ou amainar tempestades no mar quando bem lhe aprouvesse. Eu o havia visto uma ou duas vezes em minha juventude, quando ele fora a Arkham consultar volumes proibidos na biblioteca da universidade, e já detestara o seu rosto cruel, soturno, com sua hirsuta barba cinza escuro. Ele morreu louco — em circunstâncias muito estranhas — pouco antes de sua filha (deixada, por sua própria vontade, sob a tutela nominal do reitor) entrar na Escola Hall, mas ela havia sido uma discípula sua, doentiamente voraz, e parecia diabólica como ele, às vezes.

O amigo cuja filha frequentara a escola com Asenath Waite repetiu muitas coisas curiosas quando as novas sobre o relacionamento de Edward com ela começaram a se espalhar. Asenath, ao que parece, posava como uma espécie de "mágica" na escola, e parecia mesmo capaz de realizar alguns prodígios desconcertantes. Ela dizia ser capaz de provocar tempestades, mas seu aparente sucesso era em grande medida atribuído a um fantástico pendor para a predição. Nenhum animal a apreciava e ela podia fazer cachorros uivarem com alguns gestos da mão direita. Houve momentos em que exibiu traços de conhecimento e de linguagem muito estranhos — e chocantes — para uma garota; às vezes assustava as colegas com olhares de esguelha e piscadelas incompreensíveis, parecendo extrair uma ironia obscena e prazerosa da situação.

O mais extraordinário, porém, foram os casos bem atestados de sua influência sobre outras pessoas. Ela era, sem a menor dúvida, uma genuína hipnotizadora. Fixando o olhar de maneira especial numa colega, por exemplo, geralmente provocava nesta um sentimento inconfundível de *personalidade trocada* — como se ela fosse, por um momento, colocada no corpo da "feiticeira", meio que podendo olhar de frente para seu corpo real, cujos olhos saltados brilhavam com uma expressão que não era sua. Asenath fazia frequentes afirmações bizarras sobre a natureza da consciência e sua independência do corpo físico — ou, pelo menos, dos processos vitais do corpo físico. Tinha a maior raiva, porém, de não ser homem, pois achava que o cérebro masculino tinha poderes cósmicos exclusivos e de longo alcance. Se tivesse um cérebro de homem, declarava, poderia não só igualar, mas inclusive superar o seu próprio pai no domínio de forças desconhecidas.

Edward conheceu Asenath numa reunião da "intelligentsia", realizada no quarto de um aluno e não conseguiu falar de mais nada quando veio me ver no dia seguinte. Os interesses e a erudição dela eram parecidos com os seus e, além disso, ele ficou extremamente arrebatado por sua aparência. Eu nunca vira a moça, e só me recordava, muito de leve, de referências casuais, mas sabia quem ela era. Achei lamentável o arrebatamento de

Derby por ela, mas não disse nada para desencorajá-lo, pois é com a oposição que a paixão mais prospera. Ele não pretendia, conforme me disse, mencioná-la a seu pai.

Nas semanas subsequentes, quase tudo que ouvi do jovem Derby dizia respeito à Asenath. Outros já haviam notado a galanteria outonal de Edward, embora concordassem que ele não aparentava, nem de longe, a sua idade real, nem parecia um par inadequado para sua exótica deusa. Estava só um pouco barrigudo, apesar da vida indolente e autoindulgente, e seu rosto era completamente liso. Asenath, por sua vez, tinha pés-de-galinha prematuros causados por tanto exercitar uma vontade intensa.

Por essa época, Edward trouxe a moça para me conhecer, e pude perceber na hora que o interesse que ele demonstrava não era, de maneira nenhuma, unilateral. Ela o observava o tempo todo com uma aparência quase rapace, e percebi que não havia jeito de desfazer a intimidade deles. Pouco tempo depois, recebi uma visita do velho Sr. Derby, a quem sempre dedicara admiração e respeito. Ele ouvira as histórias sobre a nova amizade de seu filho e arrancara toda a verdade "do garoto". Edward pretendia casar-se com Asenath e até andara olhando moradias nos subúrbios. Sabendo de minha usual influência sobre o filho, o pai acreditava que eu poderia ajudar a romper o namoro imprudente, mas lamentando, expressei minhas dúvidas. Dessa vez não estava em jogo a indecisão de Edward, mas a vontade imperiosa da mulher. A eterna criança havia transferido sua dependência da imagem paterna para uma imagem nova e mais poderosa, e nada podia ser feito sobre aquilo.

O casamento foi celebrado um mês depois, por um juiz de paz, a pedido da noiva. O Sr. Derby, por recomendação minha, não se opôs, e ele, minha esposa, meu filho e eu assistimos à breve cerimônia — os demais convidados eram jovens radicais da universidade. Asenath havia comprado o velho lar dos

Crowninshield, na extremidade da High Street, e eles pretendiam instalar-se ali depois de uma curta viagem a Innsmouth, de onde trariam três criados e alguns livros e objetos domésticos. Provavelmente foi menos em consideração por Edward e por seu pai, mas o desejo pessoal de ficar perto da universidade, sua biblioteca e sua multidão de "sofisticados", que levou Asenath a se instalar em Arkham e não retornar definitivamente para o seu lar.

Quando Edward me visitou, depois da lua de mel, achei-o um pouco mudado. Asenath o fizera raspar o seu parco bigode, mas não era só isso. Ele parecia mais sóbrio e pensativo, trocara o amuo usual de rebeldia infantil por um ar de genuína tristeza. Não saberia dizer se a mudança me agradou ou não. Com certeza ele me pareceu um adulto mais normal do que antes. Talvez o casamento fosse uma coisa boa — a *mudança* da dependência não poderia constituir um ponto de partida para uma verdadeira *neutralização*, levando enfim a uma independência responsável? Ele veio sozinho, pois Asenath estava muito ocupada. Ela havia trazido um enorme estoque de livros e utensílios domésticos de Innsmouth (Derby estremecia ao pronunciar esse nome), e estava terminando a restauração da casa e do terreno de Crowninshield.

A casa dela — naquela cidade — era um lugar muito perturbador, mas alguns objetos ensinaram-lhe coisas surpreendentes. Ele estava fazendo rápidos progressos no saber esotérico agora que tinha a orientação de Asenath. Alguns experimentos que ela propunha eram muito ousados e radicais — ele não se sentia à vontade para descrevê-los — mas tinha confiança nos poderes e nas intenções dela. Os três criados eram muito estranhos — um casal bem idoso que havia servido ao velho Ephraim e se referia às vezes a ele e à falecida mãe de Asenath de maneira misteriosa, e uma criada jovem e escura, de feições notoriamente anormais, que parecia exsudar um perpétuo cheiro de peixe.

III

    Nos dois anos seguintes, vi Derby cada vez menos. Transcorria às vezes uma quinzena sem as três mais duas batidas familiares na porta, e quando ele aparecia — ou quando eu o visitava, o que era cada vez mais raro — ele não parecia muito propenso a conversar sobre assuntos importantes. Mostrava-se reservado sobre aqueles estudos ocultos que costumava descrever e discutir em detalhes, e preferia não falar da esposa. Ela havia envelhecido extraordinariamente desde o casamento, chegando a parecer então — por estranho que pareça — a mais velha dos dois. Seu rosto exibia o esforço de concentração mais determinado que eu já vira, e seu aspecto geral parecia induzir uma vaga e inclassificável repulsa. Minha mulher e meu filho também o notaram e pouco a pouco fomos deixando de visitá-la — com o que, admitiu Edward numa de suas infantis faltas de tato, ela ficara muitíssimo grata. De vez em quando, os Derby partiam para viagens demoradas — declaradamente à Europa, embora Edward insinuasse, às vezes, destinos mais obscuros.

    Já se havia passado um ano quando as pessoas começaram a comentar a transformação de Edward Derby. Eram mexericos muito casuais, visto que a mudança era puramente psicológica, mas suscitavam questões interessantes. Ao que parecia, ocasionalmente Edward era visto exibindo uma expressão e fazendo coisas totalmente incompatíveis com a frouxidão usual de sua natureza. Por exemplo: embora antes não soubesse guiar, fora visto, algumas vezes, entrando ou saindo velozmente pelo acesso da velha Crowninshield com o potente Packard de Asenath, conduzindo-o como um mestre, e enfrentando engarrafamentos de trânsito com uma habilidade e determinação alheias por completo à sua natureza habitual. Nessas ocasiões, ele parecia estar sempre acabando de chegar de viagem ou partindo para uma — que tipo de viagem, ninguém conseguia imaginar, embora quase sempre preferisse a velha estrada para Innsmouth.

Curiosamente, a metamorfose não pareceu muito agradável. Diziam que ele ficava muito parecido com a esposa, ou com o próprio velho Ephraim Waite, naqueles momentos — ou talvez, aqueles momentos parecessem estranhos por serem tão raros. Às vezes, horas depois de sair daquele modo, ele voltava largado no banco traseiro do carro que era dirigido por algum motorista ou mecânico, obviamente contratado. Afora isso, o aspecto preponderante que ele apresentava nas ruas durante o declínio de seus relacionamentos sociais (inclusive, posso dizer, de suas visitas a mim) era o mesmo do indeciso dos velhos tempos — a irresponsabilidade infantil ainda mais acentuada do que no passado. Enquanto o rosto de Asenath envelhecia, o de Edward — exceto naquelas ocasiões especiais — se abrandava numa espécie de imaturidade descabida, salvo quando era atravessado por rasgos da nova tristeza ou compreensão. Era, de fato, muito intrigante. Nesse ínterim, os Derby haviam praticamente se afastado do alegre circuito universitário — não por sua vontade, conforme se ouviu, mas porque alguma coisa em seus estudos correntes chocava os mais calejados dos outros decadentistas.

Foi no terceiro ano do casamento que Edward começou a insinuar-me abertamente um certo medo e insatisfação. Ele deixava cair observações sobre coisas "indo longe demais" e falava muito sombrio sobre a necessidade de "preservar sua identidade". De início ignorei essas referências, mas com o tempo comecei a inquiri-lo discretamente, lembrando-me do que a filha de meu amigo havia dito sobre a influência hipnótica de Asenath sobre as outras garotas da escola — casos em que alunas haviam pensado estar dentro do corpo dela, olhando para si próprias à frente. Essa inquirição pareceu deixá-lo ao mesmo tempo alarmado e agradecido, e certa vez ele murmurou alguma coisa sobre ter uma conversa séria comigo, mais tarde.

Por essa época, o velho Sr. Derby morreu, o que, mais tarde, me deixou muito grato. Edward ficou perturbado demais, mas de modo algum perdido. Desde o casamento, ele mal via o pai, visto que Asenath concentrara em si todo o sentido vital dos laços familiares dele. Alguns o chamaram de insensível pela perda — especialmente depois que aqueles modos lépidos e autoconfiantes no carro começaram a aumentar. Ele quis mudar-se de volta para a velha mansão dos Derby, mas Asenath insistiu em ficar na casa de Crowninshield, com que se acostumara.

Pouco tempo depois, minha esposa ouviu uma história curiosa de uma amiga — uma das poucas que não havia rompido com os Derby. Ela fora até o final da High Street visitar o casal e viu um carro sair voando pelo passeio com o rosto curiosamente confiante e quase zombeteiro de Edward ao volante. Tocando a campainha, foi informada pela repulsiva criada que Asenath também havia saído, mas pôde dar uma olhada na casa antes de se afastar. Ali, pelas janelas da biblioteca de Edward, ela vislumbrou um rosto que se afastou depressa — um rosto de uma pungência indescritível, marcado por uma expressão de dor, derrota e melancólica desesperança. Era — por incrível que pareça, tendo em vista sua vocação autoritária — o rosto de Asenath, mas a visitante jurou que naquele instante eram os olhos tristes e desamparados do pobre Edward que estavam fitando de dentro daqueles olhos.

As visitas de Edward haviam então se tornado um pouco mais frequentes, e suas insinuações às vezes concretas. O que ele dizia não era digno de crédito, mesmo na lendária e secular Arkham, mas ele despejava sua tétrica erudição com uma sinceridade e uma convicção que depunham contra a sua sanidade mental. Falava de assembleias medonhas em locais ermos, de ruínas ciclópicas no coração dos bosques do Maine, debaixo das quais vastas escadarias levavam para abismos de segredos sepulcrais, de ângulos complexos que conduziam, através de paredes invisíveis, para outras regiões do espaço e do tempo, e de hediondas trocas de personalidade que permitiam explorações em locais remotos e proibidos de outros mundos, e em diferentes contínuos espaço-tempo.

Às vezes, ele secundava certas sugestões alucinadas, mostrando objetos que me deixavam pasmo — objetos de cores enganosas e texturas enganadoras como jamais se ouviu falar na Terra, com curvas e superfícies insanas que não serviam a nenhum propósito, muito menos seguiam alguma geometria concebível. Essas coisas, dizia ele, vinham "de fora", e sua esposa sabia como consegui-las. Às vezes — mas sempre em sussurros ambíguos e aterrorizados —, ele sugeria coisas sobre o velho Ephraim Waite, a quem via ocasionalmente na biblioteca da universidade, nos velhos tempos. Essas insinuações nunca eram específicas, antes parecendo girar em torno de alguma dúvida em particular terrível sobre se o velho bruxo estava mesmo morto — tanto em sentido espiritual, quanto corporal.

De vez em quando, Derby interrompia bruscamente suas revelações e eu ficava pensando se Asenath poderia ter adivinhado o teor de sua conversa a distância e o feito parar através de algum tipo desconhecido de mesmerismo telepático — algum poder do tipo que ela demonstrava na escola. Ela decerto suspeitava que ele me fazia revelações, pois com o passar das semanas, tentou impedir suas visitas com palavras e olhares da mais inexplicável intensidade. Ele tinha dificuldade em vir me visitar, pois mesmo pretextando ir a outra parte, alguma força invisível bloqueava amiúde seus movimentos ou o fazia esquecer-se de seu destino naquele momento. Suas visitas em geral aconteciam quando Asenath estava fora — "fora, mas seu próprio corpo", como ele certa vez colocou. Ela sempre descobria depois — os criados vigiavam as idas e vindas dele —, mas evidentemente não considerou oportuno tomar alguma providência drástica.

IV

Derby já estava casado há mais de três anos naquele dia de agosto em que me chegou o telegrama do Maine. Eu havia ficado dois meses sem vê-lo, mas ouvira dizer que ele tinha viajado "a negócios". Asenath, ao que se supunha, fora com ele, embora os fofoqueiros vigilantes declarassem que havia alguém no primeiro andar da casa, por trás das cortinas duplas das janelas. Eles haviam espreitado as compras feitas pelos criados. E agora o chefe de polícia de Chesuncook telegrafara sobre o louco enxovalhado que saíra cambaleando dos bosques com alucinações delirantes e clamando pela minha proteção. Era Edward — e ele só conseguira recordar o seu próprio e o meu nome e meu endereço.

Chesuncook fica perto do mais selvagem, mais denso e menos devassado cinturão florestal do Maine, e levei um dia inteiro me sacolejando por uma paisagem fantástica e hostil para chegar de carro até lá. Encontrei Derby numa cela do asilo da cidadezinha, hesitando entre acessos de delírio e apatia. Reconheceu-me na hora e começou a despejar uma torrente de palavras confusas e sem sentido na minha direção.

"Dan — pelo amor de Deus! A cova dos shoggoths! Descendo os seis mil degraus... a abominação das abominações... eu nunca deixaria ela me levar, e então eu me vi lá... Iä! Shub-Niggurath!... O vulto se levantou do altar, e lá estavam quinhentos uivando... A Coisa Encapuzada berrava 'Kamog! Kamog!' — era este o nome secreto do velho Ephraim na reun... Eu estava lá, onde ela prometeu que não me levaria... Um minuto antes eu estava trancado na biblioteca, e então eu estava lá aonde ela tinha ido com meu corpo — no lugar da suprema blasfêmia, a cova ímpia onde começa o reino das trevas e o guardião vigia o portal... Eu vi um shoggoth... ele mudava de forma... Não posso suportar... Não vou suportar... Vou matá-la se me mandar lá de novo... Vou matar essa coisa... ela, ele, a coisa... Vou matá-la! Vou matá-la com as próprias mãos!" Foi preciso uma hora para acalmá-lo, mas ele enfim se tranquilizou. No dia seguinte, arrumei-lhe umas roupas decentes no vilarejo e partimos juntos para Arkham. Seu ataque histérico havia passado, e ele ficou inclinado ao silêncio, embora começasse a murmurar coisas obscuras consigo mesmo quando o carro cruzou Augusta — como se a visão de uma cidade despertasse recordações desagradáveis. Era evidente que ele não queria ir para casa, e considerando os delírios fantásticos que parecia ter sobre a esposa — delírios decerto decorrentes de alguma experiência hipnótica real a que fora submetido — pensei ser melhor que não fosse. Decidi que eu mesmo iria acomodá-lo por algum tempo, a despeito do possível desagrado de Asenath. Mais tarde eu o ajudaria a obter o divórcio, pois havia, com toda certeza, fatores mentais que tornavam aquele casamento suicida para ele.

Quando entramos em campo aberto, os murmúrios de Derby foram sumindo e ele cochilou, com a cabeça pendida, no assento ao meu lado, enquanto eu guiava.

Durante nossa passagem ao entardecer por Portland, os murmúrios recomeçaram, mais distintos do que antes, e quando conseguia ouvi-los, identificava uma torrente de disparates totalmente desvairados sobre Asenath. O tanto que ela atormentara os nervos de Edward estava claro, pois ele havia tecido todo um conjunto de alucinações a respeito dela. Seu estado atual, resmungava furtivamente, era apenas um de uma longa série. Ela se estava apoderando dele, e ele sabia que algum dia não o deixaria mais partir. Mesmo agora era provável que ela só o deixasse sair quando tinha necessidade, porque não podia retê-lo muito tempo de cada vez. Ela se apoderava sempre de seu corpo e ia a lugares inomináveis para ritos inomináveis, deixando-o no corpo dela, trancado no primeiro andar — mas às vezes não conseguia retê-lo, e ele se achava de repente no próprio corpo em algum lugar muito distante, pavoroso e talvez desconhecido. Às vezes ela se apoderava dele de novo, mas noutras não conseguia. Em muitas ocasiões ele era largado em algum lugar como aquele em que eu o encontrara... inúmeras vezes ele tinha de voltar de distâncias tremendas para casa, arranjando alguém para guiar o carro depois de encontrá-lo.

O pior era que ela se estava apoderando dele mais e mais tempo de cada vez. Ela queria ser um homem — ser completamente humano — e por isso se apoderava dele. Havia identificado nele uma combinação de cérebro bem constituído e vontade fraca. Algum dia ela o ocuparia de todo e desapareceria com seu corpo — desapareceria para se tornar um grande feiticeiro como seu pai e o deixaria ilhado naquela casca feminina que nem inteiramente humana era. Sim, agora ele entendia o sangue de Innsmouth. Tinha havido uma conspiração com criaturas marinhas — era horrível... E o velho Ephraim, ele havia conhecido o segredo, e quando ficou velho fez uma coisa abominável para se manter vivo... ele pretendia viver para sempre... Asenath conseguiria — uma demonstração bem-sucedida já havia ocorrido.

Enquanto Derby prosseguia com suas lamúrias, observei-o atentamente comprovando a impressão de mudança que uma observação anterior me causara. O paradoxo era que ele parecia em melhor forma do que o normal — mais firme, mais maduro e sem o traço de languidez doentia causado por seus hábitos indolentes. Era como se fosse de fato ativo e vigoroso pela primeira vez em sua mimada vida, e imaginei que o poder de Asenath o devia ter empurrado para vias não habituais de ação e vivacidade. Mas naquele momento sua mente estava num estado lamentável, pois ele resmungava extravagâncias desvairadas sobre a esposa, magia negra, o velho Ephraim e uma certa revelação que até a mim convenceria. Repetia nomes que eu reconhecia por ter folheado volumes proibidos no passado, e, às vezes, fazia--me estremecer com uma certa linha de consistência mitológica

— de coerência convincente — que percorria seus balbucios. De tempos em tempos, fazia uma pausa, como se estivesse juntando forças para alguma revelação suprema e terrível.

"Dan, Dan, não se lembra dele — o olhar feroz e a barba desgrenhada que nunca embranquecia? Ele me encarou uma vez, e eu jamais pude esquecê-lo. Agora *ela* me encara daquela maneira. *E eu sei por quê!* Ele a descobriu no *Necronomicon* — a fórmula. Não ouso dizer-lhe a página ainda, mas quando o fizer, você poderá ler e compreender. Aí você vai saber o que me tragou. Em frente, em frente, em frente, em frente — de corpo para corpo para corpo — ele não pretende morrer jamais. A centelha da vida — ele sabe como romper o elo... ela pode arder por algum tempo mesmo depois que o corpo está morto. Vou dar-lhe pistas, e talvez você possa imaginar. Ouça, Dan — sabe por que minha mulher se esforça tanto com aquela estúpida escrita de trás pra frente? Já viu um manuscrito do velho Ephraim? Quer saber por que eu me arrepiei quando vi umas anotações apressadas que Asenath havia feito?

"Asenath... *será que existe essa pessoa?* Por que eles suspeitam que houvesse veneno no estômago do velho Ephraim? Por que os Gilman murmuram sobre a maneira como ele gritava — como uma criança apavorada — quando ficou louco e Asenath o trancou no quarto almofadado do sótão onde — o outro — havia estado? *Seria a alma do velho Ephraim que estava trancada? Quem havia trancado quem?* Por quê, durante meses, ele andara à procura de alguém com mente boa e vontade fraca? Por que ele maldizia por sua filha não ser um filho? Diga-me, Daniel Upton — *que troca diabólica foi eternizada na casa de horror onde aquele monstro blasfemo tinha a filha confiável, de vontade fraca e meio humana à sua mercê?* Não a terá tornado permanente, como ela fará comigo, no final? Diga-me por que essa coisa que se chama Asenath escreve de maneira diferente quando está com a guarda aberta, *de forma que não se consegue diferenciar sua escrita da...*"

Foi então que a coisa aconteceu. A voz de Derby progredia para um grito agudo em seu delírio, quando foi abruptamente interrompida com um clique quase mecânico. Pensei naquelas outras ocasiões em minha casa quando suas confidências cessavam de repente — quando eu suspeitara que alguma obscura onda telepática da força mental de Asenath estava interferindo para silenciá-lo. Esta, porém, era alguma coisa inteiramente diferente e, senti, muitíssimo mais horrível. O rosto ao meu lado se desfigurou até ficar quase irreconhecível por um instante, enquanto um estremecimento percorreu seu corpo todo. Era como se todos os ossos, órgãos, músculos, nervos e glândulas estivessem se reacomodando numa postura, num ajuste de tensões e numa personalidade geral radicalmente diferentes.

Eu não saberia dizer, por mais que quisesse, onde residia o horror supremo, mas fui varrido por uma tal onda de enjoo e repugnância — uma sensação tão paralisante, petrificante, de absoluta estranheza e anormalidade — que minha empunhadura no volante ficou fraca e insegura. A figura ao meu lado parecia menos um amigo de toda a vida do que alguma intrusão monstruosa do espaço — algum foco maldito, de todo execrável, de forças cósmicas malignas e misteriosas.

Fiquei desacorçoado por um breve momento, mas um instante depois meu companheiro havia empunhado o volante e me obrigara a trocar de lugar com ele. O crepúsculo já estava muito denso, havia escurecido bastante, então, e as luzes de Portland já haviam ficado muito para trás, não me permitindo discernir perfeitamente o seu rosto. O brilho de seus olhos, porém, era assombroso, e eu sabia que ele devia estar naquela estranha condição energética — tão distinta de seu modo de ser habitual — que tantas pessoas haviam notado. Parecia estranho, incrível, que o lânguido Edward Derby — incapaz de se proteger e que jamais aprendera a dirigir — estivesse me dando ordens e assumindo o volante do meu próprio carro, mas foi isso mesmo o que ocorreu. Ele ficou sem falar durante algum tempo, e, em meio a meu inexplicável horror, fiquei contente que não o fizesse.

Sob as luzes de Biddeford e Saco, pude ver seus lábios bem apertados, e estremeci com o brilho de seus olhos. As pessoas estavam certas — ele se parecia terrivelmente com a esposa e com o velho Ephraim quando estava naquele estado. Não era de espantar que seus modos provocassem repulsa — havia neles alguma coisa de anormal e diabólico, e senti com maior força ainda o elemento sinistro devido aos delírios alucinados que ouvira pouco antes. Com todo meu antigo conhecimento, de toda uma vida, sobre Edward Pickman Derby, aquele homem era um estranho — um intruso vindo de alguma espécie de abismo negro e infernal.

Ele não abriu a boca até chegarmos a um trecho escuro da estrada e quando o fez, sua voz me pareceu muito pouco familiar. Era mais profunda, mais firme e mais decidida do que todas as que já pudera dele escutar, enquanto seu sotaque e sua pronúncia estavam modificados por completo — embora com vagas, remotas e perturbadoras lembranças de alguma coisa que não consegui situar direito. Creio que exibia um traço irônico muito profundo e genuíno no timbre — não a pseudoironia vistosa, viva, de inocente "sofisticado" que Derby costumava aparentar, mas alguma coisa soturna, essencial, penetrante e potencialmente má. Fiquei estarrecido com aquela atitude de autocontrole seguindo tão de perto a articulação daqueles resmungos aterrorizados.

"Quero que esqueça meu acesso de há pouco, Upton", ele dizia. "Você sabe como são meus nervos e imagino que possa desculpar essas coisas. Estou muitíssimo grato, é claro, por essa carona para casa.

"E também deve esquecer qualquer coisa maluca que eu possa ter dito sobre a minha mulher — e sobre coisas em geral.

É isso que dá estudar demais um campo como o meu. Minha filosofia está repleta de conceitos bizarros e quando a mente fica exausta, ela cozinha toda a sorte de aplicações concretas fantasiosas. Vou tirar um descanso a partir de agora — você provavelmente não me verá por algum tempo, e não deve culpar Asenath por isso.

"Essa viagem foi um tanto esquisita, mas é tudo muito simples. Há certas relíquias indígenas nos bosques do norte — monumentos de pedra e coisas assim — de grande importância para o folclore, e Asenath e eu estamos pesquisando essas coisas. Foi uma busca trabalhosa, e parece que perdi a cabeça. Vou mandar alguém recuperar o carro quando chegar em casa. Um mês de repouso vai colocar-me em forma de novo."

Não me lembro da minha parte na conversa, pois a estranheza desconcertante de meu companheiro de viagem enchia-me a cabeça. A cada instante, meu indefinível sentimento de horror cósmico ia aumentando, até me deixar num virtual delírio de ansiedade pelo fim da viagem. Derby não se ofereceu para me devolver o volante e me alegrou a velocidade com que passamos por Portsmouth e Newburyport.

No entroncamento de onde a estrada principal segue para o interior evitando Innsmouth, fiquei um pouco apreensivo que meu motorista enveredasse pela tenebrosa estrada costeira para aquele lugar maldito. Não foi o que ele fez. Acelerou para nosso destino, cruzando com rapidez por Rowley e Ipswich. Chegamos em Arkham antes da meia-noite e encontramos as luzes ainda acesas no velho solar de Crowninshield. Derby saiu do carro com uma apressada repetição de agradecimentos, e eu fui para casa sozinho, com uma estranha sensação de alívio. A viagem havia sido terrível — mais terrível ainda porque eu não saberia dizer o porquê — e não lamentei a previsão de Derby de uma longa ausência de minha companhia.

V

Os dois meses seguintes foram cheios de rumores. Pessoas falavam de ter visto Derby cada vez mais em seu novo estado enérgico, e Asenath raramente estava em casa para as poucas pessoas que os procuravam. Recebi apenas uma breve visita de Edward, quando ele apareceu no carro de Asenath — devidamente recuperado do lugar onde o fora deixado no Maine — para pegar uns livros que me havia emprestado. Ele estava em seu novo estado, e demorou-se apenas o tempo suficiente para algumas observações evasivas e polidas. Era evidente que não tinha nada sobre o que conversar comigo quando estava daquele jeito — e notei que nem se dera ao trabalho de usar o velho código três-mais-dois ao tocar a campainha. Como acontecera naquela noite, no carro, senti um horror vago, mas muitíssimo mais profundo que não saberia explicar, e a sua partida precipitada me caiu como um alívio imenso.

Em meados de setembro, Derby ficou uma semana fora e umas pessoas bem informadas do grupo decadentista da universidade falaram do caso, sugerindo uma reunião com um notório líder de culto recém-expulso da Inglaterra, que se estabelecera em Nova York. De minha parte, não conseguia tirar da cabeça aquela estranha viagem de volta do Maine. A transformação que havia testemunhado me afetara sobremaneira, e eu me pegava, vezes e mais vezes, tentando entender a coisa — e o supremo horror que ela me havia inspirado.

Mas os rumores mais extravagantes eram aqueles sobre os soluços no velho solar de Crowninshield. A voz parecia ser de mulher, e alguns dos mais jovens acreditavam que se assemelhava à de Asenath. Eram ouvidos apenas esparsamente, e às vezes como se sufocados, à força. Falou-se de uma investigação, que foi descartada no dia em que Asenath circulou pelas ruas e tagarelou animadamente com muitos conhecidos — desculpando-se por suas recentes ausências e falando, aqui e ali, sobre o colapso nervoso e a histeria de um hóspede seu vindo de Boston. O hóspede jamais foi visto, mas a presença de Asenath punha um fim aos rumores. Mas alguém complicou as coisas murmurando que os soluços haviam sido, uma ou duas vezes, de voz masculina.

Certa noite de meados de outubro, ouvi o familiar toque três-mais-dois da campainha na porta da frente. Atendendo pessoalmente, encontrei Edward nos degraus, e percebi, no mesmo instante, que estava ali com sua antiga personalidade, a que eu não via desde o dia de seu delírio naquela terrível viagem de Chesuncook. Seu rosto estava desfigurado por uma mistura de emoções estranhas na qual medo e triunfo pareciam dividir o controle, e ele olhou furtivamente para trás, por cima de seus ombros, enquanto eu fechava a porta às suas costas.

Seguindo-me sem jeito até o estúdio, pediu uísque para refazer os nervos. Abstive-me de questioná-lo, esperando que se sentisse à vontade para dizer o que queria. Enfim, ele aventurou algumas informações com voz abafada.

"Asenath foi embora, Dan. Tivemos uma longa conversa ontem à noite enquanto os criados estavam fora, e fiz com que prometesse parar de me perseguir. É óbvio que eu tinha algumas — algumas defesas secretas que nunca lhe contei. Ela tinha de ceder, mas ficou zangada demais. Simplesmente fez as malas e partiu para Nova York — saiu em tempo de pegar o 8:20 para Boston. Imagino que as pessoas vão comentar, mas não posso evitar. Não precisa mencionar que houve algum problema — diga apenas que ela saiu para uma longa viagem de pesquisa.

"É bem provável que ela vá ficar com um de seus horríveis grupos de devotos. Espero que vá para o Oeste e consiga o divórcio — de qualquer forma, a fiz prometer que ficaria longe e me deixaria em paz. Foi horrível, Dan — ela estava roubando meu corpo, me ocupando, me aprisionando. Eu me humilhei e fingi deixá-la fazer isso, mas tinha de ficar em guarda. Eu poderia planejar se fosse cuidadoso, pois ela não pode ler a minha mente literalmente, ou em detalhes. Tudo que ela conseguia captar de meus planos, era uma espécie de rebeldia genérica — e ela sempre achava que eu estava desamparado. Nunca pensou que eu poderia extrair o máximo dela... mas eu tinha um feitiço ou dois que funcionavam."

Derby olhou por cima dos ombros e serviu-se de mais uísque.

"Acertei as contas com os malditos criados esta manhã, quando voltaram. Eles ficaram possessos e fizeram perguntas, mas foram embora. São da mesma laia dela — gente de Innsmouth — e eram unha e carne com ela. Espero que me deixem em paz, não gostei do jeito como riam quando se foram. Preciso conseguir o máximo que puder dos velhos criados de papai. Agora vou voltar para casa.

"Imagino que me ache louco, Dan, mas a história de Arkham deve sugerir coisas em reforço disso tudo que lhe contei, e do que vou contar-lhe. Você viu uma transformação, também, no carro, depois que lhe contei sobre Asenath naquele dia, voltando do Maine. Foi quando ela me pegou — me expulsou do meu corpo. A última coisa de que me lembro da viagem foi quando estava tentando dizer-lhe *o que é aquela diaba*. Aí ela me pegou e num instante eu estava lá em casa — na biblioteca, onde aqueles malditos criados me haviam trancado — e naquele maldito corpo endiabrado... que nem humano é... Sabe, foi com ela que você deve ter viajado para casa... aquela loba rapinando meu corpo... Você deve ter notado a diferença!"

Estremeci, enquanto Derby se calava. Sim, eu *havia* percebido a diferença — mas poderia aceitar uma explicação tão insana como essa? Mas meu perturbado visitante estava ficando cada vez mais alucinado.

"Eu tinha de me salvar — eu tinha, Dan! Ela me teria levado, definitivamente, para a Festa de Todos os Santos, eles festejam um Sabá para além de Chesuncook, e o sacrifício teria resolvido as coisas. Ela se teria apossado para sempre de mim... ela seria eu, e eu seria ela... para sempre... tarde demais... Meu corpo seria dela para sempre... Ela seria um homem, um homem completo, como pretendia... Imagino que me tiraria do caminho — mataria seu próprio corpo antigo comigo dentro, maldita seja, *como já fez antes* — como ela, ele, ou a coisa fez antes..."

O rosto de Edward estava dolorosamente desfigurado quando o inclinou, para meu desconforto, para perto do meu, enquanto sua voz se resumia a um sussurro.

"Você deve saber o que insinuei no carro — *que ela não é de modo algum Asenath, mas o próprio velho Ephraim*. Suspeitei disso há um ano e meio, mas agora sei. A caligrafia dela o comprova quando ela está distraída: às vezes ela rascunha alguma anotação que é tal e qual os manuscritos de seu pai, letra por letra; e às vezes diz coisas que ninguém, exceto um velho como Ephraim, poderia dizer. Ele trocou de forma com ela quando sentiu a morte aproximar-se — ela foi a única que ele pôde encontrar com o tipo apropriado de cérebro e vontade fraca o bastante —, ficou com o seu corpo para sempre, assim como ela quase ficou com o meu, e depois envenenou o corpo antigo em que ele a havia colocado. Não percebeu a presença da alma do velho Ephraim fitando pelos olhos daquela diaba dezenas de vezes... e dos meus, quando ela controlava o meu corpo?"

Ofegando, Edward cessou os murmúrios para recuperar o fôlego. Eu não disse nada e quando recomeçou, sua voz estava quase normal. Isso, refleti, era caso para hospício, mas não seria eu quem o enviaria para lá. Talvez o tempo e a separação de Asenath fizessem seu trabalho. Dava para perceber que ele jamais meteria o nariz no mórbido ocultismo outra vez.

"Vou contar-lhe mais depois — preciso de um bom descanso agora. Vou contar-lhe um pouco dos horrores ocultos aos quais ela me levou — um pouco sobre os horrores imemoriais que ainda agora supuram em rincões distantes com alguns sacerdotes monstruosos para mantê-los vivos. Algumas pessoas sabem coisas sobre o universo que ninguém deveria saber, e podem fazer coisas que ninguém deveria poder. Estive metido até o pescoço nisso, mas é o fim. Hoje eu queimaria o maldito *Necronomicon* e todo o resto se fosse bibliotecário na Miskatonic.

"Mas agora ela não pode pegar-me. Preciso sair daquela casa amaldiçoada o quanto antes e me instalar na minha própria casa. Você vai me ajudar, eu sei, se eu precisar de ajuda. Aqueles criados diabólicos, sabe... e se as pessoas ficarem muito curiosas sobre Asenath. Olhe, não posso dar o endereço dela a eles... Depois, existem certos grupos de pesquisadores — certos cultos, sabe — que poderiam interpretar mal nosso rompimento... alguns têm métodos e ideias bastante bizarros. Sei que você ficará do meu lado se alguma coisa acontecer... mesmo que eu tenha de lhe contar muita coisa que possa chocá-lo..."

Fiz Edward ficar e dormir no quarto de hóspedes naquela noite e, pela manhã, ele parecia mais calmo. Discutimos alguns arranjos possíveis sobre sua mudança para a mansão dos Derby, e torci para que não perdesse tempo em se mudar. Na noite seguinte ele não apareceu, mas eu o vi com frequência nas semanas seguintes. Conversamos o mínimo possível sobre coisas estranhas e desagradáveis, mas discutimos a redecoração da velha casa dos Derby, e as viagens que Edward prometera fazer comigo e meu filho no verão seguinte.

De Asenath quase não falávamos, pois eu podia perceber que o tema lhe era particularmente perturbador. Os rumores, é claro, se espalhavam, mas não houve novidades relacionadas à estranha e velha casa de Crowninshield. Uma coisa de que não gostei foi o que o banqueiro de Derby deixou escapar, em momento de euforia, no Clube Miskatonic, sobre os cheques que Edward estava mandando sempre para certos Moses e Abigail Sargent e certa Eunice Babson em Innsmouth. Era como se aqueles criados abjetos estivessem extorquindo algum tipo de imposto dele — embora não me tivesse mencionado o assunto.

Gostaria que o verão — e as férias do meu filho em Harvard — chegassem, para podermos levar Edward à Europa. Logo vi que ele não estava se restabelecendo tão rapidamente quanto eu esperava, pois havia algo de histérico em seus momentos ocasionais de satisfação, enquanto os momentos de pavor e depressão eram frequentes demais. A velha casa dos Derby ficou pronta em dezembro, mas Edward adiava repetidas vezes a mudança. Embora odiasse e parecesse temer a casa de Crowninshield, estava, ao mesmo tempo, curiosamente escravizado a ela. Parecia que ele não conseguia começar a desmontar as coisas, e inventava toda sorte de desculpas para adiar a mudança. Quando chamei sua atenção para isso, ele me pareceu assustado sem razão. O velho mordomo de seu pai — que estava lá com outros criados de família recuperados — contou-me, certo dia, que as andanças ocasionais de Edward pela casa, e especialmente pelo porão, lhe pareciam estranhas e perigosas. Eu quis saber se Asenath não lhe andara escrevendo cartas perturbadoras, mas soube, pelo mordomo, que não chegara nenhuma correspondência que pudesse ter vindo dela.

VI

Foi perto do Natal que Derby sucumbiu, certa noite, quando me visitava. Eu estava levando a conversa sobre as viagens do verão seguinte quando ele soltou um grito agudo e saltou da cadeira com uma expressão de terrível e incontrolável pavor — de uma repulsa e um terror cósmico que só os abismos inferiores do pesadelo poderiam provocar em qualquer mente sã.

"Meu cérebro! Meu cérebro! Por Deus, Dan — ela está puxando — do além — martelando — agarrando — aquela demônia — neste instante — Ephraim — Kamog! Kamog! — O poço dos shoggoths — Iä! Shub-Niggurath! O Bode com Mil Filhotes!...

"A chama — a chama... além do corpo, além da vida... na Terra... oh, Deus!..."

Empurrei-o de novo para a cadeira e derramei um pouco de vinho pela sua garganta quando seu delírio se desfez num estado de estupor. Ele não opôs resistência, mas continuou mexendo os lábios como se estivesse falando sozinho. Percebi então que estava tentando falar comigo e aproximei o ouvido de sua boca para entender as palavras balbuciadas.

"... de novo, de novo... ela está tentando... eu devia saber... nada pode parar aquela força; nem distância, nem magia, nem a morte... ela vem e vem, principalmente à noite... não posso deixar... é horrível... oh, Deus, Dan, *se soubesse como eu o quanto é horrível...*"

Quando ele mergulhou no estado de estupor, acomodei-o com travesseiros e deixei que fosse dominado pelo sono natural. Não chamei um médico imaginando o que não diriam de sua sanidade mental, e quis dar uma chance à natureza, se fosse possível. Ele despertou à meia-noite, e eu o coloquei na cama, no andar de cima, mas, pela manhã, ele se fora. Saíra de casa na calada. Telefonei atrás dele, e seu mordomo disse que ele estava em casa andando sem parar, de um lado para outro, na biblioteca.

Edward se descontrolou rapidamente depois daquilo. Não tornou a me visitar, mas eu ia vê-lo todo dia. Eu o encontrava sempre olhando para o vazio, sentado na biblioteca, com uma expressão anormal de alguém que está tentando *escutar* alguma coisa. Às vezes sua conversa era racional, mas sempre sobre assuntos triviais. Qualquer menção ao seu problema, a planos futuros ou a Asenath o deixava histérico. O mordomo dizia que ele tinha acessos de pavor à noite, durante os quais poderia acabar se ferindo.

Tive longas conversas com seu médico, seu banqueiro e seu advogado e finalmente levei outro clínico e dois colegas especialistas para vê-lo. As convulsões provocadas pelas primeiras perguntas foram violentas e deploráveis — e naquela mesma noite, um carro fechado levou seu pobre corpo dilacerado para o Sanatório de Arkham. Nomearam-me seu tutor e eu o visitava duas vezes por semana — quase chorando ao ouvir seus gritos desvairados, seus murmúrios estarrecedores e as terríveis, monótonas repetições de frases como "Tinha de fazer — tinha de fazer... vai me pegar... vai me pegar... lá... lá no escuro... Mãe! Mãe! Dan! Me salvem... me salvem..."

Ninguém saberia dizer quanta esperança de recuperação haveria, mas tentei, ao máximo, ser otimista. Edward precisaria de um lar caso se recuperasse, por isso transferi seus criados para a mansão dos Derby, que certamente seria a sua escolha se estivesse são. O que fazer da casa de Crowninshield com suas providências complexas e coleções de objetos de todo inexplicáveis, eu não poderia decidir, por isso deixei-a provisoriamente intacta — dizendo ao pessoal de Derby para ir até lá espanar o pó dos quartos principais uma vez por semana e ordenando ao encarregado da caldeira para deixá-la acesa naqueles dias.

O pesadelo final aconteceu antes do dia da Candelária[4] — anunciado, cruel ironia, por um falso brilho de esperança. Numa manhã do final de janeiro, telefonaram do sanatório para informar que Edward havia recuperado de repente a razão. Sua memória estava muito fraca, mas a sanidade mental era garantida. Ele devia permanecer algum tempo em observação, é claro, mas não havia muitas dúvidas sobre o resultado. Se tudo saísse bem, ele poderia receber alta em uma semana.

Corri para lá cheio de satisfação, mas fiquei desconcertado quando uma enfermeira me levou ao quarto de Edward. O paciente levantou-se para me cumprimentar, estendendo as mãos

[4] Dia 2 de fevereiro, Festa da Purificação da Virgem Maria. (N.T.)

com um sorriso polido, mas eu percebi, no mesmo instante, que exibia aquela personalidade estranhamente enérgica que parecia tão diferente da de sua natureza — a personalidade competente que eu tinha achado um pouco horrível e que o próprio Edward havia jurado, certa vez, que era a alma intrusa da esposa. Ali estavam o mesmo olhar brilhante — como o de Asenath e do velho Ephraim — e a mesma boca firme, e quando falou, pude sentir a mesma ironia penetrante e soturna em sua voz — a ironia profunda tão sugestiva de uma malignidade potencial. Aquela era a pessoa que havia dirigido meu carro durante a noite, cinco meses antes — a pessoa que eu não vira desde aquela breve visita em que ela havia esquecido o antigo código da campainha e incitado em mim pavores nebulosos — e agora me enchia do mesmo sentimento sombrio de ímpia estranheza e inefável abominação cósmica.

Ele falou afavelmente sobre os arranjos para a alta — e não me restava nada a fazer senão concordar, apesar de algumas lacunas notáveis em suas memórias recentes. Eu sentia, porém, que havia alguma coisa terrivelmente, inexplicavelmente errada e anormal. Havia horrores nessa criatura os quais eu não podia perceber. Era uma pessoa de mente sã, mas seria mesmo o Edward Derby que eu conhecia? Se não era, quem ou o quê seria, *onde estava Edward?* Devia ser solta ou confinada... ou devia ser extirpada da face da Terra? Havia um traço de ironia abissal em tudo que a criatura dizia — os olhos de Asenath emprestavam um ar de zombaria especial e desconcertante a certas palavras sobre "a liberdade prematura conquistada por um *confinamento especialmente rígido*". Devo ter-me comportado de maneira muito desajeitada e fiquei feliz ao bater em retirada.

Durante todo aquele dia e o seguinte, quebrei a cabeça com o problema. O que teria acontecido? Que espécie de mente olhava por aqueles olhos alheios no rosto de Edward? Eu não conseguia pensar em mais nada além daquele enigma obscuro e terrível, e desisti completamente de meu trabalho usual. Na segunda manhã, telefonaram do hospital para dizer que o estado do paciente permanecia inalterado, e à noite, eu cheguei à beira de um colapso nervoso — um estado que admito, embora outros vão jurar que ele alterou minha capacidade de observação subsequente. Nada tenho a dizer sobre esse ponto, exceto que nenhuma loucura minha poderia explicar *todas* as evidências.

VII

Foi à noite — depois daquela segunda noite — que o horror total, absoluto, me invadiu, oprimindo meu espírito com um pavor tétrico e arrebatador do qual ele não poderá libertar-se jamais. Começou com uma chamada telefônica pouco antes da meia-noite. Eu era a única pessoa acordada e, sonolento, peguei o receptor na biblioteca. Não parecia haver ninguém na linha e eu estava quase desligando e indo para a cama quando meu ouvido captou uma suspeita de som muito tênue do outro lado. Seria alguém tentando falar com muita dificuldade? Enquanto tentava escutar, pensei ouvir uma espécie de líquido borbulhando — *"glub... glub... glub"* — que produzia uma estranha sugestão de divisões de sílabas e palavras desarticuladas, ininteligíveis. Disse "Alô?" mas a única resposta foi *"glub-glub... glub-glub"*. Só pude supor que o ruído era mecânico, mas imaginando que pudesse ser um defeito do aparelho que impedia de falar mas não de ouvir, acrescentei: "Não estou conseguindo ouvir. É melhor desligar e tentar Informação." Na hora escutei o receptor ser pendurado no gancho, na outra ponta.

Isso, como disse, ocorreu pouco antes da meia-noite. Quando a ligação foi rastreada, mais tarde, descobriu-se que viera da velha casa de Crowninshield, embora faltasse ainda meia semana para o dia da faxina. Apenas indicarei o que foi encontrado naquela casa — o alvoroço numa remota dispensa do porão, as pegadas, a sujeira, o guarda-roupa remexido às pressas, as marcas enigmáticas no telefone, o papel de carta usado de maneira canhestra e o pavoroso mau cheiro espalhado por toda parte. Os policiais, pobres tolos, fizeram suas teoriazinhas sobre um roubo, e ainda estão procurando aqueles sinistros criados despedidos — que haviam sumido de vista em meio à agitação reinante. Falam de uma vingança diabólica por coisas que foram feitas, e dizem que eu estava incluído porque era o melhor amigo e conselheiro de Edward.

Idiotas! — imaginam eles, talvez, que aqueles palhaços abrutalhados poderiam ter forjado aquela caligrafia? Imaginam que poderiam ter causado o que veio depois? E estarão cegos para as transformações daquele corpo que foi de Edward? Quanto a mim, *eu agora acredito em tudo que Edward Derby me contou*. Existem horrores além das fronteiras da vida de que não suspeitamos e, às vezes, a malignidade humana os coloca dentro de nosso alcance. Ephraim — Asenath — aquele demônio os convocou, e eles tragaram Edward assim como estão me tragando.

Posso estar certo de que estou em segurança? Aquelas potências sobrevivem à vida da forma física. No dia seguinte — à tarde, quando saí de meu estado de prostração e fui capaz de andar e falar coerentemente —, fui até o asilo e atirei para matar, para o bem de Edward e do mundo, mas posso estar seguro antes de ele ser cremado? Estão preservando o corpo para a realização de tolas autópsias por vários médicos — mas eu digo que ele deve ser cremado. *Ele deve ser cremado — ele que não era Edward Derby quando o matei.* Ficarei louco se não o for, pois eu poderei ser o próximo. Mas minha vontade não é fraca — e não a deixarei ser minada pelos terrores que eu sei que estão à espreita. Uma vida — Ephraim, Asenath e Edward — quem agora? Eu *não* serei retirado de meu corpo... eu *não* trocarei de alma com aquele cadáver baleado no asilo!

Mas deixem-me tentar contar de maneira coerente aquele horror final. Não falarei do que a polícia sistematicamente ignorou

— os relatos sobre aquelas coisas anãs, grotescas e malcheirosas encontradas por, pelo menos, três caminhantes na High Street, pouco antes das duas da manhã, e sobre a natureza das pegadas simples em certos locais. Direi apenas que, por volta das duas, a campainha e a aldrava me acordaram — campainha e aldrava, ambas, soadas de maneira alternada e incerta, numa espécie de desespero impotente, e *cada uma tentando repetir o velho código de três-mais-duas batidas de Edward*.

Despertando de um sono profundo, minha mente entrou num torvelinho. Derby à porta — e lembrando-se do velho código! Aquela nova personalidade não havia se lembrado dele... era Edward de volta, inesperadamente, em seu estado normal? Por que estaria aqui com a pressa e tensão que evidenciava? Teria sido libertado antes do tempo, ou teria escapado? Talvez, pensei enquanto me enfiava num robe e descia as escadas, sua volta ao próprio ser tivesse provocado delírio e violência, a revogação da alta, e levando-o a uma arremetida desesperada para a liberdade. O que quer que tenha acontecido, era o bom velho Edward de novo, e eu o ajudaria!

Quando abri a porta para a escuridão dos olmos arcados, uma rajada de vento insuportavelmente fétida quase me derrubou. Sufocado pela náusea, por um momento mal consegui enxergar a figura corcunda e anã nos degraus. As batidas haviam sido de Edward, mas quem era aquela caricatura retardada e aberrante? Para onde Edward tivera tempo de ir? Sua chamada havia soado apenas um segundo antes de a porta ser aberta.

O visitante usava um dos sobretudos de Edward — a barra quase raspando no chão e as mangas enroladas, mas ainda encobrindo as mãos. Trazia um chapéu enterrado na cabeça, enquanto um cachecol de seda preto ocultava o rosto. Quando dei um passo trôpego para a frente, a figura produziu um som meio líquido como o que eu ouvira pelo telefone — "*glub... glub...*" — e estendeu-me uma grande folha de papel coberta de letras miúdas espetada na ponta de um lápis comprido. Ainda cambaleando devido ao fedor mórbido e indescritível, peguei o papel e tentei lê-lo à luz do pórtico. A caligrafia era mesmo a de Edward. Mas por que teria ele escrito quando estava perto o bastante para ter tocado a campainha, e por que a letra estava tão desajeitada, grosseira e tremida? Não consegui entender nada com aquela iluminação fraca, por isso recuei para o corredor com a figura anã cambaleando mecanicamente atrás de mim, mas parando na soleira da porta interna. O cheiro daquele estranho mensageiro era deveras aterrador, e esperei (não em vão, graças a Deus) que minha esposa não despertasse e o visse.

Então, enquanto lia o papel, senti meus joelhos cederem sob os meus pés e minha vista escurecer. Quando voltei a mim, estava caído no chão com a maldita folha amassada na mão crispada. Isto é o que ele dizia:

"Dan, vá ao sanatório e mate-a. Extermine-a. Ela não é mais Edward Derby. Ela me pegou, é Asenath — *e ela está morta há três meses e meio*. Menti quando disse que ela havia partido. Eu a matei. Tinha de fazê-lo. Foi de repente, mas estávamos sozinhos e eu estava em meu corpo verdadeiro. Vi um castiçal e esmaguei-lhe a cabeça. Ela se teria apoderado de mim para sempre no dia de Candelária.

"Enterrei-a na despensa mais afastada do porão, embaixo de umas caixas velhas, e limpei todos os vestígios. Os criados suspeitaram na manhã seguinte, mas eles têm segredos tais que não ousam contar à polícia. Mandei-os embora, mas Deus sabe o quê eles, e outros do culto, farão.

"Pensei, por algum tempo, que estaria bem, mas depois senti o repelão em meu cérebro. Sabia do que se tratava — eu devia ter-me lembrado. Uma alma como a dela — ou de Ephraim — é meio desligada, e se conserva depois da morte enquanto o corpo durar. Ela estava me pegando, me obrigando a trocar de corpo com ela — *ocupando meu corpo e colocando-me naquele cadáver dela enterrado no porão.*

"Eu sabia o que estava por vir, e é por isso que eu entrei em colapso e tive de ir para o asilo. Então a coisa veio — dei por mim sufocando no escuro — na carcaça putrefacta de Asenath, lá no porão, embaixo das caixas onde eu a pusera. E sabia que ela devia estar em meu corpo no sanatório — *para sempre*, pois era depois da Candelária, e o sacrifício funcionaria mesmo sem ela estar presente —, sã e pronta para ser libertada como uma ameaça para o mundo. Eu estava desesperado, *e apesar de tudo, abri caminho para fora com as mãos*.

"Já fui longe demais para poder falar — não poderia usar o telefone — mas ainda posso escrever. Vou me recompor de alguma maneira e levar até você esta última palavra e recomendação. *Mate aquele demônio* se dá valor à paz e ao conforto do mundo. *Cuide para que ele seja cremado.* Se não o fizer, ele viverá e viverá, de corpo em corpo para sempre, e não sei lhe dizer o que fará. Afaste-se da magia negra, Dan, é coisa do diabo. Adeus, você foi um grande amigo. Conte à polícia tudo em que eles puderem acreditar, e lamento profundamente jogar isso tudo em cima de você. Em breve estarei em paz, essa coisa não vai aguentar muito mais. Espero que possa ler isto. *E mate aquela coisa — mate-a.*

Seu — Ed."

Foi só mais tarde que eu li a última metade do papel, pois havia desmaiado no final do terceiro parágrafo. Desmaiei novamente quando vi e cheirei o que se amontoara na soleira onde o ar quente o alcançara. O mensageiro não se mexeria se tivesse consciência.

O mordomo, mais corajoso do que eu, não desmaiou com o que encontrou no corredor pela manhã, e telefonou para a polícia. Quando eles chegaram, eu havia sido levado para a cama no andar de cima, mas a outra massa jazia no mesmo lugar onde havia caído à noite. Os homens taparam os narizes com seus lenços.

O que eles enfim encontraram no interior das roupas sortidas de Edward foi quase que apenas um horror liquescente. Havia ossos também, e um crânio esmagado. Algumas restaurações dentárias ajudaram a identificar positivamente: o crânio era de Asenath.

(1933)

o assombro das trevas

Dedicado a Robert Bloch

> *Eu vi escancarar-se o universo em trevas*
> *Onde os negros planetas vogam sem rumo*
> *Onde vogam em seu horror, ignotos,*
> *Inconscientes, sem lustro, sem nome.*
>
> "Nemesis"[1]

Investigadores cautelosos hesitarão antes de desafiar a crença vulgar de que Robert Blake foi morto por um raio ou por algum colapso nervoso violento causado por uma descarga elétrica. É verdade que a janela diante da qual se postava não estava quebrada, mas a Natureza já se mostrou capaz de muitas proezas fantásticas. A expressão de seu rosto pode perfeitamente ter resultado de uma causa muscular sem relação com algo que tenha visto, enquanto as anotações em seu diário são o evidente resultado de uma imaginação feérica estimulada por superstições locais e coisas antigas que ele havia descoberto. Quanto às condições anormais na igreja deserta em Federal Hill, o analista perspicaz não demora em atribuí-las a alguma charlatanice à qual Blake, consciente ou inconsciente, estaria, ao menos em parte, secretamente relacionado.

Afinal, a vítima era um escritor e pintor todo devotado ao campo do mito, do sonho, do terror e da superstição, ávido para encontrar ambientes e efeitos espectrais e bizarros. Sua passagem anterior pela cidade — em visita ao estranho velho tão profundamente ligado, como ele, ao saber oculto e proibido — havia

---

[1] Estrofe de um poema do próprio Lovecraft, de 1917. (N.T.)

terminado em morte e chamas, e deve ter sido algum instinto mórbido que o tirou de seu lar em Milwaukee. Ele deve ter conhecido as velhas histórias, apesar das declarações em contrário no diário, e sua morte pode ter cortado pela raiz algum embuste fabuloso reservado a uma reflexão literária.

Entre os que estudaram e relacionaram todas essas evidências, porém, muitos se apegam a teorias menos racionais e vulgares. Eles se inclinam a tomar boa parte do diário de Blake por seu valor nominal e a apontar certos fatos como a genuína veracidade dos registros da velha igreja, a existência comprovada da repudiada seita não ortodoxa da Sabedoria Estelar antes de 1877, o desaparecimento registrado de um repórter curioso chamado Edwin M. Lillibridge em 1893 e, sobretudo, a expressão de monstruoso e transfigurante pavor no semblante do jovem escritor ao morrer. Foi um desses crentes que, levado a extremos de fanatismo, atirou na baía a pedra de ângulos singulares e a sua caixa de metal bizarramente ornamentada que foram encontradas no campanário da velha igreja — no escuro campanário sem janelas, e não na torre onde, segundo o diário de Blake, os objetos de fato estavam. Embora censurado oficial e extraoficialmente, aquele homem — um médico ilustre com pendor para exotismos folclóricos — garantiu que havia livrado a Terra de uma coisa perigosa demais para permanecer sobre ela.

Entre essas duas correntes de opinião, o leitor terá de julgar por conta própria. Os jornais forneceram os detalhes tangíveis de um ponto de vista cético, deixando que outros traçassem o quadro tal como Robert Blake o viu — ou pensou ter visto — ou simulou ter visto. Agora, estudando o diário com atenção, sem paixão e com calma, tratemos de resumir a tétrica cadeia de acontecimentos do ponto de vista expresso por seu protagonista.

O jovem Blake voltou a Providence no inverno de 1934-5, instalando-se no andar de cima de uma casa venerável numa viela gramada à direita da College Street — na crista da grande colina a leste, perto do campus da Universidade Brown, e atrás dos mármores da Biblioteca John Hay. Era um lugar acolhedor e fascinante, erguido num pequeno oásis florido como só se vê nas vilas antigas onde gatos enormes e mansos lagarteiam no alto de algum oportuno telheiro. A casa quadrada, em estilo georgiano, possuía telhado com trapeira, pórtico clássico com entalhe em leque, janelas envidraçadas e todas as outras marcas inequívocas da arte construtiva do século XVIII. O interior exibia seis portas apaineladas, assoalho de tábuas largas, uma escada curva colonial, cornijas brancas do período Adam e um conjunto de quartos na parte traseira, três degraus abaixo do nível geral.

O estúdio de Blake, um grande aposento com face para o sudoeste, dava para o jardim frontal, de um lado, enquanto as janelas do lado oeste — a escrivaninha ficava à frente de uma delas — dominavam, do outro lado, do alto da colina, uma vista esplêndida dos telhados da cidade abaixo com os místicos ocasos flamejantes ao fundo. No horizonte distante ficavam as encostas púrpuras do campo aberto. Contra elas, distante cerca de duas milhas, erguia-se a corcova espectral de Federal Hill, eriçada de uma profusão de telhados e campanários cuja silhueta distante ondulava misteriosamente, adquirindo formas fantasmagóricas quando o torvelinho das fumaças urbanas se emaranhava neles. Blake tinha a curiosa sensação de estar olhando para algum mundo etéreo e misterioso que poderia ou não se desfazer num sonho se tentasse procurá-lo e adentrá-lo em pessoa.

Tendo mandado buscar a maioria de seus livros, Blake comprou alguns móveis antigos condizentes com seus aposentos e ali se instalou para escrever e pintar. Vivia só e cuidava pessoalmente dos modestos afazeres domésticos. Seu estúdio ficava num quarto de sótão do lado norte, onde as trapeiras do telhado proporcionavam uma iluminação admirável. Durante aquele primeiro inverno, ele produziu cinco de seus contos mais conhecidos — "O escavador das profundezas", "A escada na cripta",

"Shaggai", "No Vale de Pnath" e "O comensal das estrelas" — e pintou sete telas; estudos com monstros sobrenaturais, inomináveis, e paisagens não terrestres, profundamente alienígenas.

Ao pôr do sol, costumava sentar-se à escrivaninha e fica olhando em sonho para as extensões a oeste — as torres escuras do Memorial Hall logo abaixo, o campanário do Palácio de Justiça georgiano, os imponentes espigões do centro e aquela tremeluzente colina coroada de pináculos, a distância, cujas ruas misteriosas e frontões labirínticos tanto excitavam a sua fantasia. De seus poucos conhecidos locais, ficou sabendo que a encosta distante era um bairro italiano enorme, embora a maioria das casas fosse dos tempos ianques e irlandeses mais antigos. De vez em quando, assestava o binóculo para aquele mundo espectral, inatingível, além do torvelinho de fumaça, escolhendo determinados telhados, chaminés e campanários, e especulando sobre os mistérios bizarros e curiosos que poderiam abrigar. Mesmo com a ajuda óptica, Federal Hill parecia um tanto estranha, fabulosa, e ligada aos portentos irreais e intangíveis dos próprios contos e quadros de Blake. A sensação persistia até muito depois da colina se esvanecer no crepúsculo violáceo salpicado de luzes, e os holofotes do Palácio da Justiça e o farol vermelho do Industrial Trust serem acesos, tornando a noite grotesca.

De todos os objetos distantes de Federal Hill, uma certa igreja enorme e escura era o que mais fascinava Blake. Ela se destacava com especial nitidez em certas horas do dia, e ao entardecer, a grande torre com seu campanário cônico emergia, sinistra, contra o céu flamejante. Parecia assentar-se num terreno especialmente alto, pois a fachada encardida e o lado norte visto de lado com o telhado íngreme e os topos das grandes janelas ogivais, erguiam-se com imponência por sobre o emaranhado circundante de espigões e chaminés. Peculiarmente soturna e austera, parecia ser feita de pedra, manchada e desgastada pelas fumaças e tempestades de um século, ou mais. O estilo, até onde o binóculo lhe permitia ver, era um tipo experimental primitivo do renascimento gótico que precedeu o imponente período Upjohn e conservou algumas linhas e proporções da era georgiana. Remontava, talvez, a 1810 ou 1815.

No correr dos meses, Blake observou o edifício assustador e distante com um interesse cada vez maior. Como as enormes janelas nunca estavam iluminadas, sabia que ele devia estar desocupado. Quanto mais observava, mais sua imaginação trabalhava, e ele finalmente começou a fantasiar coisas estranhas. Passou a acreditar que a aura de uma vaga e singular desolação pairava sobre o lugar, a ponto de andorinhas e pombos evitarem seus beirais enfumaçados. Ao redor de outras torres e campanários, seu binóculo descobria grandes bandos de aves, mas ali elas nunca pousavam. Era isso, ao menos, que ele pensava e que anotou em seu diário. Indicou o lugar a vários amigos, mas nenhum deles estivera em Federal Hill, nem tinha a menor noção do que era ou havia sido a igreja.

Na primavera, Blake se tornou presa de uma inquietação profunda. Começara seu romance há muito planejado — baseava-se num suposto renascimento do culto às bruxas, no Maine — mas, curiosamente, não conseguia avançar na sua realização. Mais e mais vezes ele se sentava diante de sua janela oeste, fitando a colina distante e o vetusto campanário negro evitado pelos pássaros. Quando as folhas ressecadas caíram das ramagens dos jardins, o mundo se encheu de uma nova beleza, mas a inquietude de Blake só fez aumentar. Foi a essa altura que ele pensou, pela primeira vez, em cruzar a cidade e galgar pessoalmente aquela ladeira fabulosa para o mundo onírico envolto em fumaças.

No final de abril, pouco antes do ancestral e tenebroso dia de Walpurgis, Blake fez sua primeira incursão ao desconhecido. Arrastando-se pelas ruas intermináveis do centro e além dele pelos quarteirões soturnos e decadentes, conseguiu chegar à ladeira com degraus desgastados pelos séculos, pórticos dóricos abaulados e cúpulas de vidros turvos que, a seu ver, o conduziriam ao mundo indevassável, seu velho conhecido, além das brumas.

Viu sujas placas de rua azul-e-branco que nada lhe diziam e observou os rostos estranhos e sombrios da multidão circulante e as placas em língua estrangeira sobre curiosas lojas em edifícios marrons desbotados pelo tempo. Não conseguiu encontrar, em parte alguma, os objetos que havia visto de tão longe e, novamente, ficou imaginando se a Federal Hill, vista a distância, era um mundo onírico interdito à circulação de pés humanos reais.

Ocasionalmente, avistava uma fachada ou a flecha em ruínas de uma igreja decadente, mas nunca a construção escura que procurava. Quando perguntou a um lojista sobre uma grande igreja de pedra, o homem sorriu abanando a cabeça, não obstante falasse inglês perfeitamente. À medida que Blake subia, a região ia lhe parecendo cada vez mais estranha, com confusos labirintos de vielas sombrias conduzindo com insistência para o sul. Cruzou duas ou três avenidas largas e, em certo momento, pensou ter avistado a torre familiar. De novo ele perguntou a um comerciante sobre a maciça igreja de pedra e, dessa vez, poderia jurar que a alegação de desconhecimento era falsa. O semblante do homem escuro adquiriu uma expressão de medo que ele tentou ocultar, e Blake observou que ele fazia um curioso sinal com a mão direita.

Então, de repente, uma flecha negra se destacou contra o céu nublado à sua esquerda, por cima das fileiras de telhados marrons que ladeavam o emaranhado de vielas que conduziam para o sul. Blake soube na hora do que se tratava, e mergulhou em sua direção pelas ruelas esquálidas e descalçadas que subiam da avenida. Errou o caminho duas vezes, mas, por algum motivo, não ousou pedir ajuda a nenhum dos patriarcas ou donas de casa que viu nos pórticos das casas, nem às crianças que gritavam e brincavam na lama das vielas sombrias.

Finalmente ele avistou a torre por inteiro, erguendo-se a sudoeste, e um vulto de pedra, enorme e tenebroso, elevou-se na ponta da viela. A igreja ocupava um espaço aberto, varrido pelo vento com um alto muro de arrimo na ponta mais distante. Era o fim de sua busca, pois sobre a ampla plataforma coberta de mato, cercada por um peitoril de ferro apoiado no muro — um mundo aparte e vil, dois metros acima das ruas circundantes — erguia--se um vulto soturno e titânico cuja identidade, apesar do novo ângulo de visão de Blake, estava fora de qualquer dúvida.

A igreja deserta estava em estado de grande decrepitude. Alguns de seus altos botaréus haviam desmoronado e vários remates delicados jaziam perdidos no meio das ervas e matos pardos, descurados. A maioria das janelas góticas, cobertas de fuligem, não estava quebrada, embora tivesse perdido muitos de seus pinázios de pedra. Blake se perguntou como aqueles vitrais soturnamente decorados poderiam ter resistido tanto, considerando os hábitos conhecidos dos garotos de toda parte. As portas maciças estavam inteiras e bem fechadas. Cercando o terreno todo, no alto do muro de arrimo, havia uma grade de ferro enferrujada cujo portão — no alto de um lance de degraus que subia da praça — estava ao que tudo indica trancado com cadeado. O passeio do portão até o edifício estava tomado pelo mato. Desolação e decadência pairavam como uma mortalha sobre o local, e nos beirais sem pássaros e paredes escuras e nuas, Blake teve a vaga sensação de alguma coisa sinistra que não soube precisar.

Havia pouquíssima gente na praça, mas Blake avistou um guarda na ponta norte e dele se aproximou com perguntas sobre a igreja. Era um irlandês corpulento e saudável, e pareceu-lhe estranho que este se limitasse a se benzer e confidenciar que as pessoas nunca falavam daquele edifício. Quando Blake o pressionou, ele disse, em poucas palavras, que os padres italianos recomendavam a todos que o evitassem, afirmando que um malefício monstruoso ali vivera e deixara sua marca no passado. Ele próprio ouvira segredos tenebrosos sobre o lugar de seu pai, que recordava certos ruídos e rumores de sua meninice.

Existira ali, outrora, uma seita do mal — uma seita proibida que invocava coisas de algum abismo remoto das trevas. Fora preciso um excelente padre para exorcizar o que havia surgido, embora houvesse quem pensasse que um pouco de luz poderia ter resolvido a questão. Se o padre O'Malley estivesse vivo, ele poderia contar muitas coisas. Mas agora só restava esquecer o assunto. Ela não prejudicava ninguém, e os seus antigos donos já estavam mortos ou muito longe. Haviam fugido como ratos depois das ameaças que circularam em 1877, quando os desaparecimentos ocasionais de pessoas da vizinhança causaram suspeitas. Algum dia, a municipalidade interviria, assumindo a propriedade por falta de herdeiros, mas ninguém ganharia nada de bom em herdá-la. Melhor seria entregá-la ao desgaste dos anos e não mexer em coisas que deveriam descansar para sempre em suas medonhas profundezas.

Depois que o guarda partiu, Blake ficou olhando para o templo encardido. Alegrou-o saber que o prédio parecia tão sinistro para outros quanto para si próprio, cismando em quanta verdade haveria por trás das velhas histórias que o policial repetira. Com certeza não passavam de lendas evocadas pela aparência maligna do lugar, mas ainda assim, era como se um de seus próprios contos ganhasse vida.

O sol da tarde apareceu por trás das nuvens esgarçadas, mas sem conseguir iluminar as paredes manchadas e fuliginosas do velho templo que se erguiam sobre a plataforma elevada. Era estranho que o verde da primavera não houvesse contagiado o mato seco e pardacento do pátio alto, cercado pela grade de ferro. Blake viu-se percorrendo o contorno da área elevada e examinando o muro de arrimo e a cerca enferrujada em busca de um acesso. O templo enegrecido exercia uma atração irresistível sobre ele. A grade não tinha abertura alguma perto dos degraus, mas na face norte faltava-lhe algumas barras. Ele poderia subir os degraus e caminhar ao longo da estreita beirada em frente da grade até aquela passagem. Como as pessoas temiam demais o lugar, ele com certeza não seria perturbado.

Alcançou a plataforma e quase chegou ao interior da grade sem que ninguém desse por ele. Então, olhando para baixo, viu algumas pessoas na praça se afastando e fazendo, com a mão direita, o mesmo sinal do lojista da avenida. Janelas foram fechadas com estrépito e uma mulher gorda correu até a rua para recolher algumas crianças para uma casa descorada e caindo em pedaços. Foi fácil transpor a abertura na grade e não demorou para Blake começar a avançar, com dificuldade, pelo mato ressecado do pátio deserto. Aqui e ali, o toco gasto de uma lápide lhe dizia que o pátio servira para sepultamentos no passado, mas aquilo, como pôde perceber, havia acontecido num passado remoto. A massa compacta da igreja pareceu-lhe opressiva agora que chegara perto, mas ele conteve a sensação pesada e se aproximou para forçar as três portas grandes da fachada. Todas estavam firmemente trancadas e ele saiu contornando o ciclópico edifício à procura de alguma passagem menor e menos impenetrável. Ainda não estava certo de que desejaria entrar naquele antro de desolação e trevas, embora a atração exercida pela sua estranheza o arrastasse automaticamente para ele.

Encontrou a desejada passagem numa janela escancarada e desprotegida do porão, nos fundos do edifício. Espiando o interior, Blake viu um abismo subterrâneo de teias de aranha e poeira mal iluminado pelos raios filtrados do sol poente. Seus olhos bateram em entulho, tonéis velhos e numa grande variedade de caixas e móveis deteriorados, embora pairasse sobre tudo uma mortalha de poeira que suavizava os contornos. Os restos enferrujados de uma caldeira de ar quente indicavam que o edifício havia sido usado e conservado até meados da era Vitoriana.

Agindo quase por instinto, Blake esgueirou-se pela janela e deixou-se cair no chão de concreto atapetado de pó e detritos. O porão abobadado era enorme e sem divisões. Num canto distante à direita ele discerniu, mergulhada em densa escuridão, uma passagem em arco às escuras, que com certeza conduzia para cima. Sentiu-se peculiarmente apreensivo por estar dentro do grande e espectral edifício, mas procurou controlar-se enquanto esquadrinhava o lugar. Descobrindo um tonel ainda intato no meio do pó, rolou-o até a janela aberta para garantir a retirada. Depois, tomando coragem, cruzou o amplo espaço infestado de teias de aranha na direção da passagem em arco. Sufocado pelo pó onipresente e coberto pelos fios espectrais das teias, alcançou e começou a galgar os degraus de pedra batidos que subiam para escuridão. Não trazia consigo uma lanterna, então teve que avançar com a ajuda das mãos. Depois de uma curva brusca, sentiu uma porta fechada à frente e, tateando, descobriu um velho trinco. Ela abria para dentro e dali ele avistou um corredor mal iluminado, revestido de painéis de madeira carcomidos.

 Uma vez no espaço térreo, Blake tratou de explorá-lo sumariamente. Como todas as portas internas estavam destrancadas, pôde circular de sala em sala. A nave gigantesca era um lugar quase sobrenatural com seus amontoados e nuvens de pó recobrindo os bancos, o altar, o púlpito em forma de ampulheta com sua tampa de ressonância, e suas titânicas rendas de teias de aranha armadas entre os arcos ogivais da galeria e que entreteciam o feixe de colunas góticas. Os raios do sol poente que filtravam pelos curiosos vitrais enegrecidos das grandes janelas absidais faziam pairar sobre toda essa silenciosa desolação uma horrível luminosidade plúmbea.

 As pinturas naqueles vitrais estavam tão escurecidas pela fuligem que Blake mal conseguiu decifrar o que haviam representado, mas o pouco que pôde perceber não o agradou. Os desenhos eram bastante convencionais, e seu conhecimento de simbologia oculta lhe disse muito a respeito de algumas daquelas formas arcaicas. Os poucos santos representados exibiam feições de todo censuráveis, enquanto um dos vitrais parecia mostrar apenas um espaço negro com curiosas espirais luminosas espalhadas. Afastando-se das janelas, Blake notou que a cruz coberta de teias de aranha acima do altar não era de tipo comum, assemelhando-se mais à primordial *ankh* ou *crux ansata*[2] do misterioso Egito.

Numa sacristia nos fundos, ao lado da abside, Blake descobriu uma escrivaninha apodrecida e estante quase na altura do teto com livros mofados caindo aos pedaços. Ali, pela primeira vez, ele tomou um choque de efetivo horror, pois os títulos daqueles livros eram-lhe muito significativos. Eles eram aquelas coisas pavorosas, proibidas, de que a maioria das pessoas sãs jamais ouvira falar, ou só ouvira em sussurros furtivos e temerosos; os repositórios, execrados, banidos, de segredos equívocos e fórmulas imemoriais escoados do curso dos tempos desde a infância da humanidade e dos dias fabulosos e sombrios anteriores à existência humana. Ele próprio havia lido muitos deles — uma versão latina do abominável *Necronomicon*, o sinistro *Liber Ivonis*, o infame *Cultes des Goules* do Comte d'Erlette, o *Unaussprechlichen Kulten* de von Juntz, e o infernal *De Vermis Mysteriis* do velho Ludvig Prinn. Mas havia outros que só conhecia de reputação ou nem conhecia — os *Manuscritos Pnakóticos*, o *Livro de Dzyan*, e um volume desmantelado em caracteres de modo algum decifráveis apesar de alguns símbolos e diagramas reconhecíveis, entre arrepios, pelo estudioso do oculto. Os rumores persistentes sobre o local não haviam mentido. O lugar fora a sede de um malefício mais antigo do que a humanidade e mais abrangente do que o universo conhecido.

Na escrivaninha arruinada havia um pequeno livro de registros, encadernado com couro, com entradas feitas por um curioso recurso criptográfico. A escrita manual incluía os símbolos tradicionais comuns, usados hoje em astronomia e outrora em alquimia, astrologia e outras artes suspeitas — desenhos de sol, lua, planetas, fases e signos do zodíaco — ali amontoados em

---

[2] Cruz em forma de chave que era um símbolo da vida permanente e da energia criativa no antigo Egito. (N.T.)

páginas de texto compacto com divisões e parágrafos sugerindo a correspondência entre cada símbolo e alguma letra do alfabeto. Na esperança de solucionar mais tarde o criptograma, Blake transferiu o volume para o bolso de seu casaco. Muitos daqueles alentados volumes das estantes o fascinaram de maneira inexprimível, e sentiu-se impelido a tomá-los emprestados mais tarde. Intrigava-o como poderiam ter ficado inteiros por tanto tempo. Seria ele o primeiro a superar o medo arrebatador e insidioso que protegera aquele lugar deserto de visitantes por quase cinquenta anos?

Explorado o andar térreo inteiro, Blake abriu caminho através do pó da nave espectral até o vestíbulo fronteiro, onde havia visto uma porta e uma escada que decerto levavam à torre e ao campanário enegrecidos — objetos que há muito lhe eram familiares, de longe. A subida foi uma experiência sufocante, dificultada pela grossa camada de pó, e as aranhas haviam feito o pior que podiam naquele espaço exíguo. A escada era em caracol com degraus de madeira altos e estreitos, e de tempos em tempos Blake cruzava por uma janela turva com uma vista atordoante da cidade abaixo. Mesmo não tendo visto nenhuma corda embaixo, esperava encontrar um sino ou um carrilhão na torre, cujas estreitas janelas ogivais com venezianas havia estudado tantas vezes com o seu binóculo. Ali a decepção o aguardava, pois alcançando o topo da escada, encontrou a câmara da torre sem qualquer carrilhão, claramente destinada a fins muito diversos.

A sala, tendo cerca de quinze metros quadrados, estava mal iluminada por quatro janelas ogivais, uma de cada lado, vedadas por venezianas carcomidas e envidraçadas por dentro. Além disso, as janelas haviam recebido telas bem encaixadas e opacas, agora muito gastas pelo tempo. Do centro do chão empoeirado, erguia-se um pilar de pedra curiosamente facetado com cerca de um metro e meio de altura e um de diâmetro médio, cujas faces estavam cobertas de hieróglifos bizarros, mal esculpidos e de modo algum decifráveis. Sobre o pilar, repousava uma caixa de metal de formato assimétrico, com a tampa articulada atirada para trás e o interior abrigando o que parecia ser, por baixo da poeira acumulada durante décadas, um objeto oval ou esférico, irregular, com cerca de cinco centímetros de uma ponta a outra.

Formando um círculo tosco ao redor do pilar, sete cadeiras góticas de espaldar alto, bem conservadas, e atrás delas, penduradas nas escuras paredes apaineladas, sete colossais estátuas de gesso pintadas de preto e caindo em pedaços, muito parecidas com os enigmáticos megálitos esculpidos da misteriosa Ilha da Páscoa. Num canto daquela câmara coberta de teias de aranha fora construída uma escada presa à parede, levando para o alçapão sem janelas do campanário acima.

Tendo se acostumado com a luz fraca do lugar, Blake percebeu estranhos baixos-relevos na caixa aberta de metal amarelado. Aproximando-se, tentou limpar a poeira com as mãos e o lenço, e percebeu que as imagens tinham um caráter monstruoso e inteiramente alienígena, representando entidades que, mesmo parecendo vivas, não se assemelhavam com nenhuma forma de vida conhecida que tivesse evoluído neste planeta. A aparente esfera de cinco centímetros revelou-se um poliedro quase negro com estrias vermelhas e muitas facetas irregulares: um cristal muito singular ou um objeto artificial de algum mineral cinzelado e bem polido. Ela não tocava no fundo da caixa. Ficava suspensa por uma cinta de metal fixada em seu centro e sete suportes horizontais, curiosamente desenhados, formando ângulos com a parede interna da caixa perto de seu topo. Essa pedra, mal ficou exposta, exerceu sobre Blake um fascínio quase alarmante. Ele mal conseguia tirar os olhos dela e, olhando suas faces brilhantes, chegou a imaginar que era transparente, abrigando em seu interior fragmentos de mundos fantásticos. Flutuaram em sua mente imagens de orbes extraterrestres com imensas torres de pedra, e outros orbes com montanhas titânicas e sem qualquer sinal de vida, e ainda espaços mais remotos onde apenas uma agitação na vaga escuridão indicava a presença de consciência e vontade.

Quando desviou o olhar, Blake percebeu um curioso montículo de pó no canto distante, perto da escada, que levava ao campanário. Ele não saberia dizer por que o monte chamou a sua atenção, mas alguma coisa em seu formato mexeu com seu inconsciente. Caminhando com dificuldade em sua direção enquanto ia afastando as teias de aranha pendentes, Blake começou a discernir algo de horrível nele. Mão e lenço logo revelaram a verdade, e Blake ofegou sob uma mistura de emoções confusas. Era um esqueleto humano, e devia estar ali havia muito tempo. As roupas estavam em farrapos, mas alguns fragmentos de tecido e botões indicavam um terno cinzento. Havia outras evidências — sapatos, fivelas de metal, botões enormes de camisas de punhos redondos, um alfinete de gravata arcaico, um crachá de imprensa com o nome do antigo *Providence Telegram*, e uma carteira de couro caindo em pedaços. Blake examinou atentamente esta última, encontrando várias notas de dinheiro obsoletas, um calendário de propaganda de celuloide, de 1893, alguns cartões de visita com o nome "Edwin M. Lillibridge", e uma folha de papel coberta de apontamentos a lápis.

Esse papel pareceu-lhe especialmente intrigante, e Blake o leu com atenção perto da janela suja do lado oeste. Seu texto desconjuntado incluía frases como:

"Prof. Enoch Bowen de volta do Egito em maio de 1844 — compra velha Igreja do Livre-Arbítrio em julho — seus conhecidos trabalhos & estudos arqueológicos de ocultismo."

"Dr. Drowne da 4ª Batista faz advertência contra Sabedoria Radiante em sermão de 20 de dez. de 1844."

"Congregação 97 no final de 1845."

"1864 — 3 desaparecimentos — primeira menção a Trapezoedro Brilhante."

"7 desaparecimentos 1848 — histórias de sacrifício de sangue começam."

"Investigação 1853 não dá em nada — histórias de ruídos."

"Padre O'Malley fala de adoração do diabo com caixa encontrada em grandes ruínas egípcias — diz que convocam algo que não pode suportar a luz. Esquiva-se de luz fraca e é expulso por luz forte. Depois tem de ser invocado de novo. Provavelmente obteve isso da confissão no leito de morte de Francis X. Feeney, que entrou para a Sabedoria Radiante em 49. Essas pessoas dizem que o Trapezoedro Brilhante lhes mostra o céu e outros mundos, e que o Assombro das Trevas lhes revela certos segredos."

"História de Orrin B. Eddy 1857. Eles o invocam olhando fixamente para o cristal e têm sua própria linguagem secreta."

"200 ou mais no cong. 1863, exclusivo para homens da frente de batalha."

"Rapazes irlandeses tumultuam a igreja em 1869 depois do desaparecimento de Patrick Regan."

"Artigo velado em J. 14 de março, 1872, mas as pessoas não falam a respeito disso."

"6 desaparecimentos 1876 — comissão secreta apela para o Prefeito Doyle."

"Prometida ação fev. 1877 — igreja fecha em abril."

"Bando — Rapazes de Federal Hill" — ameaça o Dr. — e membros do conselho paroquial, em maio."

"181 pessoas deixam a cidade antes do final de 77 — nenhum nome mencionado."

"Histórias de fantasmas começam por volta de 1880 — tentar comprovar a verdade do relato de que nenhum ser humano entrou na igreja desde 1877."

"Pedir a Lanigan fotografia do lugar tirada em 1851."...

Devolvendo o papel à carteira e colocando-a no próprio casaco, Blake voltou a examinar o esqueleto empoeirado. As implicações das notas eram claras e não restavam dúvidas de que o homem viera ao edifício deserto havia quarenta e dois anos, atrás de um furo jornalístico que nenhum outro tivera a ousadia de tentar. Talvez ninguém tivesse conhecimento de seu plano — quem poderia dizer? Mas ele nunca voltou ao jornal. Teria sofrido um ataque cardíaco fulminante com o crescimento de algum pavor heroicamente controlado? Blake inclinou-se sobre os ossos brilhantes, observando suas particularidades. Vários deles estavam bem espalhados e alguns pareciam curiosamente *dissolvidos* nas pontas. Outros estavam estranhamente amarelados, dando a vaga sensação de terem sido chamuscados. Esse crestamento se estendia a alguns fragmentos das roupas. O crânio estava em excelente estado — de um amarelo manchado e com um orifício chamuscado no topo como se algum ácido poderoso tivesse corroído o osso. O que acontecera ao esqueleto durante as quatro décadas de seu sossegado sepultamento ali, Blake não pôde imaginar.

Antes que desse por isso, ele estava examinando de novo a pedra, deixando que sua estranha influência provocasse um nebuloso espetáculo em sua mente. Ele viu procissões de figuras encapuzadas em trajes cerimoniais, de perfil não humano, e observou extensões desérticas infinitas com fileiras de monólitos esculpidos de altura descomunal. Viu torres e muralhas em profundezas submarinas abissais, e turbilhões espaciais onde flutuavam farrapos de névoa escura à frente de tênues cintilações de uma frígida neblina violácea. E mais além de tudo isso, vislumbrou um abismo infinito de trevas onde formas sólidas e semissólidas só eram perceptíveis por sua agitação etérea e nebulosos padrões de força pareciam impor ordem ao caos e conter uma chave para todos os paradoxos e arcanos dos mundos que conhecemos.

Então, subitamente, o encanto foi quebrado por um acesso de pânico medo, indefinido e corrosivo. Blake sentiu-se sufocado e afastou-se da pedra, consciente de alguma presença alienígena informe por perto que o observava com enorme intensidade. Sentiu-se envolvido por algo — algo que não estava na pedra, mas que olhara para ele através dela — algo que o perseguiria eternamente com uma percepção que não era a da visão física.

Em suma, o lugar estava lhe dando nos nervos — como era de se esperar, aliás, tendo em vista o seu tenebroso achado. A luz estava diminuindo, também, e como não levava consigo nenhum meio de iluminação, sabia que teria de sair logo dali.

Foi então que, no crepúsculo que se adensava, ele pensou ter visto um leve traço de luminosidade naquela pedra de ângulos tão bizarros. Tentou desviar os olhos dela, mas alguma obscura compulsão atraiu de novo seu olhar. Haveria uma sutil fosforescência radioativa na coisa? O que era mesmo que as anotações do morto diziam sobre um *Trapezoedro Brilhante*? O que seria, de qualquer sorte, aquele antro abandonado de maldade cósmica? O que havia sido feito ali, e o que ainda poderia estar à espreita, na escuridão evitada pelos pássaros? Pareceu-lhe então sentir um indefinível traço de fedor exalado de algum lugar próximo, sem que pudesse ver de onde saía. Blake segurou a tampa aberta da caixa e a fechou. A tampa girou com facilidade em seus estranhos gonzos, fechando perfeitamente a caixa sobre a pedra cuja luminosidade era agora inconfundível.

Ao forte estalido daquele fechamento, um som fraco de alguma coisa se mexendo pareceu vir da perpétua escuridão do campanário acima, do outro lado do alçapão. Ratos, sem dúvida — as únicas coisas vivas presentes no edifício amaldiçoado desde que ali entrara. Entretanto, aquela agitação no campanário causou-lhe um susto terrível, fazendo-o descer precipitadamente pela escada em caracol, cruzar a nave assombrada até o porão abobadado, sair para o lusco-fusco crescente da praça deserta e descer pelo tenebroso emaranhado de ruelas e passagens de Federal Hill até a sanidade das ruas centrais e o conforto das calçadas de tijolo do bairro universitário.

Nos dias que se seguiram, Blake não contou a ninguém a respeito da sua expedição. Preferiu ler alguns livros, examinar muitos anos de arquivos de jornais no centro da cidade e trabalhar febrilmente no criptograma daquele volume de couro encontrado na suja antessala da sacristia. A chave do código, logo percebeu, não era nada simples, e depois de demorados esforços, teve a certeza de que sua língua não poderia ser o inglês, o latim, o grego, o francês, o espanhol, o italiano ou o alemão. Ele teria de apelar para as fontes mais profundas de sua invulgar erudição.

Todas as noites, retornava-lhe o velho impulso de olhar para oeste, onde ele avistava o campanário negro, como antes, em meio aos telhados eriçados de um mundo distante e um pouco fabuloso. Mas este lhe inspirava então um novo toque de horror. Agora ele conhecia a herança de sabedoria maldita que a construção escondia, e esse conhecimento dava asas à sua imaginação de maneira muito diferente. As aves primaveris estavam de volta, e observando-as voar ao pôr do sol, tinha a impressão de que evitavam mais ainda a soturna e solitária ponta da torre. Quando um bando delas se aproximava dessa ponta, parecia-lhe que rodopiavam e se dispersavam desavoradas. Ele podia imaginar os pios selvagens que emitiam, incapazes de cruzar as milhas que as separavam dele.

Em junho, o diário de Blake revela sua vitória sobre o criptograma. O texto estava escrito, conforme desvendou, numa obscura língua Aklo usada por certos cultos de enorme antiguidade e que ele só conhecia de maneira imprecisa, de pesquisas anteriores. O diário é curiosamente reticente sobre o que Blake decifrou, mas este ficou nitidamente admirado e desconcertado com o resultado obtido. Há referências a um Frequentador das Trevas capaz de ser despertado por um olhar para o interior do Trapezoedro Brilhante, e conjecturas doentias sobre os abismos negros de caos de onde ele foi trazido. Fala-se ali que a criatura possuiria todo o conhecimento e exigiria sacrifícios monstruosos.

Algumas anotações de Blake revelam o medo de que a coisa, a qual ele parecia considerar que havia sido invocada, estivesse solta, embora acrescente que as luzes de rua formam uma defesa a qual ela não pode transpor.

Ele cita amiúde o Trapezoedro Brilhante, chamando-o de uma janela para todos os tempos e espaços, e remontando sua origem aos dias em que foi cinzelado no sinistro Yuggoth,[3] antes mesmo de os Antigos o trazerem para a Terra. A pedra fora guardada em sua curiosa caixa pelas criaturas crinoides da Antártida, salva de sua ruína pelos homens-serpente de Valúsia, e observada, muitas eras depois, na Lemúria, pelos primeiros seres humanos. A caixa cruzou terras estranhas e mares mais estranhos ainda, e afundou com Atlantis até um pescador minoico apanhá-la na rede e vendê--la a mercadores escuros da sinistra Khem. O faraó Nephren-Ka construiu um templo com uma cripta sem janelas ao redor dela e fez com que apagassem seu nome de todos os monumentos e registros. Então ela ficou adormecida entre as ruínas daquele templo do mal que os sacerdotes e o novo faraó destruíram, até a pá do escavador trazê-la de volta, uma vez mais, para amaldiçoar a humanidade.

No início de julho, os jornais suplementam as anotações de Blake, mas de uma maneira tão concisa e casual que somente o diário atraiu a atenção geral para sua contribuição. Ao que parece, uma nova onda de medo estava se alastrando por Federal Hill desde que um estranho havia entrado na pavorosa igreja. Os italianos segregavam sobre agitações, pancadas e arranhões incomuns no lúgubre campanário sem janelas, e convocaram seus padres para expulsar uma entidade que assediava seus sonhos. Alguma coisa, diziam eles, estava continuamente à espreita, numa porta, para ver se estava escuro o bastante para se aventurar do lado de fora. O noticiário da imprensa mencionou as antigas superstições locais, mas não conseguiu lançar muita luz sobre os

[3] Correspondente ao planeta Plutão, lar de criaturas fantásticas de outras obras do autor. (N.T.)

antecedentes do horror. Ficava evidente que os jovens repórteres de hoje não são antiquários. Ao gravar essas coisas em seu diário, Blake manifesta um curioso remorso, e fala sobre o dever de enterrar o Trapezoedro Brilhante e expulsar o que ele evocou quando deixou a luz do dia entrar no pavoroso campanário. Ao mesmo tempo, porém, ele expõe a perigosa extensão de seu fascínio e admite um mórbido anseio — que chega a invadir seus sonhos — de visitar a torre maldita e penetrar novamente nos segredos cósmicos da pedra reluzente.

Então, alguma coisa no *Journal* matutino de 17 de julho provocou, no diarista, uma verdadeira febre de horror. Era apenas uma variante das outras matérias meio jocosas sobre a inquietação em Federal Hill, mas para Blake aquilo teve um significado de fato muito terrível. Durante a noite, uma tempestade havia provocado a desativação do sistema de iluminação pública da cidade por uma hora, e, naquele período de escuridão, os italianos ficaram quase enlouquecidos de pavor. Os que moravam perto da tétrica igreja juraram que a pegajosa coisa do campanário se aproveitara da ausência das luzes de rua e descera para a nave da igreja, chacoalhando-se e dando encontrões de uma maneira absolutamente apavorante. Já no final do período, ela havia subido aos trambolhões para a torre, de onde vieram sons de vidros se estilhaçando. Ela poderia ir até onde chegava a escuridão, mas a luz a obrigaria sempre a fugir.

Quando a força foi restabelecida, houve uma comoção espantosa na torre, pois até mesmo a luz fraca que escoava pelas venezianas fuliginosas das janelas era demais para a coisa. Ela havia se arrastado aos encontrões para seu campanário tenebroso no tempo exato — pois uma exposição demorada à luz a teria mandado de volta ao abismo de onde o desmiolado estranho a trouxera. Durante aquela hora de escuridão, multidões se aglomeraram, rezando, debaixo da chuva, em volta da igreja, com velas e lanternas acesas protegidas, de uma forma ou de outra, com papel dobrado e guarda-chuvas — uma barreira de luz para salvar a cidade do pesadelo que perambula nas trevas. Em certo momento, conforme declararam os que estavam mais perto da igreja, a porta externa havia sido sacudida com fúria.

Mas isto ainda não havia sido o pior. Naquela noite, no *Bulletin*, Blake leu o que os repórteres haviam levantado. Despertados enfim para o extraordinário valor noticioso do pânico, dois deles haviam desafiado as multidões de italianos frenéticos e se esgueiraram para dentro da igreja pela janela do porão, depois de forçar as portas sem sucesso. Eles encontraram marcas curiosas na poeira do vestíbulo e da nave espectral, com pedaços de almofadas apodrecidas e de capas de cetim dos bancos espalhados por todos os lados. Um mau cheiro se alastrara por toda parte, e havia, aqui e ali, manchas e fragmentos amarelados como se tivessem sido crestados. Abrindo a porta para a torre e parando por um instante com a suspeita de um som de alguma coisa sendo arranhada em cima, eles perceberam que a estreita escada em caracol havia sido toscamente varrida.

Na própria torre, essa aparência de varredura persistia. Eles falaram do pilar de pedra heptagonal, de cadeiras góticas derrubadas e de bizarras imagens de gesso, embora, o que era estranho, não mencionassem a caixa de metal e o velho esqueleto mutilado. O que mais perturbou Blake — exceto pelos indícios de manchas, chamuscados e mau cheiro — foi o detalhe final que explicava o vidro estilhaçado. Todos os vidros das janelas ogivais da torre estavam quebrados, e duas delas haviam sido escurecidas, de maneira tosca e apressada, com enchimentos de capas de cetim dos bancos e crina de almofadas entre as ripas oblíquas das venezianas. Fragmentos de cetim e tufos de crina permaneciam espalhados pelo chão recém-varrido, como se alguém tivesse sido interrompido no ato de restaurar a escuridão absoluta dos dias de vedação perfeita da torre.

Manchas amareladas e retalhos chamuscados foram encontrados na escada para o campanário, mas quando o repórter subiu por ela, abriu o alçapão corrediço e lançou um tênue facho de luz no espaço escuro e extraordinariamente fétido, nada viu além da escuridão e uma confusão de fragmentos informes perto da abertura. O veredito, é claro, foi charlatanismo. Alguém havia pregado uma peça nos supersticiosos moradores da colina, ou então algum fanático havia tentado atiçar seu medo para seu suposto bem. Ou, talvez, alguns dos moradores mais jovens e mais sofisticados houvessem encenado uma peça para as pessoas de fora. Um desdobramento divertido ocorreu quando a polícia tentou mandar um agente para comprovar os relatos. Três homens seguidos deram um jeito de se furtar do serviço, e o quarto foi, com muita relutância, e voltou bem depressa sem acrescentar nada ao que os repórteres haviam dito.

Desse ponto em diante, o diário de Blake mostra o crescimento de uma inquietação neurótica e de um horror insidioso. Ele se recrimina por não fazer nada e especula desenfreadamente sobre as consequências de um novo colapso elétrico. Verificou-se que, em três ocasiões — durante tempestades —, ele telefonou para a companhia de energia elétrica, todo transtornado, pedindo para tomarem precauções desesperadas contra uma falta de energia. Às vezes, seus apontamentos preocupam porque os repórteres não encontraram a caixa de metal, a pedra e o velho esqueleto curiosamente desconjuntado, quando exploraram a sombria câmara da torre. Supunha que essas coisas haviam sido removidas — por que e por quem ou o quê, ele só poderia imaginar. Mas suas piores apreensões diziam respeito a si próprio e ao tipo de relação maligna que sentia existir entre a sua mente e o horror que estava à espreita no campanário distante — aquela coisa monstruosa das trevas que ele estouvadamente invocara da escuridão mais remota do espaço. Ele parecia sentir uma pressão constante sobre sua vontade. Pessoas que o visitaram naquele período, recordam-se de como ele se sentava, distraído, à sua escrivaninha, olhando pela janela do oeste para a colina distante, eriçada, de espigões além dos torvelinhos de fumaça da cidade. Suas anotações se fixavam monotonamente em alguns sonhos terríveis e no acirramento daquela relação ímpia durante o sono. Há menção a uma noite em que acordou e se viu todo vestido, fora de casa, descendo automaticamente pela College Hill na direção oeste. Vezes e mais vezes ele insiste em que a coisa do campanário sabe onde encontrá-lo.

A semana seguinte ao 30 de julho é lembrada como a época do colapso parcial de Blake. Ele não se vestia, encomendando a comida pelo telefone. Visitantes notaram que ele mantinha cordas ao lado da cama e souberem dele que o sonambulismo o forçara a amarrar os calcanhares, todas as noites, com nós capazes de prendê-lo, ou, então, de acordá-lo no esforço de desatá-los.

No diário, ele narra a experiência pavorosa que provocou o colapso. Depois de se recolher, na noite do dia 30, viu-se subitamente andando às apalpadelas num espaço quase negro. Tudo que conseguia enxergar eram riscos horizontais, curtos e tênues, de uma luz azulada, mas podia sentir um mau cheiro esmagador e ouvir uma estranha confusão de ruídos fracos, furtivos, acima dele. Sempre que tentava mover-se, chocava-se com alguma coisa, e a cada ruído, vinha uma espécie de som em resposta do alto — uma vaga agitação, misturada com um cauteloso deslizar de madeira sobre madeira.

Uma vez, tateando, encontrou um pilar de pedra com o topo vazio, e mais tarde viu-se agarrando os varões de uma escada de parede, subindo, hesitante, para uma região de cheiro mais forte onde um sopro quente e abrasador o atingiu. Diante de seus olhos, brincava um caleidoscópio de imagens fantasmagóricas que se dissolviam, vez ou outra, no cenário de um vasto e insondável abismo de trevas onde rodopiavam sóis e mundos de um negror ainda mais profundo. Pensou nas antigas lendas do Caos Supremo, em cujo centro se espoja o cego e estúpido deus Azathoth, Senhor de Todas as Coisas, rodeado por sua desengonçada horda de dançarinas amorfas, descuidadas, embalado pelo sopro fino e monótono de uma flauta diabólica manejada por patas indescritíveis.

Depois, um forte estampido do mundo externo penetrou em seu estupor, despertando-o para o indescritível horror de sua posição. O que foi, ele nunca soube — talvez o estrépito dos fogos de artifício ouvidos durante todo o verão em Federal Hill quando os moradores homenageiam seus vários santos padroeiros, ou os santos de suas aldeias nativas na Itália. De qualquer forma, ele soltou um grito agudo, desceu, frenético, a escada e saiu tropeçando, às cegas, pelo chão atulhado da câmara quase sem luz que o abrigava.

Reconheceu de imediato onde estava e disparou incontinente pela estreita escada em caracol, tropeçando e se arranhando em cada curva. Uma fuga alucinada pela vasta nave coberta de teias de aranha cujos arcos fantasmagóricos se estendiam a reinos de sombras famintas, o avanço aos tropeções pelo porão atulhado, a escalada para o ar livre e as ruas iluminadas do exterior e a descida furiosa por entre a algaravia dos espigões da colina espectral, em meio à cidade sombria e silenciosa de altas torres negras, até galgar o íngreme despenhadeiro para o leste, levando à porta de sua antiga casa.

Ao recobrar a consciência, pela manhã, viu-se deitado, todo vestido, no chão do estúdio. Estava coberto de pó e teias de aranha, e cada centímetro de seu corpo parecia machucado e dolorido. Quando se olhou no espelho, viu que seus cabelos estavam terrivelmente chamuscados, e um ranço de odor estranho e malsão parecia exalar de suas roupas. Foi quando seus nervos sucumbiram. Daquele momento em diante, extenuado, tudo que ele fazia era perambular pela casa, metido num robe de chambre, olhar pela janela do oeste, estremecer ao indício de uma trovoada e fazer apontamentos desconexos em seu diário.

A grande tempestade eclodiu pouco antes da meia-noite de 8 de agosto. Raios pipocavam por toda a cidade e duas extraordinárias bolas de fogo foram registradas. Choveu a cântaros e uma fuzilaria ininterrupta de trovoadas deixou milhares sem dormir. A apreensão com a rede elétrica deixou Blake completamente alucinado e ele tentou telefonar à companhia perto da uma da manhã, mas àquela hora o serviço telefônico fora temporariamente desligado por motivo de segurança. Ele registrou tudo em seu diário — aqueles hieróglifos grandes, nervosos e, na maioria das vezes, indecifráveis contando sua própria história de crescente exaltação e desespero, e de apontamentos rabiscados no escuro.

Para poder ver através da janela, ele precisava manter a casa no escuro, e tudo indica que passou a maior parte do tempo em sua escrivaninha, vigiando ansiosamente, por entre a chuva e as muitas milhas cintilantes de telhados do centro da cidade, a constelação de luzes distantes de Federal Hill. De vez em quando, procurava o diário às apalpadelas e fazia uma anotação. Frases soltas como "As luzes não devem ser apagadas", "Ela sabe onde eu estou", "Preciso destruí-la" e "Ela está me chamando, mas talvez não pretenda causar mal desta vez" se espalhavam por duas páginas.

Então as luzes se apagaram na cidade toda. Isso aconteceu às duas e doze da madrugada, segundo os registros da companhia de força, mas o diário de Blake não dá qualquer indicação do horário. O apontamento é apenas, "As luzes se apagaram — Deus me proteja." Em Federal Hill, havia observadores tão inquietos como ele, e vários homens ensopados de chuva desfilavam pela praça e as vielas em torno da igreja maldita, protegendo com guarda-chuvas as velas, lanternas elétricas, lamparinas, crucifixos e talismãs obscuros dos muitos tipos encontrados no sul da Itália. Eles bendiziam cada relâmpago e fizeram enigmáticos gestos de pavor com as mãos direitas quando uma mudança na tempestade fez os relâmpagos diminuírem e finalmente cessarem de todo. Um vento forte apagou a maioria das velas, deixando o local assustadoramente escuro. Algo fez o Padre Merluzzo, da Igreja do Espírito Santo, acordar, e ele saiu às pressas para a praça escurecida para dizer todas as palavras de conforto que sabia. Dos estranhos, incessantes ruídos na torre às escuras, não poderia haver a menor dúvida.

Sobre o que aconteceu às 2h35, temos o testemunho do padre, uma pessoa jovem, inteligente e bem-educada; do patrulheiro William J. Monahan da Delegacia Central, um policial da mais alta respeitabilidade que havia parado naquele ponto de sua ronda para inspecionar a multidão; e da maioria das setenta e oito pessoas que havia se reunido em volta do alto muro de arrimo da igreja — sobretudo as que estavam na praça de onde se avistava sua fachada leste. Não houve nada, por certo, que fosse comprovadamente contrário às leis da Natureza. São muitas as causas possíveis para um fato assim. Ninguém pode falar com segurança sobre os obscuros processos químicos que ocorreram num vasto, antigo, mal arejado e há muito abandonado edifício construído de materiais heterogêneos. Vapores mefíticos — combustão espontânea — pressão dos gases resultantes de uma prolongada putrefação — qualquer um dentre inúmeros fenômenos poderia ser responsável. E ademais, é claro, o fator charlatanismo deliberado não pode ser, de maneira alguma, descartado. A coisa em si foi, de fato, muito simples, e durou menos de três minutos de tempo real. O padre Merluzzo, sempre meticuloso, olhava seguidamente o relógio.

Tudo começou com um recrudescimento definitivo dos ruídos surdos de agitação no interior da torre negra. Durante algum tempo, vagos odores estranhos, malignos, exalaram da igreja, até se tornarem fortes e repulsivos. Houve, por fim, um barulho de madeira se estilhaçando e um objeto grande e pesado desabou no pátio embaixo da carrancuda fachada oriental. A torre estava quase invisível agora que as velas estavam apagadas, mas quando o objeto se aproximou do chão, perceberam que era a veneziana fuliginosa da janela oriental da torre. Ao mesmo tempo, o ar estremeceu com uma vibração como um bater de asas, e um vento repentino, soprando do leste com maior violência do que qualquer rajada anterior, arrancou os chapéus e retorceu os guarda-chuvas gotejantes da multidão. Não se pôde observar nada de muito definido na escuridão da noite, mas alguns espectadores que olharam para cima pensaram ter vislumbrado uma grande mancha de negror mais denso se espalhando contra o céu retinto — algo parecido com uma nuvem informe de fumaça que disparou, em velocidade meteórica, para o leste.

Isso foi tudo. Os observadores estavam um pouco entorpecidos de pavor, espanto e desconforto, e mal souberam o que fazer, ou se deviam fazer alguma coisa. Sem entender o que havia acontecido, não relaxaram em sua vigília, e logo depois fizeram uma oração quando o forte clarão de um raio, seguido de um estrondo de arrebentar os tímpanos, rasgou os céus transbordantes. Meia hora depois, a chuva parou e, em quinze minutos, a iluminação pública fora restabelecida, enviando os vigilantes exaustos e ensopados para suas casas.

Os jornais do dia seguinte deram pouca atenção a esses fatos, associados à cobertura geral da tempestade. Tudo indica que o grande relâmpago e a explosão ensurdecedora que se seguiu à ocorrência em Federal Hill foram ainda mais terríveis a leste, onde a irrupção do estranho fedor também foi notada. O fenômeno foi mais acentuado sobre a College Hill, onde a explosão acordou todos os habitantes que dormiam e provocou uma confusa rodada de especulações. Dos que já estavam acordados, somente uns poucos viram o extraordinário clarão de luz perto do topo da colina, ou notaram a inexplicável rajada de ar ascendente que quase despiu as árvores de suas folhas e arrancou as plantas dos jardins. Concordou-se em que o raio inesperado e solitário devia ter caído em algum lugar da vizinhança, embora não conseguissem encontrar nenhum traço dele mais tarde. Um jovem da fraternidade *Tau Omega* pensou ter visto uma nuvem de fumaça hedionda e grotesca no ar exatamente quando o relâmpago preliminar eclodiu, mas sua observação não foi corroborada. Os poucos observadores concordaram todos, porém, sobre a violenta rajada de vento do oeste e a inundação de intolerável mau cheiro que precedeu o raio, e as evidências relacionadas com o momentâneo odor de queimado depois do raio foram também generalizadas.

Esses pontos foram discutidos com muito cuidado por sua provável conexão com a morte de Robert Blake. Alunos da casa da fraternidade Psi Delta, cujas janelas superiores têm vista para o estúdio de Blake, notaram o rosto branco borrado na janela oeste na manhã do dia 9, e se perguntaram o que havia de errado com a sua expressão. Quando viram o mesmo rosto na mesma posição naquela noite, ficaram preocupados, e esperaram as luzes serem acesas nos aposentos dele. Mais tarde, tocaram a campainha do apartamento às escuras, e finalmente trouxeram um guarda para arrombar a porta.

O corpo rígido estava sentado, todo ereto, à escrivaninha do lado da janela, e quando os intrusos viram os olhos baços esbugalhados e as marcas de um pavor absoluto, convulsivo, no rosto retorcido, tiveram que desviar os olhos, nauseados. Pouco tempo depois, o médico legista fez um exame e, apesar de a janela não estar quebrada, atribuiu a causa da morte a um choque elétrico, ou uma tensão nervosa induzida por uma descarga elétrica. O esgar de pavor, ele ignorou inteiramente, julgando que poderia resultar do choque profundo experimentado por uma pessoa de imaginação tão incomum e emoções tão descontroladas. Deduziu essas características dos livros, quadros e manuscritos encontrados no apartamento, e das anotações rabiscadas ao escuro no diário sobre a escrivaninha. Blake havia gravado suas anotações frenéticas até o fim, e encontraram-no agarrando espasmodicamente, na mão direita, o lápis com a ponta quebrada.

Os apontamentos depois do colapso da iluminação eram muito confusos e só uma parte deles era legível. Alguns investigadores extraíram conclusões muito diferentes do veredito oficial materialista sobre as notas, mas essas especulações dificilmente terão crédito entre os conservadores. O caso desses teóricos criativos não foi nada ajudado pela ação do supersticioso Dr. Dexter, que atirou a curiosa caixa e a pedra angulada — um objeto claramente radiante quando visto no escuro campanário sem janelas onde foi encontrado — no canal mais profundo da Baía de Narragansett. Imaginação excessiva e desequilíbrio nervoso da parte de Blake, agravados pelo conhecimento de antigo culto demoníaco cujos espantosos indícios ele havia descoberto, constituem a interpretação dominante que foi feita daquelas delirantes anotações finais. Estas são as anotações... ou tudo que se pode tirar delas.

"Luzes ainda apagadas — faz cinco minutos agora, talvez. Tudo depende do relâmpago. Yaddith garante que ela vai se manter!... Alguma influência parece pulsar através dela... Chuva, trovão e vento ensurdecem... A coisa está tomando conta de minha mente...

"Problema com memória. Vejo coisas que nunca conheci. Outros mundos e outras galáxias... Escuridão... O relâmpago parece escuro e a escuridão parece clara...

"Não podem ser reais a colina e a igreja que estou vendo na escuridão total. Deve ser a impressão na retina deixada pelos relâmpagos. Tomara que os italianos saiam com suas velas se o relampejo parar.

"De que tenho medo? Não será um avatar de Nyarlathotep que chegou a adquirir forma humana na antiga e sombria Khem?

Lembro-me de Yuggoth e da mais distante Shaggai, e o vazio final dos planetas negros...

"O longo voo pelo vazio não pode cruzar o universo iluminado... recriado pelos pensamentos captados no Trapezoedro Brilhante... envia-o através dos terríveis abismos radiantes.

"Meu nome é Blake — Robert Harrison Blake da East Knapp Street, 620, Milwaukee, Wisconsin... Estou neste planeta...

"Que Azathoth tenha piedade de mim! — o relâmpago já não relampeia — horrível — posso ver tudo com um sentido monstruoso que não é a visão — luz é escuridão e escuridão é luz... aquelas pessoas na colina... vigília... velas e feitiços... seus padres...

"Acabou-se o sentido de distância — longe é perto e perto é longe. Nenhuma luz — nenhum vidro — vejo aquele campanário — aquela torre — janela — posso ouvir — Roderick Usher[4] *— estou louco ou enlouquecendo — a coisa está se agitando e se remexendo na torre — eu sou ela e ela é eu — quero sair... preciso sair e unir as forças... Ela sabe onde estou...*

"Sou Robert Blake, mas vejo a torre na escuridão. Há um cheiro monstruoso... sensação de madeiramento transfigurado naquela janela da torre quebrando e cedendo... Iä... ngai... ygg...

"Eu a vejo — vindo para cá — sopro infernal — mancha titânica — asas negras — Yog-Sothoth salvai-me — o olho ardente trilobulado..."

(1935)

---

[4] Roderick Usher: personagem central do conto "A queda da casa de Usher" de Edgard Allan Poe, que tinha uma sensibilidade sobrenatural para ouvir sons distantes, como a agitação do cadáver de sua irmã na cripta da família. (N.T.)

Sobre o autor

O século que experimentou um fantástico progresso na mecanização da produção, uma extraordinária jornada de investigação, sob a égide da ciência, de todos os meandros da atividade humana — produtiva, social, mental —, foi também o período em que mais proliferaram, na cultura universal, as incursões artísticas na esfera do imaginário, os mergulhos no mundo indevassável do inconsciente. Literatura, rádio, cinema, música, artes plásticas, e depois, também, a televisão, entrelaçaram-se na criação e recriação de mundos sobrenaturais, em especulações sobre o presente e o futuro, em aventuras imaginárias além do universo científico e da realidade aparente da vida e do espírito humanos.

Howard Phillips Lovecraft (1890-1937), embora não tenha alcançado sucesso literário em vida, foi postumamente reconhecido como um dos grandes nomes da literatura fantástica do século XX, influenciando artistas contemporâneos, tendo histórias suas adaptadas para o rádio, o cinema e a televisão, e um público fiel constantemente renovado a cada geração. Explorando em poemas, contos e novelas os mundos insólitos que inventa e desbrava com a mais alucinada imaginação, Lovecraft seduz e envolve seus leitores numa teia de situações e seres extraordinários, ambientes oníricos, fantásticos e macabros que os distancia da realidade cotidiana e os convoca a um mergulho nos mais profundos e obscuros abismos da mente humana.

Dono de uma escrita imaginativa e muitas vezes poética que se desdobra em múltiplos estilos narrativos, Lovecraft combina a capacidade de provocar a ilusão de autenticidade e verossimilhança com as mais desvairadas invenções de sua arte. Ele povoa seu universo literário de monstros e demônios, de todo um panteão de deuses terrestres e extraterrestres interligados numa saga mitológica que perpassa várias de suas narrativas, e de homens sensíveis e sonhadores em perpétuo conflito com a realidade prosaica do mundo.

do mesmo autor
nesta editora

à procura de kadath

a cor que caiu do céu

dagon

o horror sobrenatural em literatura

a maldição de sarnath

nas montanhas da loucura

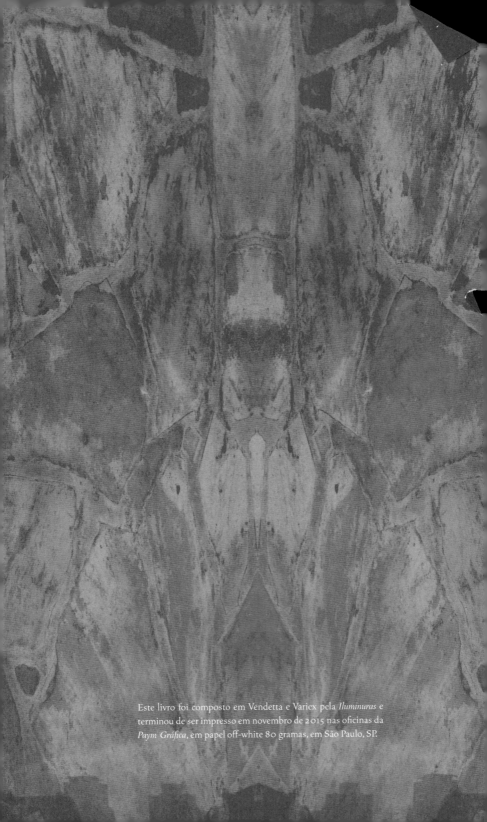

Este livro foi composto em Vendetta e Variex pela *Iluminuras* e terminou de ser impresso em novembro de 2015 nas oficinas da *Paym Gráfica*, em papel off-white 80 gramas, em São Paulo, SP.